DIA ZERO

EZEKIEL BOONE

TRADUÇÃO

Leonardo Alves

Grafia atualizada segundo o Acordo Ortográfico da Língua Portuguesa de 1990, que entrou em vigor no Brasil em 2009.

Título original
Zero Day

Capa
Guilherme Xavier

Ilustração de capa
Shutterstock

Preparação
Fernanda Cosenza

Revisão
Valquíria Della Pozza
Camila Saraiva

Dados Internacionais de Catalogação na Publicação (CIP)
(Câmara Brasileira do Livro, SP, Brasil)

Boone, Ezekiel
Dia zero / Ezekiel Boone ; tradução Leonardo Alves. — 1ª ed. — Rio de Janeiro : Suma, 2021. — (A colônia ; 3)

Título original: Zero Day
ISBN 978-85-5651-110-2

1. Ficção norte-americana I. Título. II. Série.

20-52607 CDD-813

Índice para catálogo sistemático:
1. Ficção : Literatura norte-americana 813

Cibele Maria Dias – Bibliotecária – CRB-8/9427

EDITORA SCHWARCZ S.A.
Praça Floriano, 19, sala 3001 – Cinelândia
20031-050 – Rio de Janeiro – RJ
Telefone: (21) 3993-7510
www.companhiadasletras.com.br
www.blogdacompanhia.com.br
facebook.com/editorasuma
instagram.com/editorasuma
twitter.com/Suma_BR

Para Zoey.
Vou tentar escrever mais rápido.

PRÓLOGO

Nave *Mars Conquest* Órbita baixa sobre a Terra

O comandante Reynard nunca usava linguajar chulo, mas, com licença, isso era um cocô de primeira. Onde estava o raio do desfile dele?

Reynard era cria dos trigais de Saskatchewan. Canola, lentilha e ervilha também, mas principalmente trigo duro. A mãe dele tinha administrado a fazenda com punhos de ferro. Era generosa com beijos e gentilezas, mas sabia espremer um tostão até pingarem mais dois. O pai de Reynard cuidava do trabalho braçal na propriedade — semear e colher, aplainar o campo e orientar a mão de obra, testar o solo e aplicar fertilizante —, mas quem mandava era a mãe. E uma das coisas que ela sempre falava para Reynard e para a irmã dele era que reclamar do tempo não faz chover nem traz o sol. Se não dá para mudar, não reclame; mas se *dá* para mudar, mude. E também não reclame. Ele havia passado a infância aprendendo que a pior acusação que se podia fazer a alguém era chamar a pessoa de reclamona. "Um cachorro latindo contra o vento", dizia a mãe. E, segundo ela, se isso valia quando ele não passava de um garoto na fazenda, valia duas vezes mais agora que era um astronauta.

Mesmo assim.

Cocô.

Ele tinha saído da fazenda para a faculdade aos dezessete anos, e, embora voltasse para as férias e os feriados, nunca olhou para trás. Sim, ele sabia que, de certa forma, sempre seria definido pelo céu aberto de Saskatchewan e pelas estradas de terra vermelha da infância, mas havia passado toda a vida adulta tentando trocar essa infância pelos céus infinitos do espaço e pela terra vermelha de um outro planeta.

Comandante Brian Reynard. O primeiro homem a pisar em Marte.

E era para *isso* que ele estava voltando?

Sem falar das horas que tinha passado estudando — graduação dupla em engenharia e bioquímica — ou em simuladores de voo na Força Aérea Real do Canadá. Sem falar do tempo que ele havia passado na Base Aérea de Edwards em um programa conjunto que lhe permitiu cursar a Escola de Pilotos de Teste da Força Aérea dos Estados Unidos, ou do tempo que ele tinha levado para concluir o mestrado em aeronáutica. Sem falar das largas porções de vida devoradas pelos escritórios subterrâneos na Nasa e pelas salas de reuniões da Agência Espacial Canadense. Sem falar do tempo que ele tinha passado correndo e malhando na academia, para garantir que estaria em melhor forma do que os astronautas mais jovens e refinados que tentavam tomar dele a vaga que havia conquistado. E sem falar nem mesmo de todos os anos que havia dedicado preparando-se especificamente para aquela única missão.

Era só olhar a missão em si: oito meses e meio voando na *Mars Conquest* em uma órbita de transferência econômica, porém lenta, de Hohmann a Marte; um ano e meio estabelecendo a primeira estação de pesquisa em Marte e esperando o momento oportuno de alinhamento para a viagem de volta; outros oito meses e meio de voo. Que tal? Quase três anos da vida dele. Claro, a humanidade havia chegado ao ponto em que uma simples ida ao espaço não bastava mais para deixar alguém famoso — a lista de gente que já tinha feito isso era absurdamente longa na Wikipédia —, e até uma caminhada na Lua era uma atividade concorrida. Mas a primeira pessoa em Marte? O primeiro homem a pôr os pés no Planeta Vermelho? O primeiro ser humano a caminhar sobre uma esfera gigante, fria e poeirenta que flutuava em meio às estrelas? Isso tinha que valer para alguma coisa, não?

Quando ele era criança e a notícia já era antiga, Reynard sentiu arrepios com o eco em preto e branco do pequeno passo de Neil Armstrong na Lua. E mesmo ao descer a escada e deixar que a gravidade fraca de Marte o puxasse para a superfície — até mesmo ao dizer as palavras cuidadosamente preparadas pelo comitê que representava os seis países da tripulação da *Mars Conquest* —, a voz de Armstrong, com estática e tudo, atravessou seu corpo feito um raio. Elétrica.

Então o comandante Reynard achou que era razoável esperar uma recepção digna de herói quando pousasse na Terra. Achou que era razoável acreditar que teria seu lugar junto dos grandes exploradores da história da humanidade. E, diacho, ele achava que era razoável esperar uma chuva de papel picado para celebrar seu retorno.

Sabia que estava sendo ridículo. Mesmo se não tivesse sido criado por uma mãe que considerava reclamação um pecado capital — seguido de perto por prepotência e, depois, linguajar chulo —, ele reconheceria que era loucura ficar chateado por não ter nenhum desfile. Havia problemas mais sérios.

Talvez fosse por isso que ele estava se aferrando tanto à decepção pela ausência do desfile. Assim podia pensar em algo diferente do impensável. Ele e o resto da tripulação haviam acompanhado desde as primeiras notícias sobre as aranhas — a largura de banda às vezes era limitada, mas eles tinham internet — e se alternaram entre a incredulidade e o horror. Já parecia ruim quando estavam se aproximando da Terra: um acidente nuclear na China que se revelou não um acidente, e sim um arauto do que estava por vir, seguido por surtos de aranhas em todo o planeta. E então, de repente, parecia ter acabado. A Terra estava em choque, mas continuava girando como sempre. Conforme entravam em órbita baixa e se preparavam para pousar a nave, o comandante Reynard ponderou que teria sido muito fácil ele e sua tripulação não fazerem a menor ideia do que tinha acontecido lá embaixo.

A duzentos quilômetros de altitude, a Terra estava luminosa e pacífica. Tão deslumbrante era a beleza que Reynard, que nunca se cansava de olhar para o planeta onde havia nascido, às vezes se questionava se a visão era real. Se não fosse um homem da ciência, talvez tivesse considerado a ideia de que aquilo tudo era um sonho, ou de que a Terra era o produto de algum ser grandioso além da sua compreensão. Apesar da criação como um bom protestante na infância, já adulto ele havia entrado para a igreja da ciência. Louvava diante do altar da matemática e da engenharia, então era difícil pensar na mão de Deus. No entanto, ao observar o sol nascer e se pôr e nascer e se pôr atrás da Terra conforme a nave girava em órbita a mais de sete quilômetros por segundo, para Reynard era quase impossível não acreditar em um poder maior. Como havia falado ao pisar em Marte, "O lugar da humanidade é no firmamento".

E depois veio a segunda onda de surtos.

Mas, nos dias entre o fim do primeiro surto e o começo do segundo, a tripulação tinha passado muito tempo... Bom, ele até podia tentar interpretar de outro jeito, mas a melhor forma de dizer era que eles haviam passado muito tempo pirando. Os oficiais científicos Ya Zhang e Vasily Sokolov tinham obtido informações conflitantes dos governos da China e da Rússia, respectivamente, o que deixou todo mundo nervoso. Eles eram cientistas e estavam acostumados a trabalhar com dados. Ya foi informado de que não precisava se preocupar, apesar de a China basicamente ter explodido metade do próprio território, e Vasily foi comunicado de que havia uma ameaça aracnídea, mas estava tudo sob controle graças à engenhosidade russa.

Reynard convocou uma reunião para discutir o assunto e, depois de horas e horas batendo informações, indo e vindo, eles decidiram que a única opção era aguardar ordens. Então fizeram todos os preparativos possíveis para pousar a nave, o que, em circunstâncias normais, já seria motivo bastante para se manterem ocupados e ansiosos.

Mas logo ficou claro que as circunstâncias não eram normais, e, quando começou a segunda onda de surtos, foi quase um alívio; Reynard se deu conta de que estava esperando aquilo desde que o primeiro surto minguara, e o fato de estar finalmente acontecendo foi meio que uma libertação.

Eles assistiram ao discurso da presidente Pilgrim ao povo americano, ouviram-na explicar o plano de desmembrar o país para salvá-lo. Por respeito, Reynard e o resto da tripulação fingiram não ver a engenheira de voo, Shimmie, chorando. E então, pelo que deu para ver, a coisa toda foi para o inferno. As comunicações com a Terra estavam esporádicas, até que, de repente, com grandes clarões luminosos, acabaram de vez. Eles tiveram outra discussão — do tipo que só pessoas com alto nível de instrução podem ter em tempos de crise — a respeito de qual seria o motivo da perda de contato com a Terra: se as bombas nucleares detonadas nos Estados Unidos tinham causado um pulso eletromagnético e queimado satélites e circuitos de um jeito que não acontecera com os chineses, ou se era apenas a sociedade se desintegrando. Depois de uma ou duas horas, Reynard encerrou o assunto.

— Não importa — disse ele. Àquela altura, eles já tinham avistado os pontinhos luminosos de dezenas de bombas nucleares táticas pipocando pela América do Norte, e haviam conversado e brigado por tempo suficiente para ver uns dois amanheceres e anoiteceres, uma vez que a *Mars Conquest* completava um círculo perfeito em torno da Terra mais ou menos a cada duas horas. — É melhor tomarmos uma decisão. Temos recursos suficientes para ficar mais dois meses aqui em cima. Podemos esperar ordens até nossa margem chegar ao mínimo, quando então, se não tivermos recebido notícia, vamos ter que agir por conta própria de qualquer jeito. Ou, e talvez esta possibilidade seja uma certeza, podemos reconhecer que a situação está uma zona lá embaixo, que nunca vamos receber ordem nenhuma, e que seria melhor chutar o balde e pousar logo de uma vez.

Apesar do caráter militar da expedição, o comandante Reynard pediu a todos que votassem. Um a um, Vasily, Ya, Shimmie, Turk e até Jenny votaram a favor de sair de órbita.

— Certo — disse Reynard. — Vamos para casa.

Durante a reentrada, a nave pulou e tremeu como dois sapos-bois copulando em cima de um prato de percussão, mas, quando tudo se acalmou e o corpo dele já não parecia mais sacudido, o comandante Reynard ficou surpreso de ver que estava chorando. Dois anos, onze meses, três dias. Esse era o tempo que havia ficado sem pisar na Terra. Dane-se que ele sempre seria o primeiro homem a pisar em Marte: seu lar era a Terra. Da cadeira do comandante, a vista era incrível. Céu ensolarado acima da Flórida. Um azul tão límpido que os poucos fiapos de nuvem só deixavam a paisagem mais perfeita ainda. O oceano Atlântico era uma joia cintilante.

O pouso propriamente dito foi quase sem graça. Eles usaram a mesma pista no Centro Espacial Kennedy que antes era usada pelo ônibus espacial, e, embora a *Mars Conquest* voasse mais como um tênis de corrida que como uma águia, o pouso foi suave. O comandante Reynard usou quatro mil e duzentos dos quatro mil e quinhentos metros de pista para frear a nave. Eles checaram todos os sistemas e protocolos antes de finalmente sair, e o comandante Reynard, como era seu direito por ter sido a primeira pessoa a pôr os pés em Marte, foi a primeira pessoa a pôr os pés de novo na Terra.

Depois de quase três anos de ar enlatado e reciclado, o caldo espesso da tarde da Flórida trouxe uma sensação maravilhosa e cheia de vida para seus pulmões. Por um instante, ele estava sentindo uma felicidade indescritível, e todos os pensamentos sobre aranhas e bombas nucleares e caos e morte e fim do mundo ficaram em segundo plano pela simples alegria de inspirar e expirar, inspirar e expirar, sentindo a gravidade da Terra manter seus pés ligados ao chão.

Mas estava tudo muito quieto.

Não havia ninguém ali para recebê-los.

Nenhum desfile.

Jamais haveria um desfile.

O comandante Reynard deu um suspiro. Um grande e absoluto cocô de primeira.

Bethesda, Maryland

A cabo Kim Bock levou menos de cinco minutos para se dar conta de que eles teriam que se virar sozinhos. Logo antes de as bombas caírem, viram um helicóptero ir embora com os cinco cientistas e dois civis, Amy Lightfoot e Fred Klosnicks, além de Claymore, o grande e bobo labrador marrom de Amy, rumo à segurança de um porta-aviões. Gordon, o marido de Amy, e Espingarda, o marido de Fred, ficaram para trás com Kim e os fuzileiros navais. A piloto do helicóptero tinha prometido voltar para buscá-los, mas, por mais que Kim desejasse acreditar em salvação, sabia que era uma promessa vazia. O helicóptero já estava sobrecarregado e, embora a dra. Guyer e os outros cientistas pudessem ser prioridade, Kim e seus fuzileiros definitivamente não eram. Não. Kim era bastante realista: eles teriam que se virar sozinhos. Aranhas estavam comendo gente, o governo dos Estados Unidos estava detonando bombas atômicas no próprio território, e a cavalaria não viria ao resgate.

A princípio, eles se mantiveram ocupados. Ficaram um tempo trabalhando para transformar o laboratório da professora Guyer e a unidade de biocontenção do National Institutes of Health em um lugar onde pudessem se esconder das aranhas. Desistiram da empreitada quando Espingarda comentou com o segundo-sargento Rodriguez que os arredores de Washington talvez não fossem um lugar muito seguro, ainda que eles conseguissem manter distância das aranhas.

— O único motivo pelo qual eu construí um bunker foram as bombas nucleares — disse Espingarda. — Óbvio, eu não imaginava que precisaria me abrigar contra bombas nucleares sendo usadas para nos proteger contra aranhas. Bom, nos proteger em tese. Para ser sincero, não sei se essa foi a melhor estratégia. Mas ainda assim é razoável supor que Washington pode ser a próxima. O risco de sermos vaporizados se ficarmos aqui é maior do que o risco oferecido pelas aranhas. Mesmo operando com informações incompletas, eu não ficaria esperando ordens se fosse você.

Eles *estavam* operando com informações incompletas. Tudo estava desmoronando por todos os lados — quedas de energia, sobrecarga ou falência das redes de celulares, nada além de estática no rádio, a internet era mais um conceito do que uma realidade —, mas tinham ouvido falar das bombas atômicas: Denver, Minneapolis, Chicago, Kansas City, Cleveland, Memphis, Dallas, Las Vegas. Umas trinta, pelo que eles perceberam, destruindo todas as grandes metrópoles que se sabia estarem infestadas. Sem falar nas centenas de toneladas, talvez milhares de toneladas, de explosivos convencionais que já haviam sido lançados sobre rodovias e viadutos em um esforço para deixar os Estados Unidos intransponíveis. A teoria era de que, quanto maior fosse a dificuldade para as pessoas viajarem, maior seria a dificuldade para as aranhas viajarem junto.

— Bom — disse a soldado Sue Chirp —, pelo menos a Disneylândia foi poupada. Eu sempre quis ir para lá.

Kim começou a corrigi-la, mas se conteve. De que adiantava dizer a Sue que a Disneylândia, na verdade, tinha sido destruída junto com toda Los Angeles e um bom pedaço da Costa Oeste? Kim sabia que Sue estava falando só por falar, para tentar fazer com que as duas se sentissem melhor. Além do mais, Sue estava se referindo à Disney *World*. E, até onde Kim sabia, Sue provavelmente tinha razão: a Flórida, pelo menos até aquele momento, parecia ter permanecido livre de aranhas.

Por algum motivo, pensar na Flórida e na Disney World fez Kim pensar na diferença entre os dois cachorros do desenho, Pateta e Pluto, e por que um falava e andava sobre duas pernas enquanto o outro era um cachorro normal, e isso a levou a pensar em Claymore, o cachorro de Amy, o que a fez começar a chorar. De novo. Isso vinha acontecendo muito.

Embora Rodriguez estivesse fazendo de tudo para manter o pelotão ocupado, ainda havia muito tempo livre. O que significava que Kim tinha tempo para ficar pensando naquele cachorro idiota. Ela sempre quisera um cachorro quando era pequena, mas o pai era alérgico. E que loucura: apesar de eles estarem bem perto de Woodley Park, o bairro em que sua família morava e de onde seu pai ia a pé para o trabalho na National Cathedral School, Kim praticamente não havia pensado neles. Mas não conseguia parar de chorar com a lembrança de Claymore balançando o rabo ao subir naquele helicóptero.

Enquanto isso, Teddie, que trabalhava na CNN, ficava de um lado para o outro filmando tudo e parecia empolgada com a ideia de fazer um documentário. Ao mesmo tempo, os outros dois civis, Espingarda e Gordon, se ocupavam com aquela máquina deles, o ST11, que deveria ser uma exterminadora de aranhas, mas parecia só deixá-las com sono. Porém, isso não impedia Espingarda de chamar Rodriguez de vez em quando e repetir sua opinião de que, se o governo americano, em toda sua glória e sabedoria, decidira largar dezenas de bombas nucleares para erradicar cidades infestadas, talvez não demorasse muito para chegar a vez de Washington. E, embora tecnicamente o National Institutes of Health não ficasse em Washington, alguns quilômetros não pareciam uma distância suficiente tratando-se de nuvens de cogumelo. Sempre que Espingarda falava isso, Kim reparava que Rodriguez ficava incomodado. Rodriguez não era exatamente dotado de ideias próprias e, com aquela confusão e a tropa praticamente sem ordens, era nítido que o segundo-sargento não sabia o que fazer.

Em defesa de Rodriguez, ele havia mantido a disciplina, e também mandara todo mundo ficar longe dos outros militares posicionados no estacionamento do NIH e arredores. Ainda assim, Kim reparou que, de tempos em tempos, alguns dos homens e mulheres uniformizados das unidades em volta deles sumiam.

— Não é coisa da minha cabeça, é? — ela perguntou a Joe Branquelo.

— Não — ele respondeu. — Não foram tantas quanto seria de se esperar, dadas as circunstâncias, mas com certeza houve algumas deserções. O crédito é de Rodriguez, por manter nosso pelotão firme e forte. Mas é questão de tempo até começarmos a sangrar. — Ele a observou e então balançou a cabeça. — Nah. Você não está pensando nisso. Se estivesse, eu perceberia. Você é esperta demais para isso. Além do mais, não adianta. Para onde você fugiria? Acho que ninguém sabe muito bem o que fazer. Se fosse alguma outra coisa... Rússia. Coreia do Norte. Até terroristas. A gente se prepara para isso, não é? Mas aranhas? — Ele deu risada e depois passou para Kim a garrafa de Gatorade que estava bebendo. Estava quente, e Kim sentiu dor de dente só de olhar a cor verde doentia do líquido açucarado, mas ela não deixou de beber por causa disso. Aquilo a lembrava da infância, uma consolação doce. — Melhor ficarmos juntos, não é? Não é justamente essa a ideia de ser fuzileiro?

Kim também achava. Era um dos motivos por que ela havia se alistado. Ser uma fuzileira significava fazer parte de algo maior que ela própria.

Ela ficou com a garrafa de Gatorade e fez o possível para se aproximar, sem dar muito na pinta, de onde Espingarda, Gordon e Teddie estavam recolhidos junto de Rodriguez. Chegou perto o bastante para ouvir Espingarda dizer a Rodriguez, sem meias-palavras, que, independente do que os fuzileiros resolvessem fazer, os civis iam dar o fora de Washington assim que possível.

Uma hora depois, quando Rodriguez os chamou, Kim reparou que, pela primeira vez, a unidade deles tinha perdido um homem. Garvey ou Harvey ou algo do tipo. Era um garoto calado, pele tão branca que parecia ter passado a vida inteira bebendo só leite morno, e Kim ficou aliviada por ele não fazer parte da esquadra de tiro dela. Mas, embora tenha visto Rodriguez reparar na ausência durante a chamada, ele não fez nenhum comentário. Na verdade, Rodriguez parecia aliviado, e, quando ele começou a falar, Kim se deu conta de que era porque não precisava mais sofrer com a decisão: alguém havia decidido por ele. Não dava para ficar só contando o tempo.

— Os recursos principais no NIH — ele se referia aos cientistas que tinham ido embora no helicóptero — não estão mais aqui. Isso significa que nossas ordens originais, de levar nossos companheiros civis à professora Guyer, são as mais atuais. Não vamos conseguir levar Espingarda e Gordon até o USS *Elsie Downs*.

Kim ouviu Joe Branquelo murmurar baixinho:

— Não sem um helicóptero.

— Então, enquanto isso, nosso objetivo principal vai ser proteger esses civis. Eles foram classificados como recursos valiosos, e vamos continuar agindo assim, priorizando a segurança deles acima de tudo. E, considerando o receio de que Washington seja um possível alvo de ataque, decidi que vamos sair.

Apesar de afirmar que a decisão era dele, Kim viu os olhos de Rodriguez dançarem na direção de Espingarda e Gordon.

— Para onde?

Kim não viu quem tinha perguntado, mas não queria saber. O importante era que eles iriam embora.

— Ilha de Chincoteague, Virgínia — disse Rodriguez.

O lugar não tinha nenhuma importância em escala nacional, mas seria bom para eles esperarem. Ficava longe de Washington, mas bem de frente para o mar. Assim, se conseguissem restabelecer contato e arrumar um helicóptero, estariam um pouco mais perto da segurança dos porta-aviões. Enquanto Rodriguez contava o plano, Kim viu os colegas fuzileiros olhando para as outras tropas ali em volta, mas ninguém mais parecia estar pensando em ir embora. Kim não se importava. Desde que eles dessem o fora, já estava bom.

Rodriguez lidou com a situação do melhor jeito possível. Deu ordens para todo mundo, e ficou claro que, mesmo que Teddie não fizesse parte do grupo original, ela agora se incluía no guarda-chuva "recursos valiosos" junto com Gordon, Espingarda e aquela caixinha engraçada deles. Enquanto os fuzileiros começavam a se preparar para pegar a estrada, Kim tentou sondar o resto do pelotão. Até onde conseguiu ver, Joe Branquelo foi o único outro fuzileiro a perceber que Espingarda e Gordon tinham tomado a decisão por Rodriguez.

Eles não tinham Hummers nem veículos táticos leves — VTLS —, então confiscaram carros civis no estacionamento do NIH e arredores. Por acaso, com o histórico de delinquente juvenil do soldado Elroy Trotter e a habilidade de Gordon e Espingarda com eletrônicos, não foi tão difícil fazer ligação direta em um punhado de utilitários e picapes. Alguns dos caras — só os caras, nenhuma mulher — resmungaram que era uma pena não pegar "emprestado" o Porsche 911 GT3 laranja deslumbrante que estava caprichosamente estacionado atravessando duas vagas.

— Qual é. Olha só para isto. É sexo sobre rodas — disse o soldado Hamitt Frank, apelidado de Punhos. — Sabe quanto custa um desses? — Punhos balançou a cabeça, os olhos caídos como os de um cachorro triste. — Completo assim? Tem freios de cerâmica, uma penca de coisa em fibra de carbono... — Ele parou de falar enquanto deslizava o dedo por cima do teto. Por um instante, Kim achou que os olhos dele estavam até marejados. — Duzentos mil dólares. No mínimo. E isso tudo está dando sopa aqui.

Mas Rodriguez tinha sido explícito: só veículos altos e com tração nas quatro rodas. A Força Aérea tinha mandado ver nas estradas e pontes da Costa Oeste até a região central dos Estados Unidos. Até então, a Costa Leste estava praticamente ilesa, mas isso não significava que a viagem seria tranquila. Rodriguez queria que eles fossem capazes de atravessar campos e subir calçadas, e de sair da estrada em caso de necessidade. Mesmo que não tivesse vindo de Rodriguez a ordem de se restringirem apenas a picapes e utilitários, Kim achava que era uma boa decisão. Além do mais, qual era o lance de garotos com carros chiques? Por ela, uma picape maneira dava de dez a zero em qualquer conversível.

Ela acabou atrás do volante de uma Nissan Titan. A picape era um monstro, e ou era nova em folha ou o dono a tratava com um nível de carinho que Kim nunca havia recebido de nenhum namorado. Ela não sabia exatamente como a distribuição tinha sido feita, mas acabou ficando com os três civis na picape: Teddie na frente com a câmera, Espingarda atrás dela e Gordon atrás de Kim. Teddie tinha se oferecido para deixar Espingarda ir na frente, já que ele era muito mais alto, mas ele dissera que não tinha problema, bastava ela arrastar o banco para a frente.

— Foi bem discreto. Você encurralou o Rodriguez sem deixá-lo constrangido — disse Kim para Espingarda enquanto eles saíam do estacionamento. Ela olhou para ele pelo retrovisor.

— Não sei do que você está falando — disse ele, mas era nítido que sabia exatamente do que Kim estava falando.

Durante uma ou duas horas, ela basicamente ignorou os homens no banco de trás. Eles estavam conversando sobre giga-hertz e mega-hertz e ionização e frequência e ondas longas e ondas curtas e até propagação ionosférica, mas a essa altura já fazia muito tempo que ela havia perdido o fio da meada. Teddie conectou a filmadora digital em um dos carregadores de doze volts do carro — Kim não entendia muito de câmeras, mas aquela parecia cara — e logo pegou no sono. Com isso, Kim ficou à vontade para sincronizar o próprio celular com o sistema de Bluetooth da picape e escutar a lista de rap das antigas que sua melhor amiga do ensino médio tinha montado.

O trabalho de dirigir quase a enlouqueceu. Rodriguez tinha dado ordem para que os oito veículos seguissem em formação cerrada, o que provavelmente não teria sido nada de mais, não fosse o trânsito. As estradas estavam entupidas. Parecia que todo mundo estava tentando entrar ou sair de Washington ao mesmo tempo. Eles se arrastavam por alguns minutos e depois aceleravam por cem metros, e aí paravam por cinco minutos inteiros. Quando aparecia uma brecha, o esforço de passar todos os oito utilitários e picapes juntos era desesperador. Quando Kim estava cantando ao som de "Rapper's Delight", do Sugarhill Gang, duas horas depois da saída do NIH, o comboio mal tinha viajado seis quilômetros.

O que a deixou particularmente irritada com o pedido de Espingarda.

— Ou um Walmart — disse ele. — Na verdade, o ideal seria uma Radio Shack, mas, a menos que por algum milagre o seu celular esteja funcionado e possamos descobrir onde fica a Radio Shack mais próxima, é melhor acharmos uma loja grande de informática.

— Mas pode ser um Walmart mesmo, se não acharmos uma loja de eletrônicos ou uma Radio Shack — acrescentou Gordon.

— Mas eu preferiria uma Radio Shack.

— Você por acaso sabe onde fica a Radio Shack mais próxima? Ou um Walmart? — perguntou Kim.

— Não. — Espingarda parecia deprimido. — Nós dois temos telefones via satélite, mas nada de internet. Mensagem de texto, sim. E acho que deve dar para fazer chamadas de voz. Mas o Google nos abandonou.

Quase de brincadeira, Kim tentou o próprio celular. Ela não se lembrava da última vez que tinha conseguido sinal, e não sabia se era porque a rede estava sobrecarregada ou por causa daquela coisa pavorosa de jogar bombas atômicas nas aranhas. Mas, quando ela abriu o aplicativo de mapas e digitou *Radio Shack*, na mesma hora apareceu um endereço a poucas quadras de onde eles estavam. Teddie, que tinha acabado de acordar, agarrou o telefone, mas, antes que conseguisse fazer uma ligação, o sinal morreu.

— Não tem importância — disse Espingarda. — Deu para dar uma boa olhada no mapa. Eu consigo levar a gente lá.

Kim lançou um olhar para Teddie, com receio de que ela fosse começar a chorar, mas a garota parecia firme. Achou que ela parecia bem forte para uma branca rica de Oberlin, mas sabia que não tinha moral para julgar. Kim podia ter aparência de durona para algumas pessoas, por ser negra e sarada, mas a mãe era pediatra oncologista e o pai dava aula de história em uma escola particular chique. A infância dela não tinha sido exatamente difícil.

— Tenho ordens de seguir com o pelotão — disse Kim. — Não dá para escapulir até uma Radio Shack.

— Precisamos — disse Espingarda.

— Sinto muito. Ordens.

Ela sentiu a mão de Gordon no alto de seu banco, e então ele se inclinou para a frente para chegar perto. A voz dele estava calma e simpática, e ela tinha que reconhecer que ele não era burro a ponto de achar que subir o tom seria uma boa estratégia de retórica.

— Kim — disse ele —, pense bem. O único motivo para estarmos aqui, nesta picape, é que alguém muito, muito importante acha que a gente, ou melhor, Espingarda, é muito, muito importante. Importante o bastante para mandarem seu pelotão inteiro ir nos achar lá em Desperation, Califórnia, e depois ficar de babá por todo o caminho de lá até a Costa Leste. Importante o bastante para designar soldados...

— Fuzileiros.

— Desculpe. Fuzileiros. Importante o bastante, durante uma emergência nacional, para designar fuzileiros, designar aviões e helicópteros e um monte de energia, para trazer Espingarda até a professora Guyer, que, até onde me consta, é a mulher encarregada pela presidente Pilgrim em pessoa de descobrir que merda está acontecendo com essas aranhas. E, quando decidimos que precisávamos sair da região de Washington, seu pelotão todo veio junto para garantir a nossa segurança. — Ele encostou de leve no braço de Kim. — Então pense nisso tudo e pense que esse mesmo cara está dizendo que precisa fazer um pequeno desvio. É coisa de minutos. Não é para comprar bala. Não *queremos* fazer uma parada, *precisamos* fazer uma parada.

— Precisamos ir para uma Radio Shack?

A voz de Espingarda foi menos gentil. Não de raiva, mas impaciência. Urgência.

— Tenho que comprar umas peças para fazer umas modificações importantes no ST11.

— Essa sua arma?

— É. Bom, não. As modificações são para isso. Ele não vai ser exatamente uma arma. Vai ser uma ferramenta. Mas a ferramenta pode servir de arma.

O trânsito tinha parado de novo. Eles haviam saído da 495 imaginando que as vias urbanas seriam mais rápidas, mas ali também estava uma confusão danada. A Nissan Titan encabeçava o comboio, mas isso não ajudava a dar a impressão de que eles estavam indo mais rápido. Kim se virou para olhar pelo para-brisa traseiro o utilitário de trás, um Ford dirigido por Sue Chirp. Ela ergueu a mão para cumprimentar, e Sue retribuiu o aceno. Atrás de Sue, Kim viu a carroceria prateada da picape de Joe Branquelo. Ela não conseguia ver direito os outros veículos, mas sabia que Rodriguez estava por último, fechando a retaguarda.

Droga.

— Certo — disse ela, virando-se para Espingarda e depois para Gordon. — Tudo bem. Vamos para a Radio Shack.

— Sério? — Gordon parecia tão surpreso que Kim chegou a dar risada. — Só isso? Nós vamos?

— Se você está dizendo que é necessário, que *precisamos* fazer isso... — Ela se virou para a frente de novo. O carro adiante não tinha andado nem um centímetro. Ela encurvou as costas e apoiou a cabeça no volante. — Meu Deus. Qualquer coisa para sair deste engarrafamento por um minuto. Além do mais, eu posso ser fuzileira, mas minha bexiga ainda é de civil, e já faz duas horas.

— Ótimo — disse Espingarda, juntando as mãos. — Saia à direita aqui. Podemos atravessar esse estacionamento, e depois devem ser só mais algumas quadras. Acho que dá para ver o shopping daqui.

Kim balançou a cabeça, mas virou o volante para a direita e acelerou para fazer a picape subir o meio-fio. Eles se sacudiram dentro da cabine quando a Titan avançou pela grama e pela calçada e saiu para o estacionamento. Ela olhou no retrovisor e, claro, a fileira de utilitários e picapes a seguiu, todos os fuzileiros se comportando como bons patinhos.

Gordon falou de novo.

— Você não vai nem perguntar por que temos que ir especificamente à Radio Shack? Quais são as modificações para o ST11?

Kim pensou por um instante, tentando se lembrar dos fragmentos da conversa que tinha escutado entre os dois homens.

— Tem alguma coisa a ver com propagação ionosférica?

Gordon ficou tão empolgado que as palavras pularam de sua boca.

— É! Quer dizer, não exatamente, mas só precisamos soldar...

— Gordon — disse ela, interrompendo-o. — Respondendo à sua pergunta: não, não vou perguntar quais são as modificações. Olha, eu sou inteligente. Eu era boa aluna, e meus pais ficaram bem furiosos por eu ter me alistado em vez de ter ido para Vassar...

— Você passou para Vassar?

— Passei para Vassar. Passei também para Colgate e Hamilton College. Você sabe a dificuldade que foi convencer meus pais de que o melhor para mim era entrar para os fuzileiros? Ah, pelo amor de Deus. A questão não é essa. A questão é que sou inteligente. Embora eu tenha bastante certeza de que vou entender, se você me explicar o que "propagação ionosférica" significa e por que isso é importante, agora meu objetivo é só levar vocês até a Radio Shack. Tudo bem?

Ela parou na saída do estacionamento, conferindo para ver se eles podiam virar. A rua ali estava deslumbrantemente vazia, como se todas as pessoas da região estivessem ocupadas entupindo as rodovias e a rua de onde eles tinham acabado de sair. Ela sabia que era uma ilusão — que assim que tentassem sair da cidade as coisas ficariam lentas de novo —, mas, naquele momento, era bom dirigir a uma velocidade mais normal.

— Que tal entrarmos e sairmos da Radio Shack e voltarmos para a estrada? Mesmo sem esse pequeno desvio, ainda faltam uns duzentos e setenta quilômetros até Chincoteague — disse ela. — Vocês podem me explicar o que pretendem fazer com esse seu brinquedinho no caminho.

USS *Elsie Downs*, oceano Atlântico

Os marinheiros eram invariavelmente educados. Manny imaginou que era preciso ser assim para viver confinado em um porta-aviões. Um oficial havia feito um rápido resumo das dimensões — o porta-aviões tinha mais de trezentos e trinta metros de comprimento, maior que três campos de futebol alinhados —, mas os números não eram nada. O USS *Elsie Downs* era uma cidade flutuante. Os porta-aviões mais antigos da classe *Nimitz* demandavam tripulações maiores, mas os novos superporta-aviões da classe *Ford* geralmente precisavam de menos gente. No entanto, em condições normais, isso ainda significava quase quatro mil e quinhentos integrantes da Marinha dos Estados Unidos. Mesmo em um leviatã como aquele, era uma quantidade muito grande de marinheiros em um espaço apertado. Manny imaginava que não era tão ruim quanto um submarino, mas a educação parecia uma boa estratégia de sobrevivência.

Claro que as condições não eram normais. O USS *Elsie Downs* estava fazendo as vezes de Casa Branca. Em uma guerra convencional, a presidente Pilgrim teria sido levada para um bunker em algum lugar, mas uma fortaleza flutuante parecia uma decisão sensata. *Ou talvez não*, pensou Manny. Se as aranhas aparecessem ali, não haveria escapatória.

Ele balançou a cabeça. Estava procurando pelo em ovo. Por enquanto, aquele era o lugar mais seguro possível. Ele parou na frente do camarote da presidente. Havia dois agentes do Serviço Secreto na porta, e Manny sorriu. Eles estavam mesmo esperando um atentado contra a vida dela ali, dentro de um porta-aviões?

— Bom dia, rapazes — disse ele. Não sabia o nome do cara branco, mas era difícil esquecer o outro, o agente especial Tommy Riggs. Particularmente ali, ele parecia desproporcional. Manny tentou imaginar quantas vezes Riggs já havia batido a cabeça em batentes de portas desde que eles subiram a bordo do USS *Elsie Downs*. — Ela está acordada?

— Só para avisar — disse Riggs —, ela está de mau humor.

Manny assentiu com a cabeça, respirou fundo e bateu na porta.

George Hitchens, o primeiro-maridão, abriu um pouco a porta e deu uma espiada para fora. O sujeito era gente boa, e Manny gostava sinceramente dele. George era acolhedor e simpático quando a situação demandava, mas não precisava ser o centro das atenções, como a maioria dos políticos. Era o cônjuge ideal na política: educado e polido, mas também, de alguma forma, indiscutivelmente discreto. Só aparecia nos jornais em cerimônias de inauguração e ações de caridade, em visitas a orfanatos e hospitais de veteranos. O máximo de polêmica que já havia provocado era sua insistência, como texano de raiz, em usar um chapéu de caubói sempre que a ocasião permitia.

Mas já fazia muito tempo que George e a presidente Stephanie Pilgrim não estavam mais apaixonados. O que não significava que eles não se amavam. Os dois se davam muito bem. Só não estavam *apaixonados*. Manny, que tinha mais intimidade com a presidente do que qualquer outro ser humano — incluindo o marido dela —, nunca os vira brigar, nem escutara Steph falar mal dele. E, embora tivesse certeza de que George sabia que ele e Steph mantinham havia décadas um romance de idas e vindas, desde que Manny se separara da esposa, Melanie, George nunca havia demonstrado nada. Houve um tempo em que um dos grandes receios políticos de Manny era que George se cansasse do casamento, mas o homem permanecera leal. Incrivelmente.

— Manny — disse George, balançando a cabeça.

Ele abriu a porta toda. Era o camarote do comandante, grande em termos de acomodação a bordo de um navio. Muito maior que o de Manny, que teria sido considerado pequeno até mesmo em comparação com um banheiro de Nova York. Claro, Steph era a presidente, e ele era só o chefe de gabinete da Casa Branca, e eles estavam em um porta-aviões, e aranhas estavam comendo gente, e bombas atômicas estavam caindo, então Manny não queria criar caso por causa disso.

Depois de lançar uma olhada para o agente especial Riggs, George sussurrou:

— Tommy já comentou com você?

Manny também abaixou a voz.

— Ele disse que ela está um pouco mal-humorada.

George fez uma careta.

— É por aí. Tenho certeza de que, se eu recorresse às minhas origens texanas, conseguiria pensar em uma expressão coloquial ótima relacionada a cascavéis ou algo do tipo, mas é. Esteja avisado.

— Infelizmente, temos que trabalhar — disse Manny, entrando no camarote.

Manny ficou em choque. Ele tinha imaginado que veria Steph frenética e furiosa, mas ela estava sentada na cama. Tinha os cotovelos apoiados nos joelhos, e as mãos sustentavam a cabeça. Ela estava olhando para o chão. A impressão de Manny foi que ela parecia derrotada.

Ele se virou para George.

— Hum, ei, você se incomoda...

— Sem problema — disse George. — Eu estava pensando em ir até o refeitório e tomar café da manhã. Meia hora dá tempo?

Manny fez que sim e fechou a porta depois de George sair. Atravessou o camarote, parou na frente de Steph, hesitou, e então sentou-se ao lado dela. Passou o braço em volta de seu ombro, mas ela permaneceu rígida, e isso o deixou preocupado.

Não era a Stephanie que ele conhecia. Ela havia ficado arrasada depois da única eleição que não vencera, tendo perdido a vaga para o Senado por meros mil e quinhentos votos. Pior ainda, o mais triste que ele a vira tinha sido depois do segundo aborto espontâneo, quando os médicos disseram que ela e George deviam parar de tentar, e Manny achava que tinha sido nesse momento que o casamento dela com George realmente havia deixado de ter a ver com amor. Embora nas duas ocasiões ela tivesse ficado arrasada — ela chorara muito em particular, por mais que parecesse bem em público —, ele nunca a vira daquele jeito. Derrotada.

Quebrada.

A voz dela estava vazia.

— Não consigo. Não posso ir à reunião. Passei a vida inteira lutando contra a pressuposição de que, por ser mulher, eu não tinha força para ser presidente. E consegui. Encarei todas as hipocrisias e todas as palhaçadas dos caras velhos que achavam que me subestimar era uma boa estratégia. Tomei decisões difíceis como governadora e como senadora, e tomei decisões difíceis desde que virei presidente. Mas não consigo, Manny. Meu Deus, já foi ruim ativar o Protocolo Espanhol, explodir nossas estradas e pontes, estraçalhar o país todo. Mas bombardear nossas próprias cidades? Os militares podem usar a palavra "tática" à vontade, mas, no fim das contas, eu dei a ordem para usar bombas nucleares em nosso próprio território. Denver. Chicago. Minneapolis. Quantos milhões de pessoas morreram por causa da minha ordem? Quantos milhões de pessoas eu salvei? Eu tomei a decisão certa, Manny? Não sei. Só sei que praticamente já estourei o limite desse cartão.

Manny não falou nada. Ela tinha razão. Os danos das bombas nucleares eram incalculáveis. Havia sido uma decisão quase impossível. Era como o tratamento contra um câncer agressivo. Se nada fosse feito, o paciente morria. Mas, com uma quimioterapia pesada, as substâncias do regime quimioterápico poderiam ser mais mortíferas para o paciente do que o câncer em si. O mesmo valia para as bombas nucleares. Era o jeito mais rápido de destruir e refrear as aranhas nos lugares onde já se sabia — ou se achava — que havia infestação e surtos, mas a que custo.

Eles tinham tentado ser cuidadosos. Tinham mesmo. Havia maneiras de usar armamento nuclear de modo a maximizar os danos de longo prazo — era possível irradiar uma região além de qualquer possibilidade de redenção —, mas eles se esforçaram para evitar isso. Os ataques foram táticos. Embora não existisse uma forma "segura" de usar bombas nucleares, as Forças Armadas haviam feito de tudo para minimizar a dispersão de partículas radioativas. Ainda assim, o consenso científico era de que eles já estavam forçando a barra. *Continuar* o uso de bombas atômicas era empurrar o país para além do ponto sem retorno. Se as aranhas eram um câncer, bom, eles teriam que deixar o câncer seguir o curso natural. Havia algumas pessoas nas Forças Armadas insistindo muito para que Steph adotasse uma política de terra arrasada — Ben Broussard, o desgraçado chefe do Estado-Maior Conjunto, tinha retomado a postura de filho da puta teimoso — e destruísse todas as aranhas a qualquer preço.

— De que adiantou, Manny? Você acha que Broussard tem razão? — perguntou Steph. — Não foi suficiente?

Os dois ficaram em silêncio. Ele sabia que ela não queria uma resposta. Broussard vinha martelando a mesma tecla sem parar. Ele tinha dado um pouco de trégua na semana anterior, com a autorização do Protocolo

Espanhol, e se comportado com Steph para conseguir o que queria. Mas ele estava tentando distribuir a culpa. Agora estava dizendo que teria sido possível evitar grande parte dos danos causados pelas aranhas se Steph tivesse agido de forma mais agressiva desde o começo. Se ela tivesse partido para as bombas nucleares no instante em que as aranhas chegaram ao litoral de Los Angeles. Broussard falava sem parar que, se ela tivesse feito isso, o país teria ficado em segurança.

Os dois estavam quietos, porque era possível que Broussard tivesse razão.

Manny havia sido consumido por essa ideia desde que eles tinham chegado ao USS *Elsie Downs*. E se assim que aquele cargueiro batera no porto de Los Angeles — assim que eles souberam das aranhas soltas por lá — eles tivessem varrido a cidade inteira do mapa? Era um exercício terrível ficar se questionando daquele jeito. Engenheiro de obras prontas. Era uma loucura. Era impossível. Na hora, não tinha como eles saberem a gravidade da situação, não tinha como eles saberem, naquele momento, o que precisava ser feito.

Steph rompeu o silêncio.

— É tarde demais para mudar qualquer coisa. Broussard pode falar à vontade. É só garganta. Eu sei. É tudo manobra dele para não levar a culpa. — Ela deu uma risada breve, amargurada. — Sempre tem política, não é? Até agora, no meio de uma crise existencial, tem política.

— Você precisa deixar que nós, humanos, tenhamos pelo menos isso — disse Manny. — Nada pode nos salvar de nós mesmos. Talvez, com tempo...

— Tempo! — ela cuspiu a palavra, interrompendo-o, e depois voltou a abaixar a voz. — Meu Deus. Quem dera houvesse tempo. Sua ex-esposa me falou que, se eu puder dar só três, quatro dias, ela acha que consegue uma resposta. Ou, usando as palavras de Melanie, "algo perto de uma resposta". Alguma coisa que vá nos ajudar a sobreviver sem nos matarmos. Caso contrário, de que adianta? De que adianta contra-atacar se para isso vamos nos matar mais rápido do que as aranhas? Três ou quatro dias. Você acha que temos três ou quatro dias, Manny? Acha?

Ele queria dizer que sim, claro, que ela só precisava confiar em Melanie — a genial e batalhadora Melanie —, e que tudo ficaria bem; mas ele não sabia, e foi o que respondeu.

— É, eu também não. — Steph se mexeu um pouco. — Mas tenho que entrar naquela sala de reuniões e tentar vender essa ideia para um bando de estrelados, tentar convencer aquele povo todo de que o melhor que podemos fazer agora é esperar. Vou ter que rebater Broussard, que acha que nossa única opção é continuar jogando bomba, e vou ter que falar "Confiem em mim". Não sei nem se eu confio em mim mesma, Manny. Todo mundo está me esperando lá naquela sala, e, quando eu entrar, eles todos vão se levantar e me chamar de senhora presidente e vão esperar que eu saiba o que estou fazendo. Mas eu não sei mais. Não sei. Talvez Broussard tenha razão. E se a gente for em frente e jogar todas aquelas bombas? A humanidade não vai sobreviver, mas pelo menos vamos levar aqueles monstros junto.

— Você não acredita nisso a sério, não é?

— Não. Não acredito. Acho que precisamos ter esperança. Precisamos nos dar uma chance de sobrevivência. Precisamos...

Ela parou. O camarote estava tão silencioso quanto o resto do porta-aviões, ou seja, ainda havia um ronco persistente de energia abaixo e à volta deles. O USS *Elsie Downs* não estava em movimento, mas ele nunca ficava absolutamente imóvel no vasto oceano, e por isso nunca fazia silêncio de verdade a bordo. Era o mesmo murmúrio que se ouvia em lugares no meio da natureza, mas que tinham instalação elétrica. A estática do engenho humano.

Manny havia mantido o braço em volta do ombro de Steph, e finalmente ela relaxou. Ele se deu conta de que ela estava chorando. Nada dramático. Não era o estilo dela. Só um gemido fraco e o peito se sacudindo. Ela aninhou a cabeça no peito de Manny.

Havia momentos em que ele se perguntava se os dois deviam ter se casado. Embora Steph fosse três anos mais velha, eles tinham namorado durante a faculdade e algumas outras vezes — bom, talvez *namorado* não fosse a palavra certa, mas eles passavam muito tempo juntos — ao longo de todos os anos desde então.

Será que ela sabia que ele tinha pensado nisso? Que havia considerado pedi-la em casamento? Talvez ela tivesse rido de Manny ajoelhado e oferecendo uma aliança dentro de uma caixa forrada de veludo, mas, durante alguns meses, antes de ela começar a namorar George, antes de Manny conhecer Melanie, a ideia havia parecido boa. E talvez, se eles tivessem sido pessoas diferentes, se os dois não tivessem estado tão engajados na política e de olho no sucesso, ele poderia ter pedido e ela poderia ter aceitado. Talvez então bastasse para os dois terem um ao outro, talvez bastasse se o mundo e a vida inteira deles girassem em torno de uma vida juntos. Talvez pudessem ter dispensado o poder e a política, as concessões que haviam feito para subir até a Casa Branca. Talvez tivessem sido felizes com uma vida menor, sonhos menores, preenchendo as lacunas com o amor. Só que ele sabia, mesmo naquela época, aos vinte e poucos anos, que a ideia era uma miragem: se eles fossem pessoas diferentes, se fossem o tipo de gente capaz de encontrar a felicidade em algo tão simples, nunca teriam sequer ficado juntos.

Mas lá estavam, depois de tantos anos juntos, e o que ele precisava fazer não tinha nada a ver com poder. Não tinha nada a ver com o fato de Stephanie ser presidente. Tinha a ver com um homem, uma mulher. Tinha a ver com o amor que ele sentia por ela preenchendo as lacunas.

Então ele a segurou por mais alguns minutos. Seu corpo virado para o dela, seus braços a envolvendo como um cobertor, deixando-a chorar junto do peito, balançando só um pouquinho.

E então, quando o choro diminuiu, ele fez o que os dois vinham fazendo juntos havia muito tempo. Ele fez questão de lembrá-la de que ela não era só a garota do alojamento da faculdade.

— Certo — disse ele. — Já passou. Você vai lavar o rosto e arrumar a maquiagem, e então você vai entrar naquela sala e vai ser Stephanie Pilgrim, presidente dos Estados Unidos da América.

Ela enxugou as lágrimas e, depois, chegou até a dar risada.

— Eu sei. Eu sei. Não precisa me dizer. Mas você é a única pessoa com quem eu posso fazer isso. Não vou começar a chorar na frente de Billy Cannon ou, Deus me livre, Ben Broussard, não é? Broussard já acha que eu não dou conta. Ele está esperando, à procura de qualquer sinal de fraqueza, qualquer abertura para dar o bote. Não importa o que eu faça. Nenhuma ação minha jamais vai ser o suficiente para ele e o resto dos militares. E se eu começar a chorar? Eles querem agir, mesmo se isso for equivalente a destruir nossa chance de sobrevivência. Eles só conseguem pensar em vencer, a qualquer custo. Qual é o problema daqueles caras de farda? Alguns entendem que existe opção. Billy Cannon entende. Mas a maioria? Como era aquele ditado? Para um martelo, tudo é prego. — Ela riu de novo, e por trás da risada havia a sombra de um soluço. Ela se levantou, alisou a saia, colocou a barra da camisa para dentro. — Ninguém disse que seria fácil, não é? Ninguém disse que seria fácil ser presidente.

— Não — respondeu Manny. Ele se levantou também, foi até a escrivaninha e pegou o tablet dela. — Ninguém disse que seria fácil. Se você ainda não leu os relatórios, eu faço um resumo no caminho para a reunião.

Ela entrou no banheiro e começou a retocar a maquiagem.

— Ninguém disse que seria fácil, mas também não disseram que eu teria que lidar com um surto de aranhas ensandecidas. Que merda a gente faz, Manny?

— Não sei, não sei mesmo. Mas sei que você nasceu para ser presidente.

— Para dar conta — disse ela.

— Para dar conta. — Manny começou a abrir a porta e parou. — Escuta, se você sentir que vai balançar, é só olhar para mim. Olhe para mim e saiba que estou do seu lado.

A presidente saiu do banheiro e o encarou. Qualquer que fosse o vazio, qualquer que fosse a fragilidade que ela havia demonstrado, nada disso estava mais ali.

— Assim que sairmos deste cômodo, você não vai precisar se preocupar mais comigo. Quem sou eu, Manny?

Ele se endireitou.

— Você é a presidente dos Estados Unidos da América.

— Eu sou a presidente, droga — disse ela. — Agora vamos trabalhar.

Ele quase ouviu os próprios calcanhares batendo ao responder:

— Sim, senhora.

Essa era a Stephanie Pilgrim para quem ele adorava trabalhar.

Universidade de Osaka, Osaka, Japão

Koji tinha certeza de que se sentiria muito mais à vontade se estivesse com suas roupas normais de laboratório: calça cáqui, camisa e jaleco. O traje de isolamento era horrível e dificultava a manipulação dos espécimes, mas ele não ia se arriscar. Tinha avançado aos tropeços por um templo budista infestado de aranhas na província de Shinjin, mas saíra vivo. Os cientistas que haviam tentado entrar com roupas normais, não. Portanto, ele continuaria usando o traje de isolamento enquanto estivesse no mesmo cômodo que aqueles monstros.

Contudo, isso significava que a quantidade de tempo que conseguia ficar no laboratório era limitada, e ele precisava passar por toda a série de portas e procedimentos que haviam sido implementados para garantir que nenhuma das aranhas escapasse. Era um pouco ridículo todo aquele trabalho para entrar e sair do laboratório, e ele sabia que era um comentário peculiar vindo de um cientista que ainda tinha pesadelos com os vinte minutos passados dentro do templo e que insistia em usar um traje de isolamento mesmo com todas as aranhas dentro de insetários, presas em segurança atrás de vidros. Mesmo quando ele tirou uma única aranha, eram tantas precauções que a probabilidade de ocorrer algum problema era muito baixa...

Não importava. Qualquer erro seria fatal. Bastava olhar no mapa e pensar em quantas cidades já podiam ser riscadas dali para saber que era verdade.

Já fazia quase uma hora que estava no laboratório, e ele imaginou que tinha mais uns cinco minutos até precisar descansar um pouco. O traje era tão quente que, no final de cada um dos últimos dias, ele havia suado mais de três quilos de água. Havia começado a ingerir o máximo possível de comida salgada na esperança de reter um pouco de fluidos. Mas cinco minutos eram tempo suficiente para ele arrumar tudo. Já havia acabado a vivissecção, e agora só faltava colocar os restos no incinerador e limpar os instrumentos.

Não que Koji tivesse feito muito progresso. Ele havia sido contra queimar o templo. Sim, claro que fazia sentido conter a ameaça, mas com isso também não haveria nenhuma esperança de ele compreender o que estava acontecendo. Nenhuma esperança de descobrir uma forma de impedir aquilo. Ele tinha certeza de que, se tivessem esperado só um pouco...

Ainda assim, pelo menos tinham deixado que Koji levasse trinta aranhas de volta para o laboratório. Ele precisou obedecer a todas as restrições impostas, inclusive deixar que os militares instalassem explosivos no laboratório para que fosse possível detonar tudo em um instante caso houvesse alguma falha. Koji não ficou feliz com isso, mas fazer o quê? Ele se limitou a aceitar todas as condições, vestir o traje de isolamento e trabalhar da melhor forma possível. O sofrimento era simplesmente algo a ser suportado.

O sofrimento valia a pena. O comportamento das aranhas tinha sido completamente diferente do que Koji esperava. Ele não tinha a menor dúvida de que elas ainda eram perigosas — daí o traje de isolamento e todas as precauções —, mas não demonstravam nenhuma selvageria. Elas pareciam não ter o menor interesse em se alimentar. Fez mais sentido quando ele se deu conta de que seus espécimes tinham começado a ecdise. Como a maioria das aranhas, elas jejuavam no período imediatamente anterior à muda do exoesqueleto. No entanto, ele tinha medo do que isso podia significar. Considerando que nunca vira nada parecido com aquelas aranhas antes, seria apenas um caso de muda do exoesqueleto para que elas pudessem crescer, ou algo pior?

Ele odiava o fato de que, na prática, estava trabalhando às cegas. Conseguira trocar algumas informações com a principal cientista americana, mas já fazia mais de quarenta e oito horas desde o último contato com a dra. Guyer. Ele não sabia se era porque as comunicações não estavam funcionando, ou se havia acontecido alguma coisa mais grave. As notícias eram só mais um aspecto que tinha ficado inconstante desde o começo da crise.

Koji juntou o que restava da aranha em que estivera trabalhando, despejou tudo no incinerador e pôs os instrumentos na autoclave. Meticulosamente, passou por todos os pontos de verificação, e só depois de dez minutos pôde tirar o traje de isolamento. Seu cabelo estava emplastrado de suor, e as roupas estavam encharcadas. Ele estava exausto e não sabia o que era mais urgente, um banho ou uma soneca. Pensou rapidamente em tentar entrar em contato com os americanos de novo, mas estava cansado demais. *De manhã*, pensou ele.

Lago Soot, Minnesota

Mike olhou para a escada sem muita confiança. Rich Dawson, o marido de sua ex-esposa, não era o tipo de cara que cuidava dos próprios reparos. Isso provavelmente era o pior que Mike tinha a dizer sobre ele — bom, isso e o fato de que o cara era um advogado criminalista de defesa —, mas o resultado era que o barraco velho nos fundos estava cheio de ferramentas descartadas e sucatas que tinham a mesma idade da cabana de Dawson. Depois da tempestade na noite anterior, alguém precisava consertar a calha. Infelizmente, acabou sobrando para Mike. Ele mesmo não era particularmente hábil, mas seu parceiro, Leshaun, se livrou graças ao fato de que tinha levado um tiro recentemente. O músculo do braço, onde a bala tinha atravessado de fora a fora, estava cicatrizando bem, mas ele também havia fraturado algumas costelas quando o colete segurou outra bala, e essas estavam incomodando.

Por isso, era Mike que estava olhando para a escada extensível de alumínio velha e instável. Ela ficava pendurada em um par de ganchos enferrujados do lado de fora do barraco. A escada estava manchada de tinta, e, quando ele a pegou, recebeu uma chuva de terra e agulhas de pinheiro. Mike tinha imaginado que ela pareceria mais robusta, mas era estranhamente leve, e, quando ele a cravou na terra ao lado da cabana, a escada deu uma balançada sinistra e barulhenta. Ele a apoiou cuidadosamente no telhado e olhou para Leshaun.

— Segure bem esta escada.

— Qual é, cara. Rápido. É bom não ficarmos mais tempo aqui fora do que o necessário. Foi você que disse que era melhor ficarmos dentro da casa para tentar minimizar a exposição à radiação. Ande logo.

— Andar logo? — Mike balançou a cabeça. — Falar é fácil. Não estou vendo o negão aí se preparar para subir uma escada.

Leshaun riu.

— Opa. Já não bastava uma guerra nuclear, agora você vai vir com política racial?

— Ataques nucleares táticos — disse Mike. — Não guerra nuclear.

— Faz diferença?

Mike ignorou a pergunta, segurou três parafusos com os lábios e enfiou a chave de fenda no bolso de trás. Pôs o pé no primeiro degrau e, hesitante, pôs o outro. A escada se balançou um pouco, mas não parecia em risco iminente de cair.

Enfim.

Ele ficou de olho nos degraus à sua frente, fazendo muita força para não olhar para baixo enquanto subia. Uma garoa tinha deixado o metal frio e escorregadio, então ele pisou com cuidado. Quando chegou ao telhado, estendeu a mão até a parte da calha que estava pendurada. Puxou-a para cima e segurou-a com uma das mãos enquanto pegava a chave de fenda com a outra e puxava um dos parafusos da boca. Ali em cima, com as mãos ocupadas com outras coisas que não a firmeza da escada, ele teve uma sensação horrível de vulnerabilidade. Enfiou o parafuso no buraco que já havia na calha e o empurrou o bastante na madeira para aguentar por um ou dois segundos até que ele firmasse a chave de fenda.

Sentiu a escada vibrar e quase deixou a ferramenta cair.

— Hehaun!

Esse foi o máximo que ele conseguiu falar do nome do parceiro sem soltar os outros parafusos na boca.

— Foi mal, foi mal. Só estava ajeitando os pés.

Mike olhou para baixo e se arrependeu imediatamente. Estava só a uns três metros do chão, mas não era muito fã de altura. E, tudo bem, Dawson não era o tipo de cara que consertava calhas, e Leshaun tinha uma boa desculpa, mas Mike também não estava cem por cento. Tinha a privação de sono e tal, e sua mão ainda estava dolorida. Mike tinha sofrido um corte feio no metal afiado do jatinho caído que, pelo que ele sabia, havia sido o primeiro sinal objetivo de que as coisas iam virar uma zona monumental.

Ele tinha perdido a noção do tempo. Haviam se passado só algumas semanas, mas podia ter sido só um dia, ou podia ter sido uma vida inteira desde que ele entrara naquele tubo de metal carbonizado e vira uma aranha abrir caminho a dentadas pelo rosto de um dos homens mais ricos do mundo. E depois disso? Ah, nada de mais. Só caos. Pânico. E, mais recentemente, o segundo sol brilhante de uma explosão nuclear que varrera Minneapolis do mapa.

Mike estava fora da casa com a filha, Annie, quando Minneapolis virou um mar de vidro. Ele percebeu imediatamente o que tinha acontecido. Não queria acreditar, mas sabia o que era. Desde que seu chefe na agência mandara aquela mensagem de que ele e Leshaun precisariam se virar por conta própria — estavam tentando buscar Annie, Dawson e a ex-esposa de Mike na cabana e voltar para Minneapolis para pegar um avião do governo que iria para o leste —, ele sabia que a situação ficaria pior. E tinha ficado, quando a presidente deu ordem para que as bombas mandassem rodovias e viadutos, as veias que conduziam o sangue do país, de volta para a Idade da Pedra. Mas ficou óbvio bem rápido que armas e explosivos convencionais não bastariam para impedir as ondas de aranhas que estavam assolando o país. Então, quando viu o clarão impressionante ao sul, ele correu com Annie para dentro.

Desde então, desde que Minneapolis fora bombardeada, eles tinham permanecido abrigados dentro da cabana. Dawson tinha um belo arranjo de painéis solares, mas Mike imaginou que isso não demoraria a dar problema. Ele não sabia o bastante sobre as causas de um inverno nuclear, mas, pelo que tinha dado para ver, a maioria das cidades grandes entre Chicago e a Costa Oeste tinha recebido a dádiva da fusão. Ou fissão. Mike não se lembrava. Física não era seu forte na escola. De qualquer jeito, ele imaginou que haveria tanta poeira e fumaça no ar que as células fotovoltaicas não durariam. Mas, até ali, não tinham dado problema. Eles haviam usado fita adesiva para cobrir o máximo possível de frestas, colaram sacos de lixo, encheram tudo que era recipiente com água. Tudo que conseguiram pensar para manter o exterior do lado de fora, e era por isso que ele estava se dando ao trabalho de consertar a calha; com a calha quebrada e a chuva, a água estava se infiltrando pelo ponto entre o telhado e a parede, uma linha de umidade que começava a se espalhar para dentro da cabana.

Consertar a calha, cobrir as janelas — isso tudo era só um paliativo. Ele tinha certeza de que se abrigarem ali dento da cabana não era uma boa solução a longo prazo. Quanto tempo poderiam ficar ali? Até que ponto a radiação seria excessiva? Para ele? Para sua ex-esposa, que estava grávida? Para Annie? E, mesmo se ele soubesse as respostas, não tinha nenhuma forma de mensurar a exposição.

Mike terminou de fixar a calha e se deu conta de que talvez o fato de não saber já era uma resposta. Ele não tinha um contador Geiger, não podia consultar nenhum especialista. Sua única referência era a intuição, e a intuição estava dizendo que era hora de dar no pé. O conserto da calha na bela cabana de Dawson, com janelas maineladas e ripas de cedro, com a varanda que tinha vários patamares até dar no atracadouro, havia sido uma perda de tempo. Tudo havia sido perda de tempo. Eles não tinham como ficar em segurança se continuassem naquele lugar.

Não havia resposta certa, nem sobre as aranhas, nem sobre a destruição intencional dos Estados Unidos como medida de defesa, mas não dava para ficar ali. Assim que Minneapolis tinha virado um cogumelo radioativo, ele precisava ter levado a filha — todo mundo — até uma distância segura.

Se é que isso existia. Algum lugar era seguro?

Mas eles podiam ir para o leste. As estradas estavam destruídas, o mundo, pegando fogo — e quem sabia se as aranhas voltariam para mais um banquete —, mas eles podiam ir para o leste. Até onde sabiam, a Costa Leste ainda estava intacta. Mike imaginava que, se conseguissem ir de Minneapolis para a Costa Leste, estariam seguros.

Ou seguros na medida do possível.

Agora ele só precisava dar um jeito de levar todo mundo para lá.

Boothton, Dakota do Sul

Ela sentiu que estava ficando mais forte, o que era bom. Mas naquele lugar não havia comida suficiente para sustentá-la. As pequenas já haviam esgotado praticamente tudo o que havia disponível por perto. Ela teria que sair logo. Havia comida em outros lugares.

Embora soubesse que algumas de suas irmãs não estavam mais se comunicando, ainda havia muitas. Conseguia senti-las, como a pulsação do próprio corpo, conseguia senti-las com tanta clareza como se elas fossem suas próprias pequenas, e através delas ela sentia as outras pequenas.

Havia comida em outros lugares. Ela só precisava ir buscar.

Escola Kearney, Kearney, Nebraska

O rebanho havia crescido até mais de cinco mil peregrinos. O que parecia impressionante, mas era uma dor de cabeça para o profeta Bobby Higgs. A Interestadual 80 estava intransitável para veículos, e não era fácil tentar manter aquela quantidade de gente andando junto. Mas o pior era o clima. Desde que viram os dois sóis nucleares de Denver e Lincoln, um atrás e o outro à frente, o calor fora de época que eles vinham aproveitando tinha acabado. O sol desaparecera atrás da decadência cinzenta de nuvens e chuva. Cortinas d'água os encharcavam. E, quando a chuva diminuiu, ela deu lugar a uma neblina inevitável que se infiltrava pelas costuras de casacos e camisas e deixava as pessoas tremendo e febris. Talvez eles precisassem se preocupar com a radiação, mas isso parecia algo distante. O problema mais imediato era a exposição às intempéries. Eles já haviam perdido nove peregrinos na marcha.

Isso o angustiava. Sendo o profeta, ele tinha direito a uma das onze barracas que a horda de peregrinos possuía, e podia passar as noites junto ao calor de qualquer uma das muitas mulheres que estavam ansiosas para lhe fazer companhia. Mas ele preferia dormir sozinho. Houve uma época, antes de ser o profeta Bobby Higgs, quando era só Bobby Higgs, um vigarista, em que ele teria aproveitado a carne, teria tentado usar seu poder para se valer do rebanho. Mas Bobby se viu na curiosa posição de se sentir responsável. Aqueles cinco mil homens, mulheres e crianças esperavam que ele os salvasse, e, por Deus, queria salvá-los.

Quando se aproximaram da periferia de Kearney, depois de quase oitenta quilômetros de caminhada, ele decidira dar um ou dois dias de descanso para seus seguidores. Eles invadiram a escola, puseram voluntários na cantina para cozinhar, e as pessoas comeram em turnos. Bobby havia encarregado seus discípulos — as pessoas nos doze primeiros veículos que se juntaram à caravana haviam começado a se autointitular os doze discípulos — de organizar grupos para procurar roupas e comida. Eles praticamente limparam o Walmart e o Hy-Vee. Kearney tinha sido uma trégua necessária, mas o lugar não proporcionaria mais consolo. Sem consolo, sem sustento, só a promessa de uma lenta miséria se eles ficassem. E talvez fosse uma lenta miséria se eles seguissem em frente, mas pelo menos assim havia a esperança de acharem algo bom. O povo israelita não tinha vagado por quarenta anos no deserto até chegar à terra prometida? E o profeta Bobby Higgs não era uma espécie de Moisés?

Ele havia acabado de decidir que partiriam na manhã seguinte, marchando para sabe-se lá onde, mas em frente, em frente, em frente, quando ouviu a voz no rádio de ondas curtas: Macer Dickson.

Macer.

O homem que, após a primeira onda de aranhas devorar Los Angeles, tinha ajudado a transformar Bobby no profeta Bobby Higgs. O homem que tinha orquestrado a quebra da quarentena. O homem que tinha largado Bobby no acostamento. Abandonado. Sozinho.

A voz de Macer chegava com tanta nitidez pelos headphones que, se Bobby fechasse os olhos, acreditaria ser capaz de esticar a mão e encostar nele.

E o que Macer estava fazendo no rádio? Oferecendo abrigo para qualquer um disposto a trabalhar e levar provisões — comida ou combustível ou qualquer coisa útil — até o local onde ele estava entocado, em uma parada de caminhões na interestadual.

Bobby pediu para um dos discípulos trazer um mapa.

Hum. Pelo que viu, Macer estava transmitindo a menos de vinte e cinco quilômetros dali.

Bobby sorriu.

E então organizou equipes para procurar algo mais útil ainda do que comida, roupas ou material de acampamento: armas e munição.

Ele ia para a guerra.

Igreja Católica de Nossa Senhora da Misericórdia, Pistol Gap, Ohio

Houve muitos, muitos dias em que o padre Thomas se ressentiu de morar em Pistol Gap. Já fazia muito tempo que ele se resignara a não fazer parte da elite da Igreja católica. Por um período muito curto, quando entrou para o sacerdócio, tivera fantasias sobre o Vaticano, mas, no fundo, ele era um garoto de Pittsburgh que adorava os aspectos mais mundanos de sua vocação. Mesmo aos cinquenta e poucos anos, o sacerdócio ainda lhe parecia isso: uma vocação. Mas, sério, como ele havia ido parar em Pistol Gap?

Sua primeira missão tinha sido no Bronx, e ele adorava. Foi na época em que a cidade ainda era difícil, e sua igreja ficava em um bairro que não era desejável havia décadas. Ele tinha vinte e cinco anos, recém-ordenado, e todo dia acordava de manhã inundado da graça divina. Lançara-se na comunidade, dando vida nova a programas que haviam estagnado, totalmente imerso na obra de Deus. Mesmo sabendo que aconteceria, foi chocante quando recebeu a transferência, seis anos depois. Mas tinha ido para Phoenix, Arizona, e, quando chegava o sol de janeiro e a temperatura passava dos quinze graus, ele não ficava nem um pouco incomodado com a distância do Bronx. Ficou tempo suficiente lá para aprender o espanhol que fez companhia ao seu latim. Rezava a missa nas duas línguas e fez a paróquia crescer ao acolher a cultura local e promover eventos como a Festa de Nossa Senhora de Guadalupe. Então fez todo o sentido ser depois transferido para Laredo, Texas. Ele foi feliz ali, mas já estava mais do que disposto a ir embora depois de cinco anos lidando com um grupo pequeno de paroquianas que achavam que o serviço voluntário lhes dava direito de palpitar em assuntos da igreja. Imaginou que seria transferido para algum lugar perto da fronteira. Mas então, logo depois de fazer quarenta e três anos — o padre Thomas não ignorava o fato de que quarenta e três anos eram dez mais do que Jesus tivera na Terra —, foi transferido para Pistol Gap.

Não dava para reclamar da igreja propriamente dita. Nossa Senhora da Misericórdia era surpreendentemente bonita e bem preservada. A paróquia havia se consolidado no final dos anos 1990, então havia uma quantidade suficiente de paroquianos e recursos para manter a igreja e o terreno em boas condições. E também não dava para reclamar dos números. Se a igreja não lotava nos domingos, chegava perto. E as pessoas? Elas faziam jus a todos os estereótipos maravilhosos do Meio Oeste. Simpáticas, confiáveis, empáticas, educadas, conscientes. Mas a cidade em si?

No triângulo que podia ser traçado entre Pittsburgh, Cleveland e Columbus, Pistol Gap ficava quase exatamente no meio. Longe o bastante de todas essas outras cidades para não ser conveniente para ninguém. E, embora a igreja fosse símbolo da glória de Deus, ele era sinceramente incapaz de achar qualquer outra construção em Pistol Gap com um mínimo de charme. Era uma cidade de shoppings cheios de lojas baratas e restaurantes populares. Quando algum paroquiano o convidava para jantar, eles iam a lugares onde dava para pedir entrada, prato principal e sobremesa por menos de vinte dólares, com porções tão grandes que as sobras rendiam almoço para vários dias.

Ele havia se conformado a aproveitar como pudesse, ciente de que seria só por alguns anos. Mas, depois de três anos, que viraram seis, sua missão foi estendida de novo. Mesmo assim, haviam lhe falado que no outono seguinte ele finalmente, finalmente, finalmente seria transferido, e ficara implícito que seria para um lugar que o deixaria feliz. *Talvez*, pensou ele, *San Diego*.

E então vieram as aranhas, e pela primeira vez o padre Thomas ficou animado de estar em Pistol Gap.

Sabia que era uma vergonha, que não devia ficar feliz por estar afastado de perigos terrenos, enquanto tantos outros inocentes haviam morrido, mas ele ficou. Não era raro pessoas comuns esquecerem que padres como ele também eram homens. Carne e osso. Por maior que fosse sua fé, ele ainda não gostava da ideia de ser devorado por aranhas. Nem, se era para ser sincero, estava muito interessado em morrer na brancura quente e abrupta de uma bomba atômica, tampouco, aliás, na corrupção insidiosa e mais lenta da radiação nuclear. Dadas as circunstâncias, ele estava bem satisfeito de continuar vivo. Mas precisava acreditar que havia um *motivo* para ter continuado vivo, um motivo para que dezenas de milhões de pessoas tivessem perecido enquanto ele, o padre Thomas, ainda permanecia ali em Pistol Gap, Ohio, celebrando a missa na Nossa Senhora da Misericórdia, ouvindo confissões, visitando os enfermos e idosos da comunidade.

E foi por isso que ele ficou cheio de culpa quando sua primeira reação foi se afastar daquele mendigo.

Ele havia passado o sacerdócio inteiro servindo em lugares onde o apoio a pessoas em situação de rua era parte considerável da semana. E, embora a população de homens, mulheres e, sim, de crianças de rua fosse muito maior no Bronx e em Phoenix, e até em Laredo, Pistol Gap não era imune. Ele havia coordenado com a pastora Grace da Igreja Unitarista uma campanha de distribuição de alimentos, e às vezes, quando fazia tempo ruim, ele instalava um abrigo de emergência no centro recreativo da igreja. Então aquela certamente não era a primeira vez que o padre Thomas encontrava alguém acostumado a dormir ao relento.

Ele tinha saído para caminhar nas trilhas da reserva atrás da biblioteca de Pistol Gap, na esperança de obter alguma iluminação. A sra. Hounslow, que atuara como secretária da Nossa Senhora da Misericórdia por quase quarenta anos, o havia obrigado a ir. Ela insistira que ele precisava de uma folga — que um pouco de distância da igreja podia fazer bem até para um padre. O padre Thomas não quisera admitir, mas parecia muito boa a ideia de tirar uma hora para ficar sozinho, livre dos paroquianos que vinham aos bandos à igreja em busca de consolação, de segurança, de algo que ele não podia oferecer: a promessa de que Deus os protegeria. Ah, ele sabia que Deus não os abandonara, que tudo acontecia por um motivo, que o amor eterno de Deus jamais fraquejava. Mas não era isso que as pessoas queriam ouvir. Naquele momento específico, a maioria dos paroquianos não estava interessada na eternidade. Eles estavam preocupados com o aqui e agora.

A reserva em si não era grande, no máximo uns oito hectares, mas o terreno era entrecortado por uma rede de trilhas, de modo que, se caminhasse a um ritmo tranquilo, ele poderia andar a esmo e deixar os pensamentos fluírem livremente. Como de costume quando tentava relaxar, ele rezou a Ave-Maria, primeiro em inglês, depois em latim, e por fim em espanhol, e depois repetiu a série. Não deixava de ser uma forma de meditação, e ele achava que o ajudava a se alinhar com a graça divina. Rezava a oração lentamente, com um tom neutro, baixo:

— *... in hora mortis nostrae. Amen. Dios te salve...*

— Me ajude. Por favor.

Um homem saiu de trás de uma árvore e foi até ele. O sujeito tinha o cabelo sujo e as roupas esfarrapadas de quem dormia na rua.

O padre Thomas recuou com um gritinho infantil constrangedor. O susto foi tão grande que ele quase saiu correndo, mas o mendigo então se pôs de joelhos e o encarou com uma expressão suplicante.

— Por favor, padre. Me ajude.

O padre Thomas levou a mão ao colarinho, por instinto. Sentia as marretadas do coração, mas já estavam passando. Ele só não havia imaginado que alguém sairia de repente de trás de uma árvore.

— Você está com fome? Posso levá-lo até... — Ele parou de falar, observando bem o homem. Era raro se sentir fisicamente ameaçado, mas a triste verdade era que a praga das drogas não poupava ninguém. Porém, aquele homem não parecia drogado; parecia doente. — Você precisa de um médico?

O homem se sentou sobre os calcanhares. Seus joelhos empurraram um pouco de terra, e ele abaixou a cabeça ao mesmo tempo em que curvava as costas para trás. Começou a puxar a camisa para cima.

— Estão dentro de mim.

As palavras saíram em um gemido baixo, agoniado, como se fosse um fantasma passando pelo buraco de uma fechadura em uma noite de tempestade, como o rangido de dobradiças enferrujadas. Ao falar, ele expôs o abdome: o padre Thomas viu a mancha de sangue.

Ele recuou alguns passos. Nisso, tropeçou com o calcanhar em uma raiz e caiu com força. Sentiu uma dor aguda quando bateu com o cotovelo em alguma coisa dura, mas seu pânico de perder o homem de vista foi maior ainda. Foi então que, quase imediatamente, ele sentiu uma grande calma. Permitiu-se ficar ali caído por um instante e refletir. Toda carne não vinha de Deus? Ele não acreditara que estava ali, em Pistol Gap, por algum motivo?

Aos poucos, ele se sentou, e então ficou de pé. Sacudiu a sujeira da roupa e se aproximou.

O mendigo tinha começado a chorar, uma trepidação gutural profunda que sacudia o corpo todo, mas ele continuava segurando a camisa. O padre

Thomas viu uma protuberância sob a pele. Quase parecia que a pele do sujeito estava se retorcendo.

Ele se sentiu... distante. Sabia que uma parte sua ainda estava gritando. Uma parte sua queria fugir o mais rápido que pudesse, deixar aquele homem na reserva e ficar o mais longe possível dele, embora não houvesse nenhum lugar seguro de verdade aonde ir. No entanto, essa parte em pânico parecia estar a milhares de quilômetros de distância. Era como se ele estivesse parado logo ali, vendo a si mesmo, observando a própria mão fazer o sinal da cruz e ouvindo a própria boca dizer as palavras:

— *In nomine Patris, et Filii, et Spiritus Sancti. Amen.*

Invercargill, Nova Zelândia

Felicia Belling entendia o conceito de que aquela situação toda com as aranhas era ruim, mas ela tinha só onze anos, então sua capacidade de racionalização de desastres era limitada. Seus pais tinham tomado muito cuidado para que ela não visse nenhum vídeo ou noticiário. Uma das amigas da escola, Crystal, tinha ido passar um tempo na casa dela, e a garota tinha um vídeo curto e pixelado no celular, mas estava sem som e só aparecia uma pessoa coberta de pontinhos pretos correndo de um lado para o outro. Isso não as impediu de falar sem parar sobre o assunto, e, pelo jeito como os pais estavam se comportando e pelo que eles lhe contaram — já fazia semanas que a escola estava fechada, e Felicia tinha virado praticamente uma prisioneira em casa! —, a situação não estava nada boa. Mas ainda assim. Será que estava tão ruim mesmo? Não havia nenhum sinal de que aquelas aranhas tivessem chegado à Nova Zelândia. Será que as pessoas não estavam exagerando um pouquinho?

Não, para Felicia Belling isso tudo era só um grande aborrecimento.

USS *Elsie Downs*, oceano Atlântico

Melanie bateu a cabeça no batente da porta. De novo.

Normalmente, ela não se incomodava de ser alta. Ao dar uma estirada, no quinto ano, ela sentira vergonha. Mas o pai tinha sido firme: costas eretas, cabeça erguida, orgulho. Quando chegou a um metro e oitenta, no ensino médio, ela já gostava da altura. Era atlética, e na quadra de basquete a combinação de tamanho com velocidade ajudava. Antes de o mundo ir para o espaço, ela jogava basquete algumas vezes por semana. E, sendo alta, ficava um arraso de salto alto. Homens que se sentiam intimidados por sua altura nunca fariam seu tipo mesmo.

Mas altura não era vantagem nenhuma em um navio. Nem em um barco. Nem em um porta-aviões, ou fosse lá como devia chamar aquilo. Ela havia percebido que os marujos mais altos sempre abaixavam a cabeça ao passar por uma porta, mesmo quando tinha bastante espaço. Se ficasse muito mais tempo naquela cidade flutuante, com certeza ia começar a fazer o mesmo.

Até lá, paciência, ela continuaria esfregando a cabeça no ponto onde tinha batido. E podia ser muito pior. Sem falar das centenas de milhões de pessoas que tinham morrido nas últimas semanas, nem das outras centenas de milhões que estavam desalojadas. Ela sabia que havia gente lutando para achar comida, gente que tinha acabado de ficar desabrigada, gente sofrendo todas as incontáveis aflições que as pessoas sofrem quando a sociedade entra em colapso. Sem falar de tudo isso. Mesmo ali no USS *Elsie Downs*, podia ter sido pior para ela e seus colegas. Graças ao trabalho que estavam fazendo, desfrutavam do luxo inconcebível de ter uma cama só para eles. Bom, *luxo* talvez fosse um exagero. Os alojamentos eram, na prática, três leitos empilhados um em cima do outro. Ela havia ficado com o de baixo, Laura Nieder ficou no do meio, e sua bolsista, Julie Yoo, acabou no do alto. Com o porta-aviões operando muito além da capacidade máxima, a maioria das pessoas a bordo, militares e civis, estava se revezando para dormir nos leitos, deitando-se nos lençóis ainda mornos com o calor do corpo de alguma outra pessoa.

Assim como ganhara a própria cama, também haviam arranjado um laboratório para ela e os outros cientistas. Era menor do que o que ela estava acostumada, e era nitidamente improvisado. Em todo caso, estava bem equipado. Tinham lhe pedido uma lista de equipamentos necessários, e alguém providenciara tudo. Ela não fazia a menor ideia de quem exatamente tinha sido, mas — considerando que eles estavam em um porta-aviões em algum ponto no oceano Atlântico, dentro de um cômodo que claramente fora pensado para servir de espaço de recreação — essa pessoa tinha feito um bom trabalho. No entanto, ela se sentia meio culpada: grande parte dos materiais de laboratório tinha adesivos de identificação que eram de uso comum em instituições de ensino; algum professor desafortunado na Universidade Johns Hopkins teria que se virar com um laboratório depenado. Dadas as circunstâncias, porém, isso não era um motivo sério de preocupação. Ela tinha problemas maiores. Todo mundo tinha. Will Dichtel, um toxicólogo entomologista, estava reclamando bastante do espaço apertado do laboratório, mas parecia ser uma forma de processar a situação; ele era o típico casca-grossa do Meio Oeste incapaz de admitir que estava apavorado.

Em poucas palavras, eles estavam sustentando o peso do mundo inteiro nas costas. Mais cedo, Manny Walchuck, o ex-marido de Melanie, tinha saído de uma reunião com a presidente e os militares e viera ao laboratório para botar as cartas na mesa: deem um jeito de acabar com as aranhas, ou fim de jogo.

Sem pressão.

Ela tinha falado que estava chegando perto e precisava de mais alguns dias, mas ele deixara claro que o tempo não estava colaborando. Devido ao histórico entre os dois, ele havia sido franco. A presidente estava sendo muito pressionada para autorizar mais ataques nucleares, o que era uma situação em que todo mundo saía perdendo. Claro, talvez todas as aranhas morressem, mas eles também matariam todas as pessoas. Com a história pessoal deles dois, e como Manny era Manny, ele tinha sido bem honesto quanto à realidade política da situação.

— Mas ela é a presidente — dissera Melanie.

Manny tinha olhado para ela de um jeito que deixava claro que, mais uma vez, ela estava sendo ingênua em relação a política.

Ela havia prometido que faria o possível, mas tinha a sensação de que era uma promessa vazia. Só dava para apressar pesquisas até certo ponto. Isso tudo tinha acontecido algumas horas antes, e, quando Manny saíra do laboratório, ela estava abatida. Mas a parte boa era que ela e sua equipe conseguiam mergulhar no trabalho. Eles todos estavam com medo — Melanie, Julie, Laura, Will e Mike Haaf —, mas também concentrados em resolver um quebra-cabeça. De vez em quando, Melanie esquecia o *porquê* daquela pesquisa e se empolgava com o puro interesse intelectual pelo trabalho. Como as aranhas procriavam tão rápido? Como coordenavam os ciclos de eclosão? Por que algumas pessoas eram devoradas até o osso pelas infestações de aranhas e outras eram poupadas? Como que, quando uma aranha entrava no corpo de uma pessoa para pôr ovos, a ferida se fechava quase em seguida? E como, principalmente, os humanos poderiam contra-atacar?

O mais incrível, e o que ela adorava na ciência, era que, apesar de toda a pressão, de todo o medo, eles estavam começando a achar respostas de verdade. Soluções. Esperança. No laboratório, Laura e Mike estavam na câmara de pressurização — o ambiente de vidro improvisado que, em tese, conteria a situação caso alguém cometesse um erro com um dos onze insetários —, preparando-se para separar uma única aranha para ser estudada. Eles haviam percebido que uma das aranhas tinha se isolado, e queriam dissecá-la para ver se possuía algum fator biológico que a diferenciasse das demais. No outro canto do laboratório, Will tinha conseguido extrair veneno tanto das aranhas pretas comuns quanto das com listra vermelha nas costas. Ele estava usando uma pipeta para testar os dois tipos de veneno em amostras de borracha, para confirmar a eficácia de trajes de isolamento em ambientes infestados.

Melanie se virou para olhar no corredor se o marinheiro encarregado de levar o almoço para eles — ou seria o jantar? Ela havia perdido a noção do tempo — estava voltando e bateu a cabeça. De novo.

Mas isso não diminuiu em nada aquela sensação de júbilo. Eles estavam chegando perto. Enquanto esfregava a cabeça, sentou-se em um banco ao lado de Julie, que virou o notebook para que Melanie pudesse dar uma olhada.

— Basicamente — disse Julie, sem enrolar —, o que varia é a expectativa de vida.

— Como um bernese ou um terra-nova ou algo assim?

Julie estreitou os olhos, confusa.

— Desculpe — disse Melanie. — Cachorros. São raças de cachorro. Grandes. Meus pais tinham berneses, mas eles só vivem uns sete ou oito anos. São bolas de pelo gigantescas. Cachorros lindos e gentis. Nós quase sempre tínhamos dois, às vezes três, mas isso também significava que mais ou menos a cada dois anos estávamos sacrificando algum deles. Para falar a verdade, esse é um dos motivos para eu nunca ter arranjado um cachorro. Minha lembrança de infância com cachorro é de viver chorando. — Ela deu batidinhas na bancada. — Mas a ideia é a mesma. Quanto maior o cachorro, menor a expectativa de vida.

Julie assentiu.

— Só que não é isso que costumamos ver em aranhas. Além do mais, eu prefiro gatos.

— Eu gosto dos dois. Mas isso não vem ao caso. — Melanie esfregou os olhos. — Minha nossa, eu adoraria tirar um cochilo. Certo, você tem razão. Em média, quanto maior a aranha, maior a expectativa de vida. Qual é o tempo de vida da aranha-golias-comedora-de-pássaros? Vinte anos?

— Para as fêmeas — disse Julie. — Em geral, fêmeas das terafosídeas? É, quinze ou vinte anos, fácil. Muitas tarântulas chegam a trinta ou até quarenta anos. As aranhas menores são as que morrem rápido.

— Bom — disse Melanie, com um gesto na direção de Mike e Laura, do outro lado do vidro —, essas aí não são terafosídeas nem no quinto dos infernos.

— Tecnicamente, você talvez tenha direito de batizá-las — disse Julie.

— No momento isso não está no topo da minha lista de prioridades. Escrever um artigo e...

— Epa, epa. Você está levando isso um pouco a sério demais, Melanie. Eu não estava pensando em uma taxonomia de fato. Não estou preocupada com nomenclaturas biológicas formais. Não precisamos de latim. Mas ajudaria se tivéssemos algum nome para elas.

Melanie ficou chocada.

— Eu *gosto* do nome Enxame X. Acho que...

— Melanie. Por favor. Sério. — Julie pôs a mão em cima da de Melanie. — Você é a única que acha que Enxame X é um nome bom.

Melanie se mexeu no banco, estreitou os olhos, encarou Julie e, por fim, deu um suspiro e sorriu.

— Certo. Sabe, algumas semanas atrás, quando você, Tronco e Patrick...

Ela respirou fundo, e as duas ficaram em silêncio por um instante, pensando em quando Tronco, um dos outros bolsistas que trabalhavam para Melanie, tinha sido infestado. Ele estava aberto na mesa de cirurgia, com um médico tentando remover os ovos entremeados no corpo dele, quando as aranhas eclodiram. E Patrick estava dentro da sala de cirurgia. Lugar errado, hora errada. Melanie não tinha se esquecido do que acontecera com seus outros dois bolsistas, mas era doloroso falar o nome deles em voz alta.

— Quando vocês três vieram à minha sala de aula — continuou ela —, no começo de tudo isto. Você sabe uma das coisas que eu não entendia? Como é que alguém inteligente como você podia ter tão pouca autoconfiança? Bom, que besteira a minha. Aqui estou, algumas semanas depois, com a srta. Julie Yoo, que agora tem a cara de pau de me dizer que o nome que eu inventei para essas aranhas é bobo.

— Não falei que é bobo.

— Aranhas-do-inferno? Quer dizer, eu acabei de falar que elas não eram terafosídeas nem no quinto dos infernos.

Julie ponderou.

— Aranhas-do-inferno. É. Até que não é ruim. Muito melhor do que aranhas Enxame X.

— Certo. É oficial. São aranhas-do-inferno — disse Melanie. — Agora, do que a gente estava falando?

— Hum, tamanho?

Melanie riu e se levantou do banco.

— Estamos todos um pouco avoados. — Ela foi até a porta e, abaixando-se cuidadosamente para não bater a cabeça outra vez, saiu para o corredor. Virou-se para um dos marujos parados ali. Sempre havia cinco ou seis marinheiros do lado de fora do laboratório. Não ficava muito claro se eles estavam lá para montar guarda, mas os cientistas tinham se acostumado a tratá-los como pouco mais do que mensageiros.

— Alguém pode fazer o favor de ver como está a nossa comida? E preciso que alguém traga café para mim e para a... dra. Yoo. E não o café do refeitório. Tragam daquele lugar chique. Eles sabem do que a gente gosta.

Um dos marinheiros saiu andando a um passo apertado, e Melanie entrou de novo no laboratório. Julie estava olhando para ela.

— *Dra.* Yoo? Você acabou de me chamar de *dra.* Yoo? Você me chamou de *srta.* Julie Yoo há, tipo, trinta segundos.

Melanie deu de ombros.

— Dane-se. Acho que, depois de tudo que já aconteceu, você merece o ph.D. — Ela se sentou de novo e puxou o notebook de Julie. — Então temos três tipos diferentes de aranhas-do-inferno. As pretas. Elas procriam e crescem a uma velocidade astronômica, e se esgotam com a mesma rapidez. Temos as de listra vermelha, que também nascem e crescem rápido pra caramba. E depois temos as extragrandes.

— As rainhas — disse Julie.

— O quê?

Julie desviou os olhos, constrangida.

— Desculpe. Eu estava considerando que essas eram rainhas. Bobagem.

— É. Não. Talvez — disse Melanie. — Não sei. Por que você estava chamando assim?

Julie soltou o cabelo, juntou-o de novo em um rabo de cavalo e o prendeu com o mesmo elástico. Pelo que Melanie viu, não tinha mudado nada.

— Não sei. É que, bom, elas são todas da mesma espécie, não é? Se a gente não soubesse, acharia que são três aranhas diferentes, mas é tudo a mesma coisa. Quer dizer, as aranhas originais puseram os ovos que geraram as de listra vermelha e, pelo que sabemos, as rainhas também. Você já viu uma daquelas fotos em que eles juntam os maiores atletas olímpicos, os mais altos, com os menores?

Melanie fez que sim. Essas fotos eram sempre divertidas. Colocavam um pivô de basquete com dois metros de altura ao lado de uma ginasta miudinha que mal batia na cintura dele.

— Um alienígena que visse essas duas pessoas nunca imaginaria que elas eram da mesma espécie. E é a mesma coisa com as aranhas-do-inferno. Elas não parecem ser da mesma espécie, mas são. Então eu estava pensando nisso e no que você disse lá no começo: que temos comedoras e procriadoras.

— Bom — disse Melanie —, aquela foi uma interpretação grosseira.

— Sim, mas você não se enganou. — Julie puxou o notebook de volta para si e abriu uma planilha. Seguiu uma das colunas com o dedo. — Os dados confirmam, certo?

Melanie se distraiu por um instante com o som de gritos. A porta do corredor tinha ficado aberta depois que ela pedira o café, e, embora as vozes estivessem distantes, ela percebeu o senso de urgência. E então os marinheiros do lado de fora começaram a se mexer e saíram correndo. O que quer que fosse não tinha nada a ver com elas, pensou Melanie.

— Então a versão simples é que temos a primeira onda, das pretas. Elas aparecem, bom, como uma onda. Chegam cobrindo tudo que encontram pela frente. É um volume tão devastador, tão absurdo, que neutraliza qualquer ameaça possível. Mesmo se as aranhas tivessem algum predador natural, não sobraria uma quantidade suficiente para ameaçá-las de verdade. E tudo o que elas não comem fica disponível para ser consumido mais tarde ou serve de incubação para a segunda leva de aranhas pretas. Aí, depois de terem se espalhado até certo ponto, elas recuam e põem mais ovos. São as procriadoras. Então isso tudo é a primeira onda. Mas aí chegamos à segunda onda.

— As de listra vermelha.

— Isso. A segunda onda é das comedoras, porque, até onde vimos, é o que elas fazem. Elas embrulham qualquer presa que pegam...

— Tudo ou todo mundo que sobrou da primeira onda — interrompeu Melanie.

— Isso. Pelo que pudemos ver, as aranhas comem quatro de cada cinco pessoas...

— Ou bodes ou ratos.

Julie parou e esperou.

Melanie demorou um segundo.

— Desculpe. Vou parar de interromper.

— Ou bodes ou ratos — disse Julie, confirmando com um gesto da cabeça. — Quatro de cada cinco. Mas nós sabemos que elas não ignoram esse um de cinco. Elas deixam um de cinco *viver*. Desses, mais ou menos um em cada dez é usado como uma espécie de barriga de aluguel. — Ela hesitou. — Nossa. Tronco. E Patrick, coitado.

Do corredor veio o som de botas batendo no chão, e depois dez ou quinze marinheiros passaram em desabalada.

— Esquisito — disse Julie.

— É, é. — Melanie estava impaciente. — Continue.

— Então a questão não é por que elas põem ovos em cerca de dez por cento dos sobreviventes, e sim por que elas ignoram completamente os outros noventa por cento. E a resposta é: para alimentar as aranhas grandes.

Julie abriu uma imagem que tinha chegado de uma infestação em um povoado no interior do Japão. Sem contexto, não teria muita importância.

Ela exibia um casulo de seda coberto de pontinhos pretos. Mas o contexto era tudo: o cientista que tinha capturado a imagem havia conseguido fazer medições com uma precisão razoável. Os pontos pretos na verdade eram as aranhas com listra vermelha nas costas — cada uma do tamanho de uma laranja —, e o casulo era imenso. Do tamanho de uma picape. O vídeo também parecia mostrar que as aranhas estavam andando em cima do casulo para *alimentá-lo*: elas pastavam no corpo encasulado de homens e mulheres que haviam tido o azar de ser mordidos, paralisados e embrulhados, e depois levavam nutrientes para o casulo gigante.

Julie fechou delicadamente o notebook.

— Enfim, eu estava pensando na ordem dos acontecimentos. Passamos tanto tempo só tentando descobrir *o que* elas estavam fazendo que não tivemos chance de prestar atenção no *motivo* pelo qual estavam fazendo aquilo. Mas eu meio que pensei, bom, elas parecem coordenadas, e até o jeito como elas isolam a área em torno das infestações indica que os casulos são extremamente importantes. Quer dizer, talvez não faça muito sentido pela perspectiva moderna, quando seis ou oito quilômetros não são muita coisa, mas, no passado, se alguém conseguisse liberar uma área de seis ou oito quilômetros em torno de algo, era um isolamento bastante eficaz.

Melanie sentiu que tudo estava se encaixando. Estava acompanhando Julie e saltando à frente. Ela se deu conta de que o segredo, o que Julie estava para dizer, era que havia um motivo que explicava por que as aranhas pareciam trabalhar juntas. Ela estava prestes a dizer isso, quebrando a promessa de não interromper mais, quando Julie falou.

— Você ouviu isso?

— O quê? — Melanie tentou escutar por um instante. Ela ouviu batidas e um som abafado do isolamento de vidro, e viu que Laura estava gesticulando com entusiasmo para elas. — Acho que eles acharam alguma coisa.

— Não — disse Julie. — Lá fora.

— Ah. A gritaria. É, parece que os militares estão nervosos por algum motivo.

— A gritaria não — disse Julie. — Preste atenção.

Então Melanie prestou. E, depois de um instante, arregalou os olhos.

— Isso é tiro?

USS *Elsie Downs*, oceano Atlântico

Amy deu um suspiro.

— Você quer mesmo começar a ver *Breaking Bad*?

— Não fui *eu* que insistiu que nós devíamos pegar os dois últimos lugares no helicóptero de evacuação. Além do mais, eu nunca vi, e você e Espingarda e Gordon vivem falando que é a melhor série de TV de todos os tempos e blá-blá-blá. — Fred estava sentado no chão com Claymore, o labrador marrom de Gordon e Amy, enrolado e apoiado em seu colo. Fred massageava as orelhas do bobalhão, e de vez em quando Claymore soltava um suspiro longo e profundo de satisfação.

Eles haviam recebido um camarote particular para dividir. Mesmo que nitidamente o espaço tivesse sido pensado para uma pessoa só, Amy tinha juízo para perceber como a situação deles era precária a bordo do porta-aviões. Ela e Fred eram civis sem nenhuma habilidade especial. O marido dela e, principalmente, Espingarda poderiam ter algum valor, e os cientistas com quem eles tinham vindo no helicóptero definitivamente tinham valor, mas, na hora do aperto, ela e Fred — e Claymore — seriam dispensáveis.

Por causa disso, tirando as saídas pontuais para comer, Amy havia insistido para que eles ficassem na deles. Não era uma opção natural para Fred, e por causa disso eles tinham passado muito tempo vendo filmes e séries. Felizmente, o porta-aviões tinha um catálogo aparentemente inesgotável.

— Mas *Breaking Bad*? — disse Amy. — Você não quer ver nada mais leve?

Ela olhou para baixo. Seu telefone via satélite estava ligado, mas ela ainda não havia recebido nenhuma mensagem de Gordon naquele dia. E tinha bastante certeza de que Fred também não havia recebido mensagem de Espingarda. Nenhum dos dois maridos era do tipo que ligava "só para saber se está tudo bem". Mas nem por isso Amy deixava de se preocupar. Com relutância, ela desligou o aparelho. Verificaria de novo antes de dormir.

— Você passou anos me dizendo que eu precisava ver, e agora parece um bom momento — respondeu Fred, com um tom reclamão. — Não é como se tivesse nada mais interessante acontecendo.

— Que tal darmos um pulo no laboratório para ver se podemos ajudar de algum jeito?

— Ai, amiga. Ajudar como? Tipo, se Melanie precisar que alguém faça uma festa, aí sim. Mas que tipo de ajuda a gente pode dar?

— Por favor? — Amy sabia que soava um pouco resmungona. Ela não gostava, mas estava estressada. Ficar presa naquele camarote minúsculo, vendo televisão por horas a fio, não ajudava. — Seria bom Claymore fazer um pouco de exercício.

— Sério? — Fred ergueu uma sobrancelha, cético. — O laboratório é logo aqui do lado. São, tipo, uns trinta metros. — Mas ele já estava se levantando.

Ela jogou o telefone dentro da bolsa, pendurou a alça no ombro e pegou a guia de Claymore.

— Quem é o melhor cachorro do mundo?

Claymore, que tinha se levantado junto com Fred, respondeu abanando o rabo. Amy saiu para o corredor e esbarrou imediatamente em uma jovem que passou correndo a toda velocidade. Foi um golpe de raspão, quase nada, mas ela levou um susto. E o mais surpreendente foi a reação da soldado: a mulher não parou de correr. Não pediu desculpas. Nada.

Amy a viu desaparecer na curva do corredor e deixou para lá. Dane-se.

Ela andou com Fred e o cachorro até a curva e, por um segundo, teve certeza de que tinha ido para o lado errado. O laboratório devia ser a terceira porta no corredor, mas ela não viu nenhum guarda. Sempre havia guardas a postos na frente do laboratório. Enquanto Amy pensava nisso, um par de marinheiros armados com fuzis passou correndo, e ela ouviu algo que parecia pipoca estourando.

Ah.

Ela se apressou até a porta do laboratório e bateu com urgência. Claymore estava ao seu lado, arfando e feliz de ter saído do camarote, aparentemente tranquilo com o que quer que estivesse acontecendo.

— Isso foi...

— Agora não, Fred — disse ela.

A porta foi aberta cuidadosamente, e Amy ficou aliviada de ver o rosto da dra. Nieder.

— Laura — disse ela. — Acho que é melhor a gente entrar.

USS *Elsie Downs*, oceano Atlântico

Para um cara que se orgulhava de saber interpretar o clima, de prever a direção dos ventos políticos para poder ficar à frente da manada, Manny definitivamente tinha deixado essa passar. E doía. Literalmente. Em outras palavras: ele estava em um helicóptero, voando pelo oceano Atlântico, fugindo e recebendo cuidados médicos depois de ter levado um tiro. Tirando o ego ferido por não ter previsto aquilo, o ferimento físico de fato era bastante desagradável.

A agente Cutbert, a mulher do Serviço Secreto que o atendia, garantiu que, em termos de ferimentos à bala, aquele era leve — mas ainda era um ferimento à bala, e, na experiência muito limitada de Manny, que se restringia àquele ferimento específico, até um ferimento leve doía muito.

A situação tinha passado de normal para tensa e de tensa para tudo virando de pernas para o ar ao longo de um período que pareceu muito, muito curto.

Manny *tinha* reparado que havia mais assessores do que o normal dentro da sala de reuniões, mas aquela não era sua maior preocupação. A reunião daquela manhã tinha sido muito difícil. Um *monte* de gritaria. Desavenças acaloradas não eram algo tão incomum. Qualquer reunião com a presidente tinha certo grau de decoro, mas também havia certo grau de retórica inflamada. Ninguém seguia uma carreira que incluía reuniões com a presidente sem a disposição de bater boca pelo que queria. No entanto, a primeira reunião do dia tinha sido marcada por uma incivilidade espetacular. Depois de aguentar durante quase uma hora, Steph praticamente tivera que gritar por cima de todo mundo para restabelecer a ordem. Ela havia interrompido a reunião, pelo menos em parte, para que Manny tivesse tempo de ir conversar com Melanie e ver se havia alguma novidade.

Tempo. Nunca havia o bastante.

O plano da reunião mais recente era tentar protelar. Melanie dissera que, se ele pudesse conseguir só um pouco mais de tempo — tempo que eles não tinham —, ela achava que teria algo. Ela insistia que *estava* progredindo.

Nesse sentido, ele e Steph haviam decidido começar a reunião com um relatório de baixas civis que tivessem relação direta a curto e longo prazo com os trinta e um ataques lançados em grandes pontos de infestação. Dariam ênfase especial ao dano causado pelas bombas atômicas, ao que haviam destruído. A esperança, claro, era que isso servisse de medida proativa para abafar Broussard e companhia. Mas quando Manny se levantou para chamar a atenção da sala, Ben Broussard tomou conta de tudo. Broussard estava do outro lado da sala de reuniões, cercado por uma roda de assessores. *Não*, pensou Manny, *não uma roda. Uma tropa.*

— Acabou o tempo. Você não está fazendo o bastante — acusou Broussard.

Ele estava apontando o dedo para Steph, do outro lado da sala, o que parecia uma forma inadequada de se dirigir à presidente.

— Você perdeu a oportunidade de conter a situação no instante em que ela chegou à nossa costa — disse ele. — Era naquele momento que você devia ter agido. Se tivesse varrido Los Angeles do mapa, nada do que veio depois teria acontecido.

Alexandra Harris, a conselheira de segurança nacional, se pronunciou com um tom seco.

— Isso não teria ajudado a Europa, a Ásia ou a África.

Também estava sentada do outro lado da sala, perto de Broussard, e ele se virou para ela.

— Dane-se a Europa, e danem-se a Ásia e a África. Estou falando dos Estados Unidos, cacete. E você — disse ele, voltando-se de novo para Steph —, admita. Mesmo que o Protocolo Espanhol tenha sido a decisão certa, foi tarde demais, assim como a decisão de usar todas as ferramentas de que dispomos.

— Você acha que eu esperei demais para usar bombas nucleares em território americano? — A presidente não parecia particularmente abalada pela agressão de Broussard. Steph tivera uma folga naquela tarde, entre as duas reuniões, mas Manny sabia que ela estava furiosa.

— Isso mesmo — disse ele. — Você esperou demais. E eu ainda tive que arrancar a fórceps a sua decisão de usar o Protocolo Espanhol. Melhor do que nada, mas não muito. Típico. — Ele quase cuspiu as palavras. A raiva que estava demonstrando era impressionante. Claro, Manny já havia visto pessoas furiosas com Steph, mas ninguém se comportava daquele jeito na frente da presidente. Ele não entendia por que nenhum dos assessores de Broussard tentava acalmá-lo.

Broussard continuou:

— Isso já se estendeu demais. Você vai fazer o que devia ter feito desde o começo. Vai dar a ordem para que a Força Aérea transforme tudo, e quero dizer tudo mesmo, a oeste de menos setenta e quatro graus em pó. — Manny viu Steph fazer um gesto para um assessor, que murmurou algo no ouvido dela, enquanto Broussard ainda falava. — Aquelas coisas não conseguem se espalhar mais de alguns quilômetros por conta própria. O erro que você insiste em cometer, várias vezes, é ser muito delicada. Tentar salvar gente demais. É um erro típico de civis isso de achar que a paciência sempre compensa. Talvez na diplomacia, mas não dá para negociar com esses bichos. Eles são como um tumor maldito. A única solução é cortar fora. Se a gente perder um pouco de coisa boa com o que é ruim, é o preço que se paga para conter a situação. Se você quiser salvar o paciente, tem que dar a ordem para o cirurgião.

O rosto de Broussard estava vermelho, e, no final, ele estava quase aos gritos.

Manny não se surpreendeu de ver Steph se levantar como a presidente que era. Ela nunca havia sido do tipo de mulher que abaixava a cabeça.

— Como você se atreve?

A voz dela estava sombria e perigosa. Por um instante, Manny chegou a sentir pena de Broussard. Mas só por um instante.

— Como você se atreve a dizer isso com tanta leviandade? Com tanto descuido? É o preço que se paga? Você está falando de cidadãos americanos. Você está falando de centenas de milhões de almas. Pode maquiar do jeito que quiser, chamar de tumor, ficar falando de menos setenta e quatro graus para se sentir melhor, mas, meu Deus! — Ela se virou e apontou para um dos assessores. — Abra um mapa. Abra um mapa do país inteiro com longitude e latitude. Abra um mapa, cacete! — E, se Broussard estava quase aos gritos antes, Steph já estava muito além do quase. Ela berrava com Broussard.

Manny sentiu uma fagulha desagradável de estática no ar enquanto eles esperavam o assessor angustiado abrir um mapa na tela. Alguma coisa estava errada, mas ele não conseguia identificar exatamente o quê. Por que Broussard não parecia acuado depois de a comandante-chefe ter gritado com ele?

— Ali — disse a presidente, batendo um dedo na tela. — É disso que você está falando. Nova York. *Isso* é menos setenta e quatro graus. Você está sugerindo que a gente destrua tudo a oeste de Nova York. Olhe para aquele mapa. O que é que vai sobrar dos Estados Unidos se fizermos isso? Basta. Precisamos pegar as informações da dra. Guyer...

Broussard a interrompeu, um ato que, em tempos normais, teria sido quase inconcebível.

— Você se refere à esposa de Manny.

— Minha ex-esposa — disse Manny —, que, por acaso, é uma cientista genial que dedicou a carreira toda a estudar aranhas, e que está trabalhando com outros ph.Ds. que também dedicaram a carreira toda a estudar aranhas; então, a menos que seja muito difícil para você imaginar uma mulher com inteligência, que tal prestar um pouco de atenção?

Broussard lançou um olhar furioso para ele. A ira em seu rosto era tão transparente que Manny de repente ficou feliz por haver outras pessoas na sala. Não que Manny fosse covarde, mas ele *era* realista. Levava jeito para política e brigas verbais, mas não físicas. Se bem que, considerando o jeito como Broussard olhava para ele, era bem provável que estivesse pensando em facas e armas, não em punhos. No entanto, o problema do momento não era esse, então Manny continuou.

— Olhe só, o que a presidente está dizendo é que já sacrificamos dois terços do país. É o mesmo que ela disse, que vários de nós dissemos, hoje de manhã. Estamos o tempo todo discutindo a mesma coisa. Você tem que escutar, Ben. Não dá para a gente mandar tudo pelos ares e torcer para as aranhas entenderem a dica e voltarem para casa. Tudo bem, os ataques nucleares até agora têm sido, abre aspas, "limpos", mas qual é. A verdade...

— A verdade — gritou Broussard — é que você é um político desgraçado. Vocês dois são políticos desgraçados — berrou ele, apontando para Manny e Steph —, e vocês precisam deixar os militares trabalharem! E o trabalho deles é vencer ou morrer tentando!

A sala foi tomada por um silêncio mortal.

Stephanie se inclinou para a frente, com as mãos espalmadas na mesa.

— Sou *eu* que digo a *você* qual é o seu trabalho, general. Seu trabalho não é *vencer ou morrer tentando*, como você parece acreditar. Seu trabalho é obedecer à sua comandante-chefe. Nosso objetivo não é vencer, e com certeza absoluta não inclui "morrer tentando". Nosso trabalho, e a minha ordem, é *sobreviver*. A prioridade não é eliminar as aranhas. A prioridade é garantir a sobrevivência e a perpetuação da raça humana; se não conseguirmos fazer isso, então já perdemos, qualquer que seja a sua opinião. E, como você parece incapaz de entender isso, está dispensado. Já perdemos demais para aqueles monstros. Eu sou a presidente dos Estados Unidos da América, e sou eu que dou as ordens. Enquanto eu for presidente, não vamos ceder nem mais um centímetro. Vamos lutar, mas não vamos morrer tentando.

Broussard passou os olhos pela sala rapidamente, como se estivesse contando.

Manny sentiu um nó desagradável no estômago. Como se estivesse caindo de um prédio.

Broussard assentiu com a cabeça.

— O mais importante que você disse, senhora, foi "enquanto eu for presidente". Esse problema tem conserto.

Atrás de Broussard, dois homens, um branco e com no máximo vinte e cinco anos, o outro negro de meia-idade, sacaram pistolas. Manny sentiu, antes de ver, uma movimentação à sua volta. Ouviu gritos.

Broussard estava de arma na mão, e parecia acompanhado por outras oito ou dez pessoas com pistolas. No entanto, os três agentes do Serviço Secreto sacaram as próprias armas com a mesma rapidez.

Um dos agentes, um homem latino que Manny não reconhecia, passou o braço em volta do corpo de Steph, puxando-a para trás dos agentes, e então Billy Cannon, o secretário de Defesa, que estava sentado perto de Manny, sacou a própria arma e se colocou ao lado dos agentes do Serviço Secreto. Os militares que reconheceram o que estava ocorrendo mas não faziam parte do grupo de Broussard, uma meia dúzia, se juntaram a Billy e ao Serviço Secreto. Ao todo, devia haver umas cinquenta ou sessenta pessoas na sala, e pelo menos metade delas não fazia a menor ideia de que estava acontecendo um golpe de Estado.

De repente, a sala pareceu muito pequena.

Com certeza parecia perigosa.

Manny fez as contas e não conseguiu imaginar como eles sairiam dali sem derramamento de sangue. Não conseguia entender. Broussard era mesmo arrogante a ponto de achar que conseguiria fazer aquilo? Ele acreditava mesmo que, assim que agisse, as pessoas ficariam todas do seu lado?

Ficariam?

Manny sentiu vontade de vomitar. Será que não havia percebido a direção dos ventos? Será que era só Broussard que tinha enlouquecido, ou algo mais? As Forças Armadas estariam tão contrárias a Steph, tão aferradas à ideia de terra arrasada, que Broussard sabia que já havia vencido?

Ele não sabia. Mas, olhando para Broussard, deu para ver que o sujeito achava que conseguiria resolver aquilo tudo sem disparar um tiro sequer.

Broussard estava enganado.

Alexandra Harris empurrou a cadeira para trás e se levantou. Deu um passo à frente e parou bem diante de Broussard.

— O que você está fazendo, Ben? — disse Alex, estendendo a mão para a arma dele. — Você tem que respeitar...

Manny imaginou se o barulho da arma teria sido tão alto se a sala não tivesse ecoado o tiro. Por algum motivo, ele desconfiava de que teria sido igualmente alto em um espaço aberto. Foi alto a ponto de ele não saber nem se tinha escutado o tiro seguinte.

Mas ele viu.

Quando a cabeça de Alex caiu para trás, e uma nuvem vermelha se abriu como um guarda-chuva no meio da sala, uma luz brotou na ponta de uma das pistolas empunhadas pela mulher em pé ao lado de Broussard. Um dos agentes do Serviço Secreto à direita de Manny caiu para trás, e então veio a fagulha de tiros de resposta.

Caos.

Os homens e mulheres em volta de Broussard correram para se proteger. Manny caiu de volta na cadeira e rolou para longe de Broussard. Houve gritaria e tiroteio. Ele viu três pontos de sangue brotando com uma cor viva no peito do uniforme social de uma marinheira negra. Ela tinha cabelo curto e uma expressão de surpresa no rosto, como se o vermelho em seu peito fosse um buquê de flores, não sua vida acabando.

Manny bateu em uma mesa e girou de novo bem a tempo de ver um braço se esticar e puxar Steph pela parte de trás da gola, arrastando-a porta afora, e depois sentiu que estava sendo puxado também. Ele ficou pensando se teriam conseguido sair caso não estivessem sentados perto da porta. Queria acreditar que Broussard não pretendia matar a presidente, mas tinha certeza de que o homem não choraria se Manny fosse baleado.

Por acaso, ele *tinha* sido baleado. Não se dera conta enquanto fugiam pelo corredor, nem quando correram pelo convés de pouso até o helicóptero da presidente, o *Marine One*. Foi só a bordo do Sikorsky VH-92A, quando a agente Cutbert disse que ele estava sangrando, que Manny finalmente entendeu que tinha levado um tiro. Ele puxou a camisa para cima e viu um risco reto no lado direito do corpo. Estava alguns centímetros acima do quadril, na parte mais recheada do corpo. Enquanto Cutbert pegava um par de luvas nitrílicas, Manny desabotoou a camisa. Ela estava coberta de sangue, mas ele não sabia quanto daquilo era dele.

Cutbert deu cutucadas e apertões que fizeram Manny torcer a cara e, depois, pressionou um pedaço de gaze no ferimento.

— Aqui — disse ela —, é só segurar bem isto. Foi só um arranhão. Entrou e saiu rápido. Praticamente um tiro na água. Está mais para um corte do que para um ferimento à bala de verdade.

Manny estava distraído demais para se sentir ofendido com o tom indiferente dela. Uma falange de agentes do Serviço Secreto formou um semicírculo grosseiro em volta do helicóptero, armas em punho. Vários estavam segurando submetralhadoras. A poucos bancos de distância de Manny, Steph estava quase completamente oculta atrás de uma muralha de três agentes. Manny ficou feliz de ver que um deles era Tommy Riggs, que sozinho já era grande o bastante para deixar Steph invisível.

Quando os rotores pesados do helicóptero começaram a cortar o ar, Steph lutou para chegar até Manny.

— Não! — gritou ela. — Nós não vamos sair!

— Você ficou maluca? — gritou Manny por cima do barulho do helicóptero se aquecendo.

Do lado de fora, eles viram Billy Cannon com as mãos para cima, conversando com a fileira de agentes.

— Deixem-no passar! — gritou Steph.

— Senhora presidente — disse Billy, subindo para dentro do helicóptero. — Você precisa sair daqui agora. Agora mesmo. Broussard não teria feito isso se não tivesse apoio. Acho que podemos contê-lo por mais alguns minutos, mas não eram só os homens dentro daquela sala. O comandante do navio está do lado dele, e isso significa que não vai demorar até ele conseguir o controle do navio todo. Sem você e sem a bola de futebol, vai levar algum tempo até ele conseguir usar bombas nucleares. Ele sabe da Operação SALVAGUARDA e vai começar a trabalhar nisso imediatamente, mas vai levar pelo menos setenta e duas horas, talvez mais, até ele conseguir contorná-la. Mas se ele puser as mãos em você, vai conseguir agir na mesma hora.

— Não vamos embora sem Melanie — disse Steph.

— Minha ex-esposa? — Manny manteve a mão junto à lateral do corpo. Ele sabia que provavelmente parecia ridículo, com a camisa toda aberta, coberto de sangue, a gravata ainda no pescoço.

— Nem tudo gira em torno de você, Manny — disse a presidente, com calma, e se a ocasião fosse diferente ele teria dado risada.

Ela se virou de novo para Billy.

— Ou é o meu jeito, em que tentamos salvar o que resta dos Estados Unidos, do mundo, ou é o jeito de Broussard. E, se sairmos daqui sem Melanie e os outros cientistas, estaremos desistindo. Sem eles, não teremos a menor chance. Poderíamos nos entregar e pronto. Só vamos conseguir impedir Broussard de usar as bombas durante o quê, setenta e duas horas? Setenta e duas horas até eles implodirem a Operação SALVAGUARDA, e aí vale tudo.

— Senhora, sempre tem a opção de exercer Mateus 5:45.

Manny não sabia o que era mais surpreendente: o fato de que ele não fazia a menor ideia do que Cannon estava falando, ou o olhar de surpresa no rosto de Steph. Pouca, pouquíssima gente sabia da Operação SALVAGUARDA, talvez menos de mil pessoas. Tinha entrado em vigor durante o segundo mandato de Bush e servia, na prática, como uma barreira. Em caso de ordem de ataque nuclear, a Operação SALVAGUARDA tinha que fornecer uma segunda confirmação antes de a bomba poder ser usada. Era uma operação complicada do ponto de vista técnico e muito segura, mas tinha sido concebida para conter um oficial rebelde ou um erro, não um golpe de Estado. Desde que os oficiais no arsenal permanecessem leais à presidente, um único elemento dissidente seria inofensivo. Infelizmente, como essa operação não tinha sido formulada para servir de proteção contra as Forças Armadas como um todo, era possível contorná-la. Manny imaginava que a estimativa de setenta e duas horas de Billy provavelmente estava certa. Mas que diabos era Mateus 5:45?

— Como é que você sabe de Mateus... Não — disse Steph. — Deixe para lá. Não importa. Acho que ainda não estamos nesse ponto. Espero que não.

Isso é uma medida extrema. Agora, temos que pegar Melanie e os outros cientistas. Ela me prometeu uma resposta, e eu quero uma resposta.

Manny olhou para ela e para o convés de pouso. Havia marinheiros por todos os lados, mas eles não estavam se movimentando com uma urgência maior que a habitual. Exceto pelos marinheiros que estavam perto o bastante para reparar na fileira de agentes armados do Serviço Secreto, não havia nada concreto que indicasse qualquer situação atípica.

— Droga. — Manny se virou para Billy Cannon. — Ela tem razão. Não podemos ir embora sem eles.

— Vocês podem e vão.

A voz, grave e forte, veio do agente especial Tommy Riggs. Ele passou por cima de Steph e pôs a mão com firmeza no ombro de Manny.

— Nossa prioridade máxima é a segurança da presidente. Vocês podem precisar daqueles cientistas, mas não precisam ficar aqui.

Manny se sentiu paralisado. Steph tinha razão, e Tommy tinha razão. De que adiantava fugir de Broussard sem ter um plano melhor? Mas, se eles ficassem, que chance teriam de tirar Melanie e os outros cientistas dali antes que Broussard os alcançasse?

Talvez a solução de um problema fosse a solução do outro.

— Certo. Vamos decolar! — gritou ele acima do estrondo do rotor.

— Não, Manny...

Ele interrompeu Steph.

— Broussard vai nos deixar ir embora. Ele não precisa de você. E isso vai nos dar algum tempo. Você sabe tão bem quanto eu que, com a Operação SALVAGUARDA, não é tão fácil assim dar uma ordem para ataques nucleares não autorizados. Se você estiver fora desta banheira, vamos ter alguma chance de tirar Melanie. Mas se ficarmos e tentarmos agora? Bom, seria o mesmo que pedir a excelentes homens e mulheres que cometessem suicídio. Deve haver uns quatro mil ou cinco mil militares neste porta-aviões, e nós temos só uns vinte agentes do Serviço Secreto.

Stephanie hesitou, depois olhou para Billy.

— Quero saber como você descobriu sobre Mateus 5:45. Agora não... quando isto passar. Você acha mesmo que é a medida certa? Que eu deveria exercer isso? Porque, se você sabe o que é Mateus 5:45, também sabe que não tem volta.

— Acho, senhora.

— Mesmo sendo um militar e...

— Você tem razão quanto a não usar mais bombas atômicas. É simples assim. Garantia de destruição mútua só é uma estratégia boa quando nunca se concretiza. Isso valia para a União Soviética e vale para essas aranhas.

Steph assentiu.

— Tudo bem. Vou considerar. Enquanto isso, se eu tenho que ir embora, significa que estou contando com vocês dois — disse ela, olhando para Billy e, em seguida, para Riggs. — É melhor vocês conseguirem. Tragam Melanie e os outros cientistas. Tragam minha resposta.

Ela estendeu a mão e apertou a dos dois com solenidade. Eles saíram do helicóptero, e depois disso foi tudo um borrão. Alguém afivelou o cinto de segurança de Manny e Steph, e o *Marine One* praticamente pulou para fora do convés, à medida que o piloto virava o helicóptero com força e os rotores berravam. Quando eles viajavam na capital, normalmente usavam um comboio de quatro helicópteros que se alternavam em uma espécie de malabarismo para tentar confundir agressores em potencial, mas nesse dia era só um.

Manny levou um tempo para se dar conta de que estava prendendo a respiração, esperando para ver se eles seriam abatidos. Mas, depois de cinco ou dez minutos, ele teve certeza de que Broussard os deixaria ir embora. Manny concluiu que conseguir apoio para um motim era uma coisa, mas, se ele explodisse o helicóptero da presidente no ar, a história seria outra. Não, pensou Manny, eles estavam em segurança.

E então, logo depois de pensar isso, ele riu. Em segurança.

Conforme a sombra do helicóptero corria acima das ondas, Manny se recostou e fechou os olhos. Queria perguntar a Steph a que diabos Cannon se referia com aquilo de Mateus 5:45 — ele reconheceu que era um versículo da Bíblia —, mas a adrenalina já havia passado. Naquele momento, ele só precisava fechar os olhos.

Delhi, Índia

Ela contemplou o mundo à sua frente. Por toda a volta, as pequenas rastejavam e dançavam, esvaziando os embrulhos de teia e trazendo-lhe comida.

Havia pequenos pontos de fogo, quadras inteiras incendiadas, que pareciam diminuídas pela distância. As pequenas passavam longe do fogo. Havia bastante comida ali sem precisar se arriscar no crepitar quente da morte.

Ela avançou até a beira do edifício alto. Foi um processo lento, laborioso. Ela preferia contar com as pequenas, mas aquela fome intensa e pulsante a impulsionou até onde ela pudesse ver o grande banquete lá embaixo.

Oxford, Mississippi

As mãos de Santiago estavam piores que tudo. Ele também tinha queimado as sobrancelhas, e sentia o corpo inteiro em carne viva, mas as mãos é que estavam de matar. A queimadura no antebraço provavelmente era mais grave — ele havia enfaixado a ferida porque não parava de brotar dela um líquido meio transparente —, mas era só tomar um pouco de cuidado para não esbarrar em lugar nenhum. Já para proteger as mãos não havia muito jeito. Ele tinha que trabalhar.

O fogo no fosso que ele tinha cavado em volta da propriedade ainda ardia, e de tempos em tempos ele vestia um par de luvas de trabalho nas mãos rosadas e inchadas e depositava mais lenha ou carvão na trincheira. Com sorte, se ele organizasse cuidadosamente o que restava, a vala poderia continuar queimando por mais um dia, talvez dois. E depois? Quem sabia?

O fogo já estava muito menor, quase contido, mas ainda bastava para manter as aranhas longe. Quando ele o acendera, com uma explosão enorme e arrasadora que devia ter sido vista do espaço, achou que só precisaria manter as aranhas longe por um período breve; a primeira leva de aranhas em Los Angeles e no resto do mundo tinha morrido bem rápido. Mas essas aranhas pareciam diferentes. Pareciam feitas para durar. Não havia muitas — pelo menos depois do massacre inicial da primeira noite —, mas elas não pareciam estar morrendo por conta própria. Pior ainda, pareciam estar aprendendo.

Naquela primeira noite, tinham sido milhares — dezenas de milhares —, uma quantidade sem fim de aranhas se jogando no grande anel de fogo que iluminou o firmamento em volta da loja de conveniência barra posto de gasolina barra casa. Sua vizinha, a sra. Fine, que era tinhosa mesmo tendo quase oitenta anos, tinha resumido perfeitamente.

— Elas parecem demônios — dissera ela. — Um estoque inesgotável rastejando das profundezas do inferno para nos levar com elas.

Pelas labaredas, ele havia visto as formas pretas correndo e dançando, mas as aranhas não conseguiram passar pelo fogo. Ah, eles tiveram alguns sustos naquela noite. Algumas aranhas soltaram fios de teia que subiram com a corrente de ar e as levaram para o alto, por cima do fosso de fogo, mas elas acabaram sendo levadas pelo vento produzido no inferno de Santiago, ou sendo mortas pelo calor, que era forte até de longe, e as carcaças pretas caíam vazias e sem vida no chão. Ele encarregou o filho, Oscar, de esmagar todas as que caíam no quintal, só por via das dúvidas, mas cada uma delas estava tostada. Outro susto grande aconteceu por volta de quatro ou cinco horas da madrugada, depois que ele achou que o pior já havia passado: não tinha visto um pedaço de brasa flutuante que caiu no telhado da casa e começou a queimar. Mas ele também havia se preparado para esse tipo de coisa, então pegou um tanque de água com alças, como uma mochila, subiu uma escada e apagou a chama do telhado.

Desde então, era como se as aranhas fizessem questão de evitar a propriedade dele. Havia uma quantidade consideravelmente menor — pelo menos isso —, mas, se antes elas haviam se jogado nas labaredas, aparentemente dominadas pela ânsia de pegar Santiago e sua família, as dezenas de focos de aranhas — parecia que elas só andavam em grupos, correndo e rastejando por ali todos os dias — estavam mantendo distância do local.

Ele não entendia por que as aranhas daquela primeira noite tinham se queimado todas ao tentar alcançá-lo e agora essas outras pareciam saber que o fogo era ruim.

Santiago flexionou os dedos e cutucou as bolhas da mão direita com o indicador esquerdo. O fogo realmente era ruim, pensou ele, com uma careta, mas por que as aranhas da primeira noite não ficaram com medo das chamas, enquanto os grupos posteriores as evitaram? A única explicação plausível que Santiago conseguia imaginar era que elas, de alguma forma, tinham *aprendido*. De alguma forma, a partir do corpo retorcido e esturricado dos milhares e milhares de aranhas que não haviam conseguido superar a engenhosidade de Santiago, as sobreviventes tinham extraído alguma lição.

Mas Santiago se deu conta de que, se elas eram inteligentes o bastante para aprender, será que eram também inteligentes o bastante para saber que o fosso de fogo não queimaria para sempre? Será que começariam a testar e sondar até conseguirem abrir caminho nas fortificações? Ele tinha uma reserva de combustível nos tanques grandes enterrados embaixo do posto, mas essa queimaria rápido e com intensidade. Seria um bom último recurso, uma medida desesperada, mas não serviria para proteger sua família por muito tempo. E se aquelas aranhas não pareciam dispostas a morrer tão rápido quanto as da primeira leva em Los Angeles e no resto do mundo — a imagem de centenas de milhares de carcaças pretas quase vazias e sem peso, empilhadas e sendo varridas pelas ruas, ficaria gravada na memória dele pelo resto da vida —, então era só uma questão de tempo.

Tempo.

Santiago sabia que, quanto mais se prolongasse a situação, pior ficaria para sua família. Ele tinha depositado as esperanças no relógio, na imagem das aranhas derretendo como um pesadelo contemplado à luz do dia; mas se esse não fosse o caso, a situação se complicava para ele, porque então viraria uma disputa de números: as aranhas podiam morrer aos milhares, e parecia não fazer diferença, mas para Santiago qualquer perda seria insuportável. Não, uma disputa de números não era algo que ele estava disposto a arriscar.

Ele deu um suspiro e vestiu de novo as luvas de trabalho. Empurrou o carrinho de mão até o canto sudoeste da propriedade, onde despejou cuidadosamente duas pás de carvão para dentro da vala, sentindo as mãos arderem o tempo todo. Quando acabou, empurrou o carrinho até o meio do quintal e o cobriu com um pedaço de compensado para evitar que qualquer faísca errante inflamasse aquele punhado irrisório de carvão que ainda restava.

Dentro da casa, ele foi até o sofá para observar o filho dormindo. Oscar era um garoto bom. Bonito. Era mais parecido com a mãe do que com Santiago, e Santiago dava graças a Deus por isso. No casamento dele, só um dos lados tinha beleza. Ele sabia que era um homem decente, e tinha uma resistência e uma energia incríveis — se pudesse fechar os olhos por dez ou quinze minutos durante a tarde, não precisava de mais de quatro horas de sono por noite —, mas o espelho não mentia. A esposa insistia que ele era um homem charmoso. Ela dizia que gostava do rosto grosseiro, mas ele brincava que só alpinistas viam graça no pico irregular de seu nariz.

Delicadamente, ele se abaixou e tocou no ombro de Oscar. O menino acordou rápido e pegou as luvas do pai. Nenhum dos dois falou nada, mas não era necessário, e Santiago também dava graças a Deus por isso. Um menino que prestava atenção no pai? Um menino que não reclamava? Um menino que assumia o manto injusto da responsabilidade, que entendia que havia coisas a serem feitas? Ter um menino assim, pensou Santiago, era um milagre. Não importava o que acontecesse à sua volta, ele sabia que um menino assim era sinal de que ele ainda morava em um mundo onde era preciso agradecer a Deus.

Ele viu Oscar abrir a porta dos fundos e fechá-la atrás de si e, então, olhou para as próprias mãos. Elas latejavam no mesmo ritmo de seu coração. O gerador era necessário para manter a geladeira ligada e impedir que os remédios da filha estragassem, mas a filha não era a única que podia usufruir dos benefícios da eletricidade, então, na cozinha, ele juntou as mãos em concha, pegou o máximo de gelo que conseguia segurar e despejou dentro de uma bacia grande de plástico cheia de água. Deixou o gelo derreter por alguns segundos, estalando e boiando, e então enfiou as mãos na água.

Dor.

Depois êxtase.

Dez minutos depois, tirou as mãos e enxugou-as com cuidado em uma toalha de prato, tentando encostar de leve, e então subiu para o andar de cima.

A esposa estava dormindo na cadeira reclinável do canto do quarto de Juliet. As persianas estavam abaixadas, mas a luminária derramava luz sobre seu rosto. Ele virou o botão para apagá-la. Mas ainda havia claridade suficiente para ele ver o rosto de Juliet. Ela estava acordada, de olhos abertos. A esposa tinha virado a cadeira de rodas de Juliet para o pequeno aquário. Às vezes era difícil saber o que Juliet estava pensando, mas ela sempre parecia mais calma quando podia ver os peixes se movimentando pela água. No entanto, ela agora balançava a cabeça e soltava pequenos grunhidos.

Ele conferiu o oxigênio e a bolsa coletora de urina, certificando-se de que nenhum acesso estava obstruído. Se a esposa estivesse acordada, teria brigado com ele por ficar fuçando em detalhes que ela já havia conferido, mas os dois sabiam que ele não conseguia evitar. Uma das primeiras coisas que eles aprenderam sobre o cuidado com a filha era que, como Juliet não tinha como dizer se havia algum problema, eles precisavam verificar o bem-estar dela antes de qualquer coisa. A menina não parecia incomodada com nada óbvio, então ele se abaixou diante dela, equilibrando-se com uma das mãos doloridas no braço da cadeira de rodas.

Em voz baixa, para não acordar a esposa, cantou para ela:

La linda manita
que tiene el bebé
qué linda, qué bella
qué preciosa es

Que mãozinha linda, cantou ele. Como é bonita, como é bela, como é formosa. E então cantou sobre os dedos da mão dela, os do pé, os braços e as pernas, a boca, as orelhas, o nariz, os olhos.

Quando terminou, ele estava chorando.

Juliet continuava olhando para o aquário, mas a cabeça tinha parado de se mexer, e ela não estava grunhindo mais. Sua respiração tinha voltado a um ritmo normal. Santiago se levantou, alisou o cabelo dela e deu-lhe um beijo na testa.

Ele parou no corredor para olhar pela janela. Dava para ver Oscar percorrendo o perímetro. O filho estava andando devagar, com atenção e cuidado. Santiago olhou o relógio e decidiu que dava tempo de tomar uma ducha rápida.

Mas, antes, parou na frente do quarto da sra. Fine.

Fazia tanto tempo que ela era vizinha deles que Oscar a chamava de *abuela*. Assim que Santiago sugeriu seu plano de sobrevivência contra as aranhas — um plano que incluía demolir a casa onde ela havia morado por quase sessenta anos —, ela não hesitou. Ele sabia que muita gente ali em Oxford, gente da universidade, não teria ficado feliz de ser vizinha de uma família da classe operária como os Garcia, mas a sra. Fine, e o sr. Fine quando ainda era vivo, os trataram como família. O que, pensou Santiago, era verdade. A sra. Fine *era* família. Ele ainda era adolescente quando perdeu a mãe, e os pais da esposa nunca o aceitaram. Depois de vinte anos de casados, eles ainda agiam como se ele tivesse enganado Elizabeth para fazê-la se casar com ele e obrigá-la a atravessar a fronteira.

Santiago bateu uma vez na porta e, depois de alguns segundos, bateu de novo. Como não teve resposta, ele abriu a porta lentamente, pensando só em conferir se estava tudo bem. O cômodo era um escritório que tinha sido adaptado às pressas para servir de quarto, e ele esperava que ela estivesse sentada à escrivaninha, jogando baralho no computador, mas o quarto estava vazio.

A cama estava feita, e um bilhete, escrito com letra cursiva em uma folha de papel da impressora, repousava delicadamente sobre o travesseiro. A escrita era imaculada, no estilo elaborado de uma mulher que havia aprendido caligrafia quando isso ainda era uma habilidade valorizada.

Santiago,

Antigamente eu me perguntava por que Deus nunca me permitiu ter filhos, mas, bom, é o que dizem, Deus escreve certo por linhas tortas. Tive a sorte de conhecer dois grandes amores na vida: o primeiro, claro, foi meu marido, mas o segundo foi sua família. Eu vi o tanto que você e Elizabeth trabalham e se sacrificam para cuidar de Juliet sem negligenciar Oscar em nenhum sentido. Um filho enfermo pode trazer à tona o melhor ou o pior nas pessoas e, para você e Elizabeth, foi o melhor. Foi uma honra maravilhosa poder fazer parte disso. Vocês sempre tiveram muita delicadeza e gratidão quando eu cuidava das crianças ou cozinhava, ou quando vocês começaram a passar o Natal na minha casa, mas a verdade é que vocês me deram muito mais do que eu jamais poderia lhes dar.

Então.

Está na hora.

Você fez um trabalho excepcional ao se preparar tão rápido, mas, no máximo, a comida vai durar seis meses. Nenhuma opção é boa. Embora eu não coma muito, ainda assim eu como, e não sabemos quando — ou se — as coisas vão voltar ao normal. Até lá, cada dia que eu passo aqui é um dia de comida. Quanto antes eu me for, melhor. Sem mim, vocês talvez consigam esticar mais um mês, e pode ser que isso faça toda a diferença.

Faz anos desde que dei minha última aula de antropologia, mas seria um desserviço da minha parte não destacar que a tradição inuíte de mandar os idosos para morrer nas banquisas foi alvo de certo sensacionalismo. Isso acontecia de verdade? Sim. Era comum? Não. Definitivamente não nos últimos cento e poucos anos. Mas, no fundo, ainda sou uma acadêmica, então é difícil não me apaixonar por uma ideia bonita. De determinado ponto de vista, pode parecer brutal: despachar uma idosa para morrer sozinha? Mas, vendo por outro lado, é um ato generoso de amor: aquela idosa decidiu ir embora e morrer sozinha porque sabe que os recursos são escassos. Que última ação seria mais gloriosa do que libertarmos as pessoas que amamos do fardo de cuidarem de nós?

A última coisa que eu desejo é ser um fardo para vocês. Não suporto a ideia de que eu talvez esteja tirando comida da boca de sua família.

Espero que você compreenda, Santiago.

Sinto muito por não ter tido a coragem de me despedir pessoalmente, mas eu sabia que você e Elizabeth tentariam me convencer a ficar. Já basta que vocês precisem proteger Juliet sem ter que se preocupar com uma velhota.

Tive uma vida boa, Santiago. Não me arrependo de nada.

Com amor por todos vocês,
Abuela Diana

Santiago se sentou na beira da cama e releu a carta. Quando levantou os olhos, percebeu que a esposa estava parada na porta.

Ele balançou a cabeça.

— Não — disse Santiago.

— Não? Não o quê?

— Não — repetiu. Ele se levantou, deu a carta para a mulher e desceu a escada.

— Espere, Santiago! — Ele a escutou vindo atrás e a esperou na varanda. Olhou para as mãos outra vez, tocando os dedos, tentando ver se a dor tinha diminuído um pouco na última meia hora. Bateu os calcanhares das botas, mexendo-se com impaciência sem sair do lugar. Do outro lado do quintal, Oscar acenou para ele. Santiago respondeu com um gesto da cabeça.

Elizabeth saiu para a varanda, uma das mãos segurando a carta e a outra cobrindo a boca, horrorizada. Estava tentando não chorar. Sem sucesso.

— O que... — Ela parou e respirou fundo, engolindo as lágrimas. — O que você vai fazer?

Santiago pôs a mão na nuca da esposa.

— A única coisa que eu posso fazer — respondeu. Ele a beijou com ternura e inclinou a cabeça para a frente, juntando testa com testa. — Vou resgatar aquela velha tonta.

Quando o rádio não pegava só estática, de vez em quando captava relatos vagos de que as aranhas aparentemente não reconheciam uma pessoa como comida se ela estivesse usando um traje de isolamento. Embora Santiago não tivesse um traje de verdade, tinha uma máscara de respiração de rosto inteiro, e isso — junto com uma capa de chuva de borracha, um pouco de fita adesiva e muita fé — talvez funcionasse.

Oscar quis ir junto, mas Santiago encarou o filho e falou a verdade: se ele não voltasse para casa, caberia a Oscar e Elizabeth proteger Juliet.

Ele passou os olhos pelo quintal até descobrir como a sra. Fine tinha atravessado o fosso. Havia uma escada extensível no asfalto perto de uma picape velha do outro lado da trincheira; aparentemente, ela havia apoiado a escada na caçamba da picape e atravessado andando ou engatinhando. Como andar na prancha, pensou Santiago. O calor provavelmente foi desconfortável, e não deve ter sido fácil. Não para uma velhinha como a sra. Fine. Mas as velhinhas sempre eram mais fortes do que aparentavam. Infelizmente, ela havia puxado a escada depois de atravessar. Foi inteligente, porque assim as aranhas não poderiam entrar por ali, mas com isso Santiago não tinha um jeito fácil de atravessar. A única opção seria pular.

Ele ficou alguns minutos juntando coragem e então, finalmente, respirou fundo, correu e pulou por cima do fosso.

Caiu com força, tropeçou e bateu com as mãos e os joelhos no chão. As mãos estavam ardendo, mas, felizmente, as calças de borracha e as luvas de lavar louça não se rasgaram. Ele conferiu de novo para ver se a fita adesiva ainda estava presa em torno dos pulsos e tornozelos, acenou uma última vez para o filho e a esposa e se virou para a cidade.

Agora ele só precisava encontrar a banquisa da sra. Fine.

Chincoteague, Virgínia

Gordon tomou mais uma colherada do sorvete de iogurte. Em algum ponto entre Bethesda e Chincoteague, quatro fuzileiros haviam desaparecido. Pouco depois das comprinhas na Radio Shack — tudo bem, foi um saque, que incluiu uns vinte *walkie-talkies* da Motorola, já que não havia rádios militares suficientes para todos os veículos, além de todas as bugigangas de que Gordon e Espingarda precisavam —, eles voltaram para a estrada. O trânsito ainda estava infernal, mas, depois de quatro horas, a estrada esvaziou o bastante para eles conseguirem dirigir a uma velocidade quase razoável. No entanto, quando finalmente pararam em Chincoteague, na frente de um centro comercial pequeno com um mercado gourmet, uma loja de vinhos, uma padaria e uma sorveteria de iogurte, eles estavam com um veículo a menos.

A cabo Bock tinha tentado entrar em contato com os fuzileiros desaparecidos, mas, depois de alguns minutos, o segundo-sargento Rodriguez a mandou parar.

— Deixe para lá, Bock — disse Rodriguez.

Kim levantou o radinho amarelo.

— Senhor, eles não estavam equipados com aparelhos militares. Só tinham um destes brinquedinhos, e o sistema tem alcance limitado. Pode ser que eles só estejam sem sinal.

Gordon percebeu que nem ela acreditava no que estava dizendo. Ela sabia tão bem quanto Rodriguez — quanto todos eles — que aquele utilitário não tinha só desaparecido. Os quatro fuzileiros do veículo haviam desertado.

Depois de um instante de melancolia e silêncio, Rodriguez fez algo que Gordon achou genial: levou todo mundo para a sorveteria de iogurte.

Por incrível que pareça, a Yogurt Wonderland estava aberta. O garoto atrás do balcão, um adolescente com piercing na orelha e cabelo até o ombro tingido de vermelho-cereja, não pareceu especialmente surpreso ao ver entrar um pelotão de fuzileiros e três civis — Gordon, Espingarda e Teddie.

— Escute aqui, garoto — disse Rodriguez. — Pegue o que todo mundo aqui consumir e mande a conta para o Corpo de Fuzileiros, aos cuidados do governo dos Estados Unidos.

O garoto soprou uma bola pequena de chiclete e balançou a cabeça.

— Nem pensar. Dinheiro ou cartão.

Gordon precisava admirar a coragem do moleque. Com todos os fuzileiros, mais Gordon, Espingarda e Teddie, dentro da Yogurt Wonderland, a loja ficou lotada, e todos os fuzileiros estavam armados. Se bem que Gordon não sabia por que eles nem sequer se davam ao trabalho, já que nitidamente aquelas armas não eram a opção mais eficaz contra aranhas.

Rodriguez ficou tenso, mas, antes que ele pudesse responder, Espingarda se adiantou.

— Deixe comigo — disse ele, botando um cartão de crédito no balcão. Ele bateu na madeira com um baque sólido.

O garoto revirou os olhos e apontou para o adesivo ao lado da caixa registradora.

— Não aceitamos AmEx.

Espingarda comprimiu os lábios, respirou fundo e retrucou com uma irritação contida:

— Tudo bem. — Ele pegou a carteira de novo, guardou o cartão de metal e puxou outro de plástico, mais frágil. — Imagino que Visa vocês aceitem?

O garoto deu de ombros para dizer que sim.

Espingarda falou para os fuzileiros mandarem ver, e, poxa, como eles mandaram. Todo mundo encheu os potes de iogurte e depois acrescentou complementos até o balcão ficar coberto de M&M's e chocolate granulado e pedaços de biscoito; eles despejaram calda de caramelo e pegaram conchas de Oreo e cascas de sorvete com o entusiasmo de crianças. Gordon fez o possível para não rir. Até que cruzou olhares com Teddie e acabou rindo.

— O quê? — disse ela, erguendo o próprio pote quase transbordando. — Eu gosto de sorvete de iogurte, e daí?

Realmente. O sorvete de iogurte de Gordon também tinha gosto de pura felicidade. Ele foi no clássico — iogurte de sabor tradicional com uma dose saudável de pedaços de morango fresco e gotas de chocolate —, mas era relaxante ficar sentado no estacionamento engolindo aquelas colheradas cheias.

Depois de todo mundo terminar de comer, Rodriguez falou que eles continuariam ali, então os fuzileiros organizaram os equipamentos e cuidaram da higiene pessoal. Nesse meio-tempo, e enquanto Teddie ia com a câmera fazendo perguntas para cada fuzileiro, Gordon e Espingarda pegaram o ST11.

Ele e Espingarda tinham conseguido adiantar bastante trabalho na picape durante a viagem de Bethesda até ali. Não era o ideal, mas, exceto por uma rápida crise com um parafuso perdido, eles conseguiram ser produtivos. Só haviam deixado a soldagem para depois, para não correr o risco de um buraco aleatório na pista botar tudo a perder. Eles se instalaram no asfalto do estacionamento, ligaram o ferro de solda a um inversor que tinham pilhado da Radio Shack e o conectaram à picape que Kim tinha dirigido. Espingarda conferiu as anotações e falou para Gordon ir em frente.

Ele segurou o cabo da solda com cuidado. Tanto ele quanto Espingarda eram frescos em relação a modelos de ferramentas, e a solda que havia na Radio Shack não teria sido a primeira opção de Gordon. Mas sua mão era firme, e, depois de alguns minutos, estava tudo pronto. Enquanto Gordon prendia a tampa de novo e apertava os parafusos estrela, Espingarda desconectou a solda do inversor, ligou o fio do ST11 no lugar e passou um cabo do ST11 para o notebook.

Eles tiveram que passar mais alguns minutos depurando, mas depois a tela se acendeu.

— Cacete — disse Espingarda.

— Funcionou? — perguntou Gordon, e logo depois ele se repetiu, mas como afirmativa: — Funcionou. — O asfalto não era o assento mais confortável do mundo, mas, naquele momento, ele não se importava.

Gordon sentiu a presença de Kim antes que ela dissesse qualquer coisa e, quando olhou para ela, percebeu que estava sorrindo feito um idiota.

— Eu falei que valia a pena parar na Radio Shack.

Ela não parecia tão impressionada quanto ele esperava.

— É só isso? Isso aí é tudo?

— Bom — respondeu Espingarda, com um tom defensivo —, a gente não se dedicou muito à interface para o usuário. Quer dizer, você está acostumada a aplicativos caprichados com visual incrível e um monte de recursos que na prática não servem para nada, mas que são criados para agregar valor. Realmente, não parece grande coisa, mas funciona.

— Posso chamar o Rodriguez?

Espingarda hesitou, talvez relembrando o desempenho decepcionante da primeira versão do ST11 — quando as aranhas só ficaram letárgicas, em vez de caírem mortas como eles tinham esperado —, mas, quando Gordon fez um gesto de incentivo com a cabeça, ele falou para Kim ir chamá-lo.

Rodriguez não tinha pedido nenhuma explicação quando eles pararam na Radio Shack, então eles passaram a versão resumida: em essência, disse Gordon, o ST11 tinha sido projetado para usar ondas sonoras de frequência extremamente baixa direcionadas a um alvo específico. Em tese, isso devia ser letal. Na prática, nem tanto. Mas eles perceberam que, de alguma forma, o ST11 alterava o comportamento das aranhas, e, trabalhando de trás para a frente, descobriram que as aranhas talvez estivessem se comunicando com frequências semelhantes à do ST11.

— Ou, bom, talvez não fosse para se comunicar — disse Gordon. — Tem muita coisa que a gente não entende, mas pense no ST11 como um bloqueador... tipo interferência de rádio. E aí a gente, bom, foi mais Espingarda, achou que, se estamos bloqueando algum sinal, esse sinal específico deve estar saindo de algum lugar, e, em vez de *bloquear* esse sinal, poderíamos rastreá-lo.

— Então — disse Rodriguez —, como um radar?

O mais importante, disse Gordon, era que o aparelho funcionava como eles queriam, e, assim que eles ligaram o ST11, ficou nítido que havia um sinal específico, ou vários sinais, se comunicando com as aranhas.

— O quê? — disse Rodriguez, erguendo uma das sobrancelhas, obviamente cético. — Como transmissões de rádio?

— Não exatamente, mas sim, por aí. E o detalhe é que, com isto — disse ele, acariciando o ST11 —, podemos descobrir de onde as transmissões estão vindo.

— O centro de comando?

Espingarda se levantou. Ele pôs a mão na cintura e se alongou um pouco.

— Francamente? Não sei. Mas, pela primeira vez, acho que temos um jeito de ver onde aquelas coisas estão antes de elas brotarem e começarem a comer gente.

Rodriguez coçou o queixo e olhou para as fachadas das lojas. O adolescente saiu da sorveteria, trancou a porta e foi embora. Rodriguez deu um suspiro.

— Cacete. Certo. Isso é bom. Tem certeza?

Tanto Espingarda quanto Gordon tinham certeza.

Rodriguez pegou o rádio amarelo da Motorola que estava preso na cintura.

— Vamos precisar de algo com mais alcance do que isto, mas não sei para quem eu passo a informação.

— Ei! Ei!

Gordon olhou para o outro lado do estacionamento. O fuzileiro que eles chamavam de Joe Branquelo estava acenando e gritando para eles. Alguns fuzileiros estavam em volta dele. Conforme ia com Espingarda, Kim e Rodriguez até Joe Branquelo, Gordon viu que todos estavam olhando para o rádio na mão dele: um dos militares, não o *walkie-talkie* amarelo que eles tinham pegado na Radio Shack. O aparelho tinha permanecido em silêncio durante a viagem toda, mas agora estava transmitindo.

Quando Gordon chegou mais perto, reconheceu a voz que estava falando.

— É a...

— Está repetindo — disse Joe Branquelo.

Ele ficou surpreso com a qualidade do som. Mesmo se não estivessem no meio de um colapso total de, bom, de tudo — mesmo se ele não soubesse que Denver, Minneapolis, Chicago, Milwaukee, Houston e várias outras cidades tinham sido desintegradas —, Gordon teria ficado impressionado com a qualidade do som. Era como se a presidente Pilgrim estivesse bem ali com eles.

— ... cientistas estão desenvolvendo uma forma de contra-atacar. Sou sua presidente, e estou com você. Por favor, retransmita esta mensagem.

Houve um intervalo curto, e depois ela começou de novo:

— Atenção: aqui é a presidente Stephanie Pilgrim. Há poucos instantes, uma pequena facção de homens e mulheres das Forças Armadas tentou derrubar o governo dos Estados Unidos. O objetivo deles é assumir o controle de nosso arsenal nuclear e destruir a maior parte do território continental dos Estados Unidos. A todo e qualquer integrante das Forças Armadas que auxiliar esses covardes tentando subverter o governo eleito democraticamente, saiba que você está traindo seu país e receberá o tratamento destinado a traidores. Estamos vivendo uma grande crise, e precisamos trabalhar juntos, não nos destruirmos. Temos que enfrentar nosso inimigo em comum. Para isso, estabeleci uma nova sede temporária do governo em Nova York. Se você está ouvindo, esta é uma ordem direta da presidente dos Estados Unidos da América: você *não* tem autorização para usar armamento nuclear. Repito, você *não* tem autorização para usar armamento nuclear. Já autorizei a realização de ataques nucleares táticos em aproximadamente trinta alvos dominados pelas aranhas, com a intenção de conter a ameaça que enfrentamos. Acreditei que era uma ação necessária, mas já basta. Não transformaremos nosso país em uma ruína. Por enquanto, peço que resistam. Neste momento, nossos principais cientistas estão desenvolvendo uma forma de contra-atacar. Sou sua presidente, e estou com você. Por favor, retransmita esta mensagem. — Depois veio mais uma pausa curta antes de a mensagem se repetir. — Atenção: aqui é...

E então ela foi interrompida de repente, deixando apenas estática. Após alguns segundos, apareceu uma voz nova.

— Aqui é o general Ben Broussard, chefe do Estado-Maior Conjunto. Assumi o comando de todas as divisões das Forças Armadas dos Estados Unidos. Reagiremos à ameaça ao nosso país com todas as armas à nossa disposição. A todos os integrantes das Forças Armadas: aguardem novas ordens.

E então essa mensagem começou a se repetir. Eles escutaram umas quatro ou cinco vezes até Rodriguez levantar a mão e desligar o rádio.

Todo mundo, incluindo Gordon, Espingarda e Teddie, olhou para Rodriguez.

— Vocês ouviram o que ele disse — disse Rodriguez —, vamos aguardar novas ordens.

Casa Branca Manhattan, Nova York, Nova York

Nova York. Luminosa. Eterna. Intocada.

Bom, não completamente intocada. A Força Aérea e o Corpo de Engenheiros do Exército tinham demolido uma faixa de quase um quilômetro ao norte da rua 122 para criar uma terra de ninguém intransponível, protegida por uma mistura de agentes da Guarda Nacional, do Exército e dos Fuzileiros Navais. Os homens e mulheres estavam armados com um arsenal misto de lança-chamas e metralhadoras: as metralhadoras, para qualquer pessoa que tentasse entrar, e os lança-chamas, para qualquer penetra indesejado de oito patas que quisesse entrar de gaiato. Eles não tinham uma quantidade suficiente de lança-chamas, mas um engenheiro da Califórnia havia projetado uma versão caseira sensacional que podia ser montada em qualquer oficina bem equipada ou por qualquer pessoa com uma impressora 3-D que funcionasse com metal em vez de plástico. Pela primeira vez, Manny ficou feliz com essa moda hipster de "faça você mesmo". Eles tinham montado quase duzentas bocas de lança-chamas no dia anterior, e o cara encarregado de construí-las — um sujeito com um coque masculino e tão ridiculamente bonito que chegava a dar raiva — disse que eles conseguiriam fazer quase quinhentos por dia dali para a frente. A melhor parte era que a pessoa responsável pela invenção desse lança-chamas, quem quer que fosse, tinha projetado que ele funcionasse tanto com gasolina quanto com aqueles botijões de propano usados em churrasqueiras. Não era perfeito, mas dava de dez a zero em qualquer lata de Raid.

Eles teriam conseguido fazer mais lança-chamas ainda se a cidade de Nova York ainda fosse um monstro unido e glorioso, mas toda a ilha de Manhattan havia se transformado em uma zona proibida: túneis e pontes foram destruídos com explosivos, e os rios Hudson e East serviam de barreiras naturais. Fortaleza Manhattan. Além dos milhares de soldados, havia também cidadãos civis se esforçando para que Manhattan permanecesse intocada. O Bronx, o Brooklyn e o Queens estavam abandonados à própria sorte, mas Manhattan não tinha nenhuma aranha.

Até o momento, estava dando certo, mas Manny sabia que era só por acaso: bastava uma pessoa infectada, uma única aranha despercebida, e tudo desabaria. E, ainda por cima, Manny agora estava preocupado com a lealdade das Forças Armadas. O golpe no USS *Elsie Downs* era um fato sacramentado. Será que o resto dos militares demoraria muito a aderir?

A julgar pela reação à chegada deles a Nova York, isso era motivo de preocupação. Stephanie precisava apresentar algo melhor do que só um discurso bonito. Manny por acaso concordava com ela: se o único jeito de aniquilar aqueles monstros de oito patas fosse aniquilando também a raça humana, de que adiantava? Fazia mais sentido esperar para ver se as aranhas hibernariam de novo ou voltariam para o inferno de onde elas tinham brotado. Mas, em momentos assim, a retórica da inação era sempre derrotada pela bravata da destruição. O argumento intelectual geralmente perdia quando alguém conseguia falar de arrebentar coisas como se fosse algo empolgante.

Tudo isso piorava com a escala dos acontecimentos no USS *Elsie Downs*. Não tinha sido só um punhado de marinheiros desobedientes. Tinha sido o chefe do Estado-Maior Conjunto, aliado aos oficiais superiores de um porta-aviões da classe *Ford*. A mensagem de Broussard a favor de contra-atacar a qualquer custo tinha eco.

Manny precisava era que Melanie apresentasse algo concreto.

O que era um problema, porque Melanie ainda estava no porta-aviões e ele não tinha nenhuma forma de entrar em contato com ela. Manny estava depositando toda a fé na ideia de que Melanie tinha uma resposta e no fato de que Billy Cannon e o agente especial Riggs conseguiriam tirar sua ex-esposa e os outros cientistas daquela banheira. Enquanto isso, ele se manteve bastante ocupado tentando ajudar Steph a não deixar o que restava dos Estados Unidos descer pelo ralo e tentando descobrir quanto tempo conseguiriam segurar até que Broussard desse uma de Dr. Fantástico e mandasse o país inteiro para o espaço.

Nossa, como Manny sentia falta da política normal. Sentia falta de como ela podia ser excelente às vezes, dos momentos em que todo mundo se juntava para fazer o certo. Mas não era nisso que Manny se destacava. A parte que ele adorava, e da qual ele estava sentindo saudade, era a dos troca-trocas mesquinhos, das manobras, das contagens de votos e quedas de braço e tramoias de bastidores em que ele conseguia sair por cima.

Manny se deu conta de que não tinha escutado absolutamente nada do que a mulher à sua frente estava falando. Era uma engenheira do município e tinha vindo com um plano relacionado à... rede de esgotos? Ele assentiu com a cabeça e a dispensou, e ela saiu da sala com um jeito decididamente animado. Pelo menos alguém estava feliz.

Ele olhou para o relógio. Quase onze da noite. Tarde. Mas ainda havia trabalho a fazer. Ele se levantou da escrivaninha e colocou a cabeça para fora da sala, para a pequena antecâmara onde seu assistente administrativo digitava em um notebook. O assistente, um soldado chamado Champ Jones, estava emprestado a Manny, mas, nas poucas horas que trabalhara com Champ, Manny já havia decidido que o roubaria de vez.

— Sim, senhor?

— Não, nada. Só estou esticando as pernas. Quem vem agora?

Ele sabia que havia uma fila no corredor. Mesmo àquela hora da noite, havia uma fila. Parte da função de Manny era aliviar a carga da presidente, e, embora todos os aspectos normais do trabalho tivessem desaparecido — ninguém estava esperando para insistir que ele arrumasse um estágio na Casa Branca para um sobrinho de um primo —, o estado de emergência e o golpe traziam seus próprios problemas.

— Cathy Silverberg.

— Da prefeitura? Ela está esperando há quanto tempo? Você devia ter passado ela na frente. — Manny percebeu que seu tom estava ríspido demais. Crítico.

— Ela acabou de chegar, senhor. Depois que a última pessoa já tinha entrado na sua sala.

E agora Manny se sentia um babaca.

— Tudo bem. Mande entrar. E arrume uma Coca Diet para mim, por favor. — Ele se virou, parou e olhou para Champ. — Você está fazendo um bom trabalho. Continue assim.

— Obrigado, senhor.

Manny voltou para dentro da sala e se sentou. Eles estavam trabalhando em um casarão enorme no Upper East Side, a uma quadra do Central Park. Podiam ter ocupado alguma instalação oficial, mas, considerando que estavam no meio de um golpe de Estado, fazia mais sentido escolher algo um pouco mais difícil de achar. Havia mais de dez propriedades como aquela espalhadas pela cidade — edifícios que pareciam residências particulares, mas que na verdade pertenciam ao bom e velho Tio Sam. Manny não queria nem pensar no valor de mercado de uma propriedade como aquela. Quarenta, cinquenta milhões?

Eram mais de novecentos metros quadrados, com uma dúzia de quartos — dez dos quais tinham sido transformados em escritórios —, várias salas de estar e uma grande sala de jantar, além de ter brilho e luxo suficientes para agradar até o presidente mais cafona. E isso tudo só acima da superfície. Depois de adquirir o edifício por meio de uma série de empresas de fachada na crise do começo dos anos 2000, o Serviço Secreto escavou o subsolo e acrescentou três andares subterrâneos. Dois andares com salas de reuniões e gabinetes, e, no andar mais baixo, um abrigo antibomba. Aliás, o edifício inteiro tinha sido blindado: janelas capazes de resistir a uma bazuca, concreto reforçado, todo tipo de palhaçada que empolgava o pessoal do Serviço Secreto. Do térreo para cima, as pessoas provavelmente estavam protegidas contra qualquer ataque terrorista convencional, e os andares inferiores eram seguros contra qualquer coisa razoável — ênfase em *razoável*. Manny sabia que, se Broussard decidisse que a única opção era remover a presidente Pilgrim da face da Terra, o *razoável* seria jogado pela janela. O poder e a fúria das Forças Armadas dos Estados Unidos não seriam impedidos por um casarão no Upper East Side. Felizmente, levando em conta o fato de que eles não tinham sido abatidos durante a fuga do USS *Elsie Downs*, e de que a Casa Branca temporária — todo mundo a estava chamando de Casa Branca Manhattan — não tinha virado uma cratera fumegante, Broussard não estava preparado para chegar a esse ponto.

Ainda.

Manny olhou pela janela. Estava no último andar do casarão, em um dos quartos que tinham sido convertidos em escritório. A sala de Steph era ao lado da dele, e isso tinha sido uma luta. O Serviço Secreto queria que ela permanecesse sempre no subterrâneo, mas Steph vencera a discussão, usando os mesmos argumentos deles de que a residência era blindada. No entanto, naquele momento ela estava no andar de baixo, em um quarto de verdade, dormindo. Isso tinha sido outra briga — dessa vez vencida por Manny. Ela precisava dormir. Ele cuidaria de tudo por ora e tiraria um cochilo durante a madrugada. Mas seria ótimo se Champ lhe trouxesse aquele refrigerante danado.

Como se os pensamentos tivessem se materializado, Champ entrou pela porta com um copo cheio daquele elixir escuro que dava a energia necessária para Manny seguir com seus dias, e junto veio Cathy Silverberg.

Eles tinham se encontrado algumas vezes ao longo dos anos. O relacionamento dela com o prefeito era análogo ao de Manny com a presidente. Bom, provavelmente sem a parte do caso, pensou ele. Mas ele sabia que tanto Silverberg quanto o prefeito achavam que, se a situação tivesse sido um pouquinho diferente, seriam eles, e não Manny e Steph, os ocupantes da Casa Branca. Ou, nesse caso, da Casa Branca Manhattan.

Manny apertou a mão de Silverberg e tomou um gole do refrigerante. O copo em sua mão estava frio o bastante para ele se sentir aliviado antes mesmo de o líquido entrar na boca. Mas, assim que bebeu, ele soube que havia algo terrivelmente errado.

— Champ! — gritou para o assistente antes que o soldado tivesse chance de fechar a porta. — Que porcaria é esta? — Ele levantou o copo.

— Pepsi Diet, senhor.

Qualquer afeição que Manny pudesse ter pelo assistente novo desapareceu. Manny ficou olhando para Champ.

— Pepsi Diet?

— Sim, senhor. A residência não tem nenhuma Coca Diet.

— Você está me dizendo que o governo dos Estados Unidos pode ter um casarão secreto à prova de terroristas, com três andares subterrâneos duplamente secretos, no meio de Manhattan, a uma quadra do Central Park, e não abastecemos o lugar com Coca Diet? Você espera que eu beba... isto? — Ele segurou o copo como se fosse um animal moribundo contagioso.

Champ pegou o copo.

— O senhor quer que eu mande alguém conseguir lá fora?

Silverberg deu risada. Era mais ou menos da idade de Manny. Tinha o cabelo castanho amarrado acima dos ombros e estava vestida de forma profissional. Ela parecia mais arrumada que Manny; ele continuava com o mesmo terno, amarrotado e bagunçado, mas pelo menos alguém havia trazido uma camisa nova para ele vestir no lugar da ensanguentada.

— Tem uma mercearia a algumas quadras daqui — disse Silverberg. — Vou lhe dar o endereço. Tem um par de policiais na frente para evitar pilhagem. Avise que você está seguindo ordens da prefeitura. E que foi Cathy Silverberg quem autorizou.

— Não — disse Manny. — Quer saber, vou eu mesmo. Pegar um pouco de ar. Quer andar e trocar uma ideia? — perguntou ele a Silverberg.

— Só se você não chamar isso de trocar ideia.

Eles desceram no elevador e saíram pela porta da frente. Silverberg estava acompanhada de quatro policiais à paisana, e quatro soldados uniformizados seguiram Manny. No meio da escada na frente do casarão, Manny parou de repente.

— Droga. — Ele bateu nos bolsos. — Estou sem a carteira.

Silverberg revirou os olhos.

— Eu posso bancar algumas latas de Coca Diet para você.

Eles começaram a andar de novo.

— De que você está precisando?

Manny sabia que ela não teria ido vê-lo se não fosse importante. Naquele momento, estava igualmente ocupada. Eles tinham feito um trabalho incrível para segurar as coisas na cidade de Nova York. Havia sido em parte, claro, com ajuda da Guarda Nacional e de tropas federais, mas o prefeito tinha agido bem. Por trás do prefeito, claro, estava Silverberg.

— Sabe do que é que eu mais gosto em Nova York?

Era uma pergunta retórica, e Manny não se deu ao trabalho de responder. Embora parecesse que ela ia dar uma longa volta até chegar ao ponto que queria, Manny não se incomodou. Sair para a rua tinha sido uma ideia maravilhosa. Claro, talvez o ar não estivesse exatamente fresco — não com a presença constante dos cheiros da cidade —, mas estava agradável. As ruas não tinham absolutamente nenhum civil. Havia um efetivo de agentes do Serviço Secreto, assim como uma variedade de militares — nossa, ele esperava que aqueles homens e mulheres ali fossem mais leais que Broussard —, mas a rua parecia quase normal. Alguns dos edifícios em volta deles estavam acesos, outros, apagados, e Manny se perguntou se daria para ver as estrelas caso a cidade estivesse mais escura.

— A coisa de que eu mais gosto em Nova York — continuou Silverberg — é que ninguém é igual a ninguém. Milhões de pessoas, e cada uma tem sua própria história, sua própria vida, suas próprias opiniões. Para os nova-iorquinos, só existe consenso em duas coisas. A primeira é que não dá para obstruir a passagem. Sério, existe pecado pior em toda Nova York do que andar devagar ou parar no meio da calçada? É por isso que temos essa relação de amor e ódio com quem vem de fora. Mas o outro consenso entre os nova-iorquinos é que ninguém nunca mexe com a gente. Se alguém mexe com a cidade de Nova York, a gente vai para cima.

Eles dobraram a esquina. Os policiais de Silverberg estavam na dianteira, e a escolta de Manny vinha na retaguarda. Naquele momento, a segurança não parecia ser nenhuma grande necessidade, mas ele estava acostumado.

— Morei em Nova York a vida inteira — continuou ela. — Tenho idade para lembrar quando a Times Square deixou de ser zona de guerra e virou armadilha para turistas. Passei por Koch, por Dinkins e por Giuliani, e vi as torres caírem. Passei por Bloomberg, se bem que ele foi um baita prefeito, e pelo furacão Sandy e pelo prefeito De Blasio. Caramba, cheguei até a comer frango de uma barraca de rua ao lado do canal Gowanus. Quer dizer, qual é, só isso? Aranhas? Vão ter que se esforçar mais para assustar os nova-iorquinos.

Ela parou de andar. Manny viu a mercearia do outro lado da rua. Realmente, havia dois policiais fardados da tropa de choque parados na porta. Mas a loja estava aberta, e ele já estava quase sentindo o gosto da Coca Diet.

— Manny — disse Silverberg. Ela deu uma olhada adiante para conferir se sua escolta estava longe o bastante para não escutar. — Eu vim pessoalmente por um motivo. Estamos ouvindo coisas.

— Que tipo de coisas? — perguntou Manny, mas ele estava com um mau pressentimento.

— Seria uma coisa se fosse só o baixo escalão, mas estamos vendo pressão do alto-comando também. Tem muita gente achando que Broussard talvez tenha razão.

Manny assentiu. Não adiantava discutir, e também não adiantava insistir. Ele não conhecia Silverberg tão bem, mas sabia que ela era cascuda e competente. Não teria procurado Manny para falar daquilo se não fosse um problema de verdade. Talvez pudesse haver algum interesse político em tempos normais — sempre havia interesses políticos —, mas ela era direta.

— Quanto tempo? — perguntou ele. — Por quanto tempo você acha que consegue manter a polícia sob controle?

Ela abaixou os olhos e abriu a bolsa, remexendo até puxar um punhado de dinheiro.

— Aqui. — Ela enfiou as notas na mão de Manny. — Para o seu refrigerante.

— Não vai entrar?

— Não. Não tenho muito que acrescentar além do que já falei. E respondendo: não sei. Dois dias? Três? Talvez menos. Sabe como é. Como é que se fala? Um barril de pólvora prestes a explodir? É isso, já estamos forçando a barra aqui, e acho que quanto mais vocês demorarem para nos dar algo concreto, mais difícil vai ser convencer as pessoas de que Broussard está errado. E vai ser um vale-tudo se tivermos uma terceira onda daquelas aranhas malditas.

— Achei que você tinha falado que seria preciso mais do que aranhas para assustar os nova-iorquinos.

— Era mentira — disse Silverberg. Ela se virou, foi até os dois policiais na porta, apresentou-se, apresentou Manny, e se despediu.

Ele entrou, deu o dinheiro — quase sessenta dólares — ao cara no caixa e pegou todas as latas e garrafas de Coca Diet da geladeira. Três sacolas cheias. Deu as primeiras para dois dos quatro soldados de sua escolta e levou a terceira sacola com uma das mãos, segurando uma lata na outra para beber. Não queria esperar até voltar ao casarão. O primeiro gole atingiu sua boca com um choque, como se ele tivesse enfiado o dedo na tomada. Engoliu um bocado, o bastante para engasgar um pouco e precisar tossir. Mas foi revigorante. Junto com o passeio, aquilo o deixou totalmente desperto. Havia certo charme na ideia de caminhar pelas ruas de Nova York conforme o relógio se aproximava da meia-noite. Quando visitara a cidade na juventude, com vinte e poucos anos, ele ficava fora até bem tarde, e uma de suas partes preferidas era...

Manny parou de andar tão abruptamente que o soldado que vinha atrás acabou esbarrando nele.

— Desculpe, senhor.

Manny se virou e olhou para o soldado. Como muitos outros, aquele parecia incrivelmente jovem de perto, e o rapaz ficou espantado com o comportamento dele. Mas Manny não conseguiu se conter: ele se lembrou de repente do que Cannon tinha falado para Steph quando eles estavam prestes a fugir do *Elsie Downs*. Haviam conversado sobre a Operação SALVAGUARDA, e sobre como isso lhes daria mais umas setenta e duas horas — ele deu uma olhada no relógio, pensando que agora eram menos —, e depois Cannon dissera algo sobre...

— Soldado — disse Manny. — Você é cristão? O que é Mateus 5:45?

— Ahn...

— Não se preocupe — Manny deu uma olhada na identificação do garoto —, cabo Ward.

— Senhor?

Ele se virou para um dos soldados que tinham assumido a dianteira. A voz dela foi uma surpresa. Manny não havia prestado atenção em nenhum dos quatro, e, com todo o equipamento, o gênero da cabo Green não era óbvio. Ela se portava com confiança, mesmo aparentando a mesma idade do cabo Ward.

— Minha mãe é pastora, senhor — disse ela. — Estudei muito a Bíblia quando era pequena.

— Mateus 5:45?

— É do Sermão da Montanha. — Ela ficou olhando para o rosto de Manny, esperando algum sinal de reconhecimento. — Jesus?

— Tudo bem, até eu sei disso. Mas o que é? O que é Mateus 5:45?

— Eu sabia de cor, mas...

— Pode ser a versão aproximada, soldado.

A cabo Green apertou os olhos, concentrada.

— Não. Só um segundo. Hum, essa é a Nova Versão Internacional. Se você quiser uma tradução mais clássica, vai ter que perguntar para outra pessoa.

Manny tentou ter paciência, mas foi muito difícil não sacudir a cabo Green e gritar para ela andar logo. Ele estava sentindo, sabia que tinha alguma coisa importante ali. A surpresa de Steph ao ver que Cannon sabia de Mateus 5:45; a crença de Cannon de que isso poderia salvá-los de Broussard; e justamente o fato de ser algo que Manny não sabia.

— Então, esses são os últimos versículos, não só o 45, mas é mais ou menos assim: "Amem os seus inimigos e orem por aqueles que os perseguem", não sei o quê, não sei o que lá, e depois "ele faz raiar o seu sol sobre maus e bons e derrama chuva sobre justos e injustos. Se vocês amarem aqueles que os amam, que recompensa vocês receberão? Até os publicanos fazem isso! E se vocês saudarem apenas os seus irmãos, o que estarão fazendo de mais? Até os pagãos fazem isso! Portanto, sejam perfeitos como perfeito é o Pai celestial de vocês".

Conforme ela foi ficando mais à vontade, sua voz subia e descia, revelando a cadência de uma filha de pregadora; quando ela terminou, Manny ficou com a sensação de que talvez ela tivesse errado de vocação ao escolher o Exército.

— É isso — disse ela. — É a parte da chuva. "Ele faz raiar o seu sol sobre maus e bons e derrama chuva sobre justos e injustos." Mamãe falava muito disso, que não dá para escolher o amor de Deus. Ele cai em todos os lugares.

O coração de Manny batia com força no peito. Ele sabia que era cedo demais para a cafeína ter surtido efeito.

— Jesus Cristo.

— Exato! — disse a cabo Green, animada.

— Não, eu... Deixe para lá — disse Manny. Ele começou a andar com passos rápidos de volta para o casarão.

Não correu, porque não estava em condições de fazer isso, mas também não hesitou. Na porta, ele parou só para dar tempo de os agentes do Serviço Secreto o liberarem, e então subiu às pressas os degraus. Dentro do casarão, enfiou a sacola cheia de refrigerante embaixo do braço para que pudesse segurar a Coca Diet aberta com uma das mãos e usar a outra para apertar com impaciência o botão do elevador. Por um instante, ele pensou em subir de escada, mas não queria ter que parar para recuperar o fôlego antes de entrar no quarto de Steph. Quando o elevador chegou com um *ding* simpático, Manny entrou e apertou o botão do andar de Steph. A descida deve ter levado no máximo dez segundos, mas pareceu uma eternidade. Durante esse tempo todo ele ficou repetindo incessantemente para si mesmo: "Ele faz raiar o seu sol sobre maus e bons e derrama chuva sobre justos e injustos".

Como sempre, havia um par de agentes do Serviço Secreto montando guarda na porta da presidente. Ele os ignorou e bateu com força. Praticamente do mesmo jeito que o dia havia começado, pensou ele. E, de novo, foi George quem abriu a porta. A batida de Manny claramente havia acordado o marido da presidente. Ele usava um pijama surpreendentemente elegante, azul-royal com listras vermelhas finas. O pijama deixou Manny desconcertado por um instante. A roupa ficava sempre naquele quarto, caso a presidente precisasse usar aquele esconderijo ultrassecreto? Quem quer que tivesse planejado aquele abrigo em Nova York tinha sido perfeccionista a esse ponto? Não. Foco.

— Preciso falar com ela — disse ele. — Cinco minutos.

— Ela acabou de pegar no sono, Manny. Dá para esperar?

Manny não falou nada, e não precisava. George piscou ao se dar conta de que Manny não teria batido na porta se fosse algo que desse para esperar. Ele deu um passo para trás e deixou Manny entrar, hesitou, e então saiu para o corredor, fechando a porta atrás de si para dar privacidade a Manny e Steph.

Steph já estava se sentando com as costas na cabeceira quando ele chegou à cama. Manny a viu olhar para o relógio na mesinha de cabeceira e para ele. Sentou-se na beira da cama, apoiando a sacola no colo.

— Elas voltaram?

— Não vim para falar das aranhas.

— O que é? — Ela não perdeu tempo. Como George, ela sabia que Manny não a teria acordado se não fosse importante.

— Mateus 5:45. "Ele faz raiar o seu sol sobre maus e bons e derrama chuva sobre justos e injustos." — disse Manny. — Quando estávamos saindo do USS *Elsie Downs*, Billy falou que você poderia exercer Mateus 5:45.

— Manny...

— Agora não, Steph. Olhe só, eu já sou grandinho. Não tenho problema com a ideia de que a presidente sabe de algumas coisas que eu não sei. Pela sua surpresa quando Cannon disse aquilo, imagino que não sejam muitos os que sabem do que se trata. A quantidade de gente que sabe da Operação SALVAGUARDA já é minúscula, mas *eu* sei, então imagino que, o que quer que seja, deve ser mais sério ainda. Mas perguntei sobre Mateus 5:45 para uma soldado. O versículo da Bíblia. Chuva "sobre justos e injustos", não é? Cannon estava falando de uma forma de desativar nossas bombas nucleares, e eu pensei na Operação SALVAGUARDA, mas ela serve para autorizações individuais. Isso é algo que atravessa todo o programa nuclear, não é? Como uma chave mestra?

Steph estendeu a mão e tomou um gole de água do copo na mesinha.

— Não sei como Cannon descobriu. Era uma daquelas ideias absurdas, sabe? O programa todo foi pensado para uma situação assim.

Manny ficou chocado.

— Aranhas? Sério?

Steph fechou os olhos por um longo instante.

— Não. Claro que aranhas não. Não, foi tudo pensado com base na ameaça de um golpe de Estado. Nossas Forças Armadas são as melhores do mundo, mas sempre existem certos elementos radicais, e, bom, nosso último presidente era paranoico e malquisto, então isso era uma preocupação para ele. Além do mais, grandes democracias não continuam grandes se não tomarem cuidado, e nossas Forças Armadas são tão numerosas que às vezes uma figura ruim pode passar despercebida. Enfim, depois do incidente

Vail, meu antecessor quis garantir que fosse possível desligar tudo em caso de necessidade. Ele não chegou ao segundo mandato, mas o projeto Mateus 5:45 já estava quase concluído quando tomei posse. Decidi que, à luz do incidente Vail, não faria mal ter uma garantia para a Operação SALVAGUARDA.

Ela não estava se referindo ao resort de esqui. O incidente Vail tinha acontecido três anos antes de ela tomar posse e era tão confidencial que Manny só sabia as linhas gerais: um oficial mentalmente instável do Reino Unido tinha, por um período extremamente curto — menos de três minutos —, assumido o controle do arsenal nuclear britânico e iniciado um protocolo de lançamento do sistema inteiro. Felizmente, em três minutos só deu tempo de dar um grande susto, e o governo britânico conseguiu abafar tão bem a história que o público não ouviu nem um pio sobre ela. Na verdade, era só isso de que Manny tinha conhecimento. Ele não sabia nem por que era chamado de incidente "Vail", mas sabia que, nos círculos muito restritos dentro do governo americano de quem conhecia os detalhes — e eram círculos restritos mesmo, para não incluir Manny Walchuck —, havia um receio genuíno de que algo parecido acontecesse nos Estados Unidos. Steph tinha razão. Por melhores que fossem as Forças Armadas — e Manny acreditava fervorosamente que eram as melhores do mundo —, das centenas de milhares de homens e mulheres de farda, nem todo mundo era confiável.

Como tinha sido comprovado por Broussard e seus seguidores.

— E?

— E, Manny, é óbvio que sim, Mateus 5:45 foi feito para desativar todo o nosso sistema nuclear em caso de alguma falha interna.

Ela cruzou os braços, franzindo o cenho. Manny não sabia se ela estava irritada porque ele a acordara ou se era por outro motivo.

— Não é só isso, imagino — disse Manny. — Caso contrário, você já o teria iniciado, não é? Porque eu tenho certeza de que Broussard e o pessoal dele estão se esforçando muito agora para contornar tudo isso.

— Temos uns dois dias até a Operação SALVAGUARDA cair. Você podia ter esperado para me perguntar sobre isso de manhã. — Ela olhou para o colo dele. — Isso é uma sacola de mercado cheia de Coca Diet?

— Steph. Não temos muito tempo. — Ele se abaixou e pôs a sacola no chão. — Acabei de falar com Cathy Silverberg. Coisa de bastidores. Estamos perdendo a polícia de Nova York. A mensagem de Broussard está ganhando força. Ela acha que temos no máximo quarenta e oito horas. E no momento os soldados à nossa volta são leais, mas nada garante que vão continuar sendo. Você é a presidente. Por enquanto.

Essas duas últimas palavras soaram mal, até para Manny, e ele viu Steph se retrair quando ele as disse.

Ela passou os dedos pelo cabelo e estava prestes a falar quando os dois escutaram um barulho vindo de trás. Manny olhou e viu a cabeça de George aparecer pela fresta da porta aberta.

— Precisam de mais alguns minutos?

— Desculpe — disse Manny. — Eu sei que está tarde.

— Bom, já acordei. Acho que vou descer e ver se acho um sorvete.

Eles esperaram a porta se fechar. Steph deu um sorriso meio triste.

— Coitado do George. Acho que ele nunca acreditou de verdade que eu ganharia a eleição. — Ela mordeu o lábio. — Manny, estou agindo certo? Será que Broussard tem razão? Talvez seja melhor cair batendo.

— Você acredita mesmo nisso? — perguntou Manny.

Ela refletiu.

— Não. Normalmente, eu diria que sim, mas se Broussard fizer do jeito dele não teremos nenhuma esperança. Vamos matar as aranhas, mas vamos nos matar também. — Ela riu e olhou para as mãos. — É até engraçado, acredite se quiser, porque Mateus 5:45 funciona neste caso. O programa recebeu esse nome por causa da ideia de que a chuva cai tanto nos justos quanto nos injustos. Sabe, a ideia de que bombas nucleares não discriminam? As bombas atômicas supostamente são uma forma de preservarmos a paz. A ideia toda é que elas sejam tão poderosas que nunca precisaremos usá-las. Garantia de destruição mútua. O problema é esse, não é? Em uma guerra nuclear, vai chover tanto sobre os justos quanto sobre os injustos.

"Acho que ninguém jamais pensou que usaríamos bombas nucleares de propósito contra nossos próprios cidadãos, como medida defensiva. Mas faz sentido aqui, não é? Broussard acha que está agindo bem. Mas, ao detonar as aranhas, os justos também vão sofrer. — Ela tirou os olhos das mãos e encarou Manny. — Depois do incidente Vail, o receio era que um único oficial, ou um grupo pequeno, se rebelasse e conseguisse tomar o controle de *todo* o arsenal nuclear. A Operação SALVAGUARDA é ótima para lidar com bombas individuais, mas ela parte do princípio de que a presidente continua no comando. Então, sim, temos Mateus 5:45. Mas o problema é que, se eu iniciar Mateus 5:45, não tem volta. É uma via de mão única."

— E daí? Se isso impedir Broussard de usar bombas nucleares, vamos ter...

— Não, Manny, você não entendeu. Não vai impedir só Broussard. Vai impedir todo mundo. Para sempre. Não tem como desfazer. É uma espécie de vírus de computador. Quando iniciarmos o processo, vamos nos sabotar permanentemente. Não posso dar essa ordem agora e daqui a alguns dias decidir que na verdade eu quero continuar explodindo aquelas aranhas malditas. Olhe só, no começo, Broussard e o alto-comando estavam insistindo muito para eu partir para as bombas, e eu resisti. Eu me recusei a usar o arsenal nuclear. O que me interessava no Protocolo Espanhol era que ele parecia uma forma de proteger o país de si mesmo. Poderíamos retalhar o país com uma quantidade mínima de baixas. Permitir que as partes ainda não infectadas tivessem mais chance de sobreviver. Aleijar um pedaço do país e torcer para durarmos o bastante para nos recuperarmos.

"Tentamos. Parecia um bom plano, e acho que talvez, se tivéssemos feito antes, pudesse ter adiantado. Se o Protocolo Espanhol tivesse sido iniciado horas depois de aquele cargueiro despejar as aranhas nas ruas de Los Angeles. Apesar de qualquer questionamento em retrospecto, ninguém chegou a achar que explodir Los Angeles naquele momento era a decisão certa, só que eu poderia ter implementado algo mais agressivo do que uma quarentena e um bloqueio total de voos domésticos. Mas você sabe o que aconteceu depois. E agora você sabe o que aconteceu depois do Protocolo Espanhol. Destruímos nossas rodovias e nossa infraestrutura, e isso praticamente nem atrasou aqueles monstros.

"Não me arrependo de ter dado ordem para os ataques nucleares. Não mesmo."

Steph ficou em silêncio por um instante, olhando para Manny com uma expressão angustiada.

— Você fez a coisa certa. Fez o que precisava fazer — disse ele.

— Eu sei, mas isso não faz eu me sentir melhor — respondeu ela. — E se chegar a esse ponto? E se daqui a alguns dias ficar claro que nós perdemos? E se ficar claro que eu devia ter seguido o conselho de Broussard? Se eu iniciar Mateus 5:45, não vou ter nenhuma margem de manobra.

Manny se deu conta de que ainda estava segurando a lata aberta de refrigerante e tomou um gole, mas Steph estava esperando uma resposta. Ele pensou por um instante e então se lembrou de uma das primeiras ocasiões em que percebera que Steph iria longe.

— Você lembra, na faculdade, quando jogou no lixo sua ficha de inscrição para o curso de medicina? Eu perguntei como você sabia que não queria ser médica. Seu pai e sua mãe eram médicos, e você tinha passado a vida inteira, todo o ensino médio e até o último minuto, pensando em cursar medicina. E lá estava você, jogando a ficha de inscrição no lixo para tentar o curso de direito, porque você tinha decidido que a sua vocação era a política. Quer dizer, àquela altura eu não tinha a menor ideia do que faria da minha vida, mas você tinha certeza. Lembra o que você disse?

Steph balançou ligeiramente a cabeça. Ela estava olhando para as cobertas na cama, mas Manny sabia que ela estava prestando atenção. Tinha um sorriso pequeno e afetuoso no rosto.

— Não. Juro que não me lembro de nada disso, mas imagino que você esteja prestes a me contar.

— Você disse que todo mundo passa por algumas poucas ocasiões em que é preciso tomar conscientemente uma decisão importante de verdade, que vai alterar todo o panorama da vida da pessoa. O segredo, você disse, é que, ao tomar uma dessas decisões, é preciso se entregar a ela de corpo e alma. Assim que você opta por uma direção, tem que agir como se aquilo fosse inevitável, como se toda a sua vida tivesse conduzido você para aquele momento e para aquela decisão, e nunca, jamais, duvidar e olhar para trás. Você disse que olhar para trás seria fazer o mesmo que Orfeu.

— Orfeu? Sério? — Ela riu um pouco. — Meu Deus. Eu era metida, não?

— Um pouco. Sinceridade total aqui? Eu tive que pesquisar qual era o mito de Orfeu — disse ele, e isso o fez sorrir também. Orfeu. O músico grego da Antiguidade que usou seus talentos para entrar no mundo dos mortos e resgatar a esposa, e que a perdeu no momento exato da salvação porque olhou para trás para conferir se ela o estava seguindo.

— Isso é muito bom. Eu falei isso mesmo?

— Mais ou menos.

Ela fez um gesto com a mão para ele.

— Tudo bem.

— Tudo bem, você vai iniciar o bloqueio?

— Tudo bem, já passou de meia-noite, estou exausta, e meu marido está lá embaixo comendo uma tigela de sorvete. Saia daqui, me deixe dormir, e amanhã de manhã eu decido. Dá tempo, não é?

Manny pegou a sacola de Coca Diet e saiu do quarto. Sua escolta — os dois soldados que ainda estavam com as outras sacolas — o seguiu até a sala dele, onde entregou os refrigerantes para Champ com ordens explícitas de que eram itens reservados para o consumo pessoal de Manny. Havia uma fila de dez pessoas na porta esperando para serem atendidas, e ele falou com todo mundo o mais rápido possível, terminando mais ou menos à uma e meia da madrugada. Podia ter ido dormir em um alojamento no subsolo, mas sua sala também tinha um sofá perfeitamente bom, e ele mandou Champ arranjar um cobertor e um travesseiro.

Depois que Champ voltou e foi embora de novo, fechando a porta atrás de si, Manny fechou os olhos e pensou em Orfeu. Era uma história bem bonita. Amar tanto uma pessoa a ponto de literalmente atravessar o inferno para resgatá-la? Mas ela também o incomodava, porque ele sabia que a história não acabava aí — aconteceu mais alguma coisa *depois* que Orfeu olhou para trás. Manny não lembrava o que era, mas tinha certeza de que era mais uma tragédia. Não era sempre assim com os gregos?

Operação SALVAGUARDA, local não revelado, ultrassecreto

O trabalho mais importante do mundo era absurdamente tedioso. Ou tinha sido até muito, muito pouco tempo antes.

Para o público geral, a família e a namorada dele, o tenente-coronel Lou Jenks tinha avançado pela hierarquia da Força Aérea por mérito próprio. O que não era totalmente falso. O que era totalmente falsa era a informação de que ele comandava uma companhia que servia de força itinerante responsável pela manutenção de helicópteros e aviões usados em missões da divisão de Operações Especiais. Como disfarce, funcionava bem. Quando alguém perguntava, ele só precisava dizer que não podia revelar nenhum detalhe de onde estava para não comprometer a segurança das tropas de Operações Especiais. Às vezes, quando queria parecer particularmente misterioso, ele acrescentava que não podia dizer nem se estava trabalhando com os SEALs, os Rangers, a Divisão de Táticas Especiais da Força Aérea ou quem quer que fosse, porque tudo era sigiloso para caramba. Em boca fechada não entra mosca e tal.

Essa história de fachada explicava até por que ele passava seis semanas a cada oito viajando; ele estava, supostamente, em missão. A namorada não gostava quando ele viajava, mas parecia se empolgar com todo o ar de intriga internacional. Ela perguntava constantemente para onde ele tinha ido, só para ele responder: "Não, sinto muito, não posso dar nenhuma dica, não, nem para você, querida, mesmo com três anos de namoro, e é claro que eu confio em você, mas a questão é o voto de confiança sagrado que o governo dos Estados Unidos e os combatentes das nossas Forças Armadas depositaram em mim para guardar segredo. Sinto muito. Não posso falar".

É claro que, mesmo se ele pudesse falar para a namorada, a família ou os amigos aonde tinha ido, não *conseguiria*. Ele recebia um sonífero e usava um capuz que bloqueava qualquer estímulo visual tanto na ida quanto na volta. Seu trabalho era simplesmente passar seis semanas a cada oito sentado dentro de um bunker tão secreto que ele duvidava que mais de mil pessoas em todo o governo americano e nas Forças Armadas soubessem que ele existia; poxa, era tão secreto que, embora ele morasse e trabalhasse ali, nem sabia onde *ali* era. A única certeza que ele tinha era que, quando ia para o bunker, precisava sair de Denver, onde sua família morava, para Washington, D.C., e ali era dopado e coberto com o capuz, e depois já acordava no bunker. Quando saía do bunker, sempre acordava com alguém puxando o capuz de sua cabeça na mesma sala indistinta dentro do Pentágono. Ele achava que o bunker ficava em algum lugar na Costa Leste, talvez na Carolina do Norte ou do Sul, ou na Geórgia, mas até isso era meio que um chute. Então, se a família, os amigos e a namorada achavam que ele estava em campo auxiliando alguma missão de Operações Especiais, bom, tudo bem. Além do mais, quando acabasse, ele poderia pelo menos dizer qual era sua patente de verdade. Para o público, ele era o capitão Lou Jenks, da Força Aérea, mas a verdade era que parte do acordo para ser transferido para a Operação SALVAGUARDA era que ele seria promovido bem acima de capitão, ao posto de tenente-coronel. E daí que fazia mais de dois anos que ele não chegava perto de uma aeronave em caráter oficial, e que ele não tinha um homem sequer sob seu comando?

Além do mais, o bunker era bem mais agradável do que ele tinha imaginado. Havia passado algum tempo em um submarino nuclear durante um programa de treinamento que permitia que oficiais de uma força realizassem uma quantidade limitada de missões junto de oficiais de outra força. Embora ele tivesse apresentado um relatório posterior relativamente positivo, o principal ensinamento da experiência tinha sido uma compreensão profunda de que ele estava genuinamente feliz por não ter entrado para a Marinha. Apesar de respeitar muito o que eles faziam, gastara muita energia emocional se esforçando para não entrar em pânico com a ideia de ficar dentro de um tubo de metal que viajava embaixo d'água. O que, pensando bem, era meio gozado, porque ele havia dedicado a carreira ao ramo das Forças Armadas especializado em ficar dentro de tubos de metal que voavam pelo ar. De qualquer forma, ao receber suas ordens novas, ele se sentira, para dizer de forma branda, pouco entusiasmado.

O Sistema de Apoio Logístico e Validação contra Acidentes de Gama Universal com Armamento Radiológico por Decreto Administrativo foi um nome claramente escolhido para formar um acrônimo legal: SALVAGUARDA. O único propósito da Operação SALVAGUARDA era servir como controle para o uso de armamento nuclear, então faria sentido chamar de algo como Supervisão e Garantia Nuclear, mas isso teria rendido um péssimo acrônimo. Não que isso tivesse qualquer importância, já que basicamente ninguém sabia que o programa existia, e Lou seria preso por revelação de informações confidenciais se falasse do trabalho para qualquer um fora da Operação SALVAGUARDA. Além do mais, as trinta pessoas que trabalhavam ativamente na Operação SALVAGUARDA, fosse na função de operadores como Lou ou como equipe de apoio, nem a chamavam de Operação SALVAGUARDA. Chamavam só de "bunker". Tipo: "É, mais duas semanas até eu sair do bunker para relaxar". Ou: "Cara, sem palavras para dizer como é bom voltar ao bunker depois dessas últimas duas semanas. Meus pais ficaram me enchendo a paciência perguntando quando eu finalmente ia pedir a Susan em casamento. Prefiro pegar turnos consecutivos aqui a ter que aguentar mais um dia daquilo".

Todo mundo reclamava do bunker, mas a verdade era que, fora as restrições impostas pelo caráter sigiloso do programa, até que era um trabalho bem tranquilo antes da coisa toda com as aranhas. Não havia nenhuma mulher no bunker — eram só homens —, porque o isolamento e o tamanho pequeno do efetivo certamente dariam problema, mas tudo bem também, afinal, ele tinha um namoro sério. E, claro, Lou tivera que passar por seis meses de um treinamento incrivelmente intenso em guerra cibernética e segurança, mas haviam lhe garantido que, depois dos dois anos da missão, seu novo posto ultrassecreto de tenente-coronel deixaria de ser ultrassecreto. Ele achava que os dois anos no bunker valeriam a pena se isso significasse uma promoção prematura a capitão e depois um pulo direto para tenente-coronel. Seria impossível passar de primeiro-tenente para capitão, major e tenente-coronel tão rápido em tempos de paz. Fora isso, sério, o bunker era um baita luxo. Não no nível de torneiras douradas e roupões de hotel, mas era melhor do que tudo que ele já tinha visto nas Forças Armadas.

Eram quase dois mil metros quadrados. Além de uma quadra de basquete de tamanho oficial, a academia incluía uma sala de combate corpo a corpo e uma piscina com duas raias. A sala de jantar era bem equipada, e sempre havia pelo menos dois cozinheiros no bunker a qualquer momento. Tendo experimentado muito rancho militar ao longo da carreira, Lou se perguntava se a Operação SALVAGUARDA tinha contratado alguns talentos de fora. Porque, embora houvesse cozinheiros militares bons para caramba, os que trabalhavam no bunker poderiam se dar bem em qualquer restaurante civil chique. Ele tinha que passar um bocado de tempo na esteira e fazendo cross fit todo dia para não engordar durante as temporadas de seis semanas. Ele tinha o próprio camarote e um banheiro particular, o que parecia um luxo, e o bunker contava com um catálogo de praticamente todos os filmes já feitos e um acervo ilimitado de e-books. Apesar de tudo isso, o trabalho era um tédio. Tédio, tédio, tédio. Um téééééédio.

Uma parte do treinamento tinha sido horas e mais horas infinitas enfatizando que ele tinha *o trabalho mais importante do mundo!* Foi assim que Lou escutou da boca do homem e da mulher — ambos civis, ambos com nomes obviamente falsos, e ambos extremamente irritantes — que conduziram os seis meses de treinamento antes de ele ser enviado fisicamente ao bunker. Eles falavam isso o tempo todo para que Lou pudesse escutar o itálico e o ponto de exclamação: *o trabalho mais importante do mundo!* Ele e os outros operadores, todos submetidos ao mesmo treinamento, faziam piada com isso constantemente: "Ei, Joe, passa as batatas. Não é bom ficar com fome quando estou fazendo o *trabalho mais importante do mundo!*".

Embora eles fizessem piada, Lou imaginava que todos os operadores levassem aquilo a sério. A questão era que, no fim das contas, talvez fosse mesmo o trabalho mais importante do mundo. Sem brincadeira.

Em algum momento no começo dos anos 2000 — pelo visto, ninguém que trabalhava no bunker sabia dizer exatamente quando ou como, só que tinha acontecido durante o mandato de G.W.B. —, todas as bombas nucleares do arsenal americano tinham sido equipadas com autenticação dupla. Funcionava mais ou menos do mesmo jeito que a autenticação dupla ao entrar na conta do Google. Quando o presidente abria a bola de futebol nuclear para ordenar um ataque, havia uma série de verificações de segurança supostamente infalíveis que garantiriam a legitimidade da ordem antes do *cabum*. No entanto, todas elas seguiam a mesma hierarquia militar. Antes de G.W.B., houvera uma quantidade tenebrosa de sustos na história dos Estados Unidos. Lou não queria nem pensar em como provavelmente tinha sido pior em outros países. Mas a Operação SALVAGUARDA havia acrescentado essa segunda etapa. Como acessar o e-mail em um computador novo tendo ativado a autenticação dupla: depois de digitar a senha, a pessoa recebe também um número verificador no celular, e aí ela precisa digitar esse número para continuar. Era isso que eles faziam no bunker.

Em caso de ordem de ataque nuclear, quando fosse determinado que o presidente realmente tinha dado a ordem, o bunker a autenticava. Assim, uma ordem de ataque acidental não seria autorizada, e também, no caso de algum maluco conseguir a chance de apertar o botão, não aconteceria nada de mais.

A questão era que, embora eles levassem o trabalho a sério, todo mundo brincava porque *o trabalho mais importante do mundo!* era ao mesmo tempo tedioso e muito fácil. Era o tipo de coisa que provavelmente teria parecido todo sofisticado e empolgante em um filme de Hollywood, mas a triste realidade era que a sala de comando do bunker era só um par de cubículos equipados com computadores que poderiam ter saído de qualquer loja de informática. Sempre havia dois homens na sala, e eles trabalhavam durante turnos de oito horas. E, na prática, o que eles faziam era... ficar sentados. Eles ficavam sentados, esperando a ordem que nunca vinha. Supostamente, nos primeiros meses da Operação SALVAGUARDA, os operadores não tinham permissão para fazer nada que pudesse representar uma distração, incluindo conversar entre si, ler, ouvir música etc. A pessoa tinha que se sentar diante da mesa e ficar olhando a tela. Como resultado, quase todos os operadores acabavam cochilando na mesa. O tempo todo. Para evitar isso, as ordens logo foram alteradas para que os operadores pudessem levar um livro ou ver um filme em um tablet ou fazer o que fosse preciso para passar o tempo e continuar alerta. Ainda assim, *o trabalho mais importante do mundo!* era essencialmente passar horas dentro de um cubículo até o turno acabar, com a consciência de que aquilo que todo mundo tinha sido treinado para fazer jamais seria necessário.

Até que, de repente, foi necessário.

Eles tinham internet, televisão e acesso relativamente ilimitado à mídia externa, então acompanharam o surto aracnídeo desde o começo. Viram os vídeos de Delhi e Los Angeles. Viram praticamente tudo acontecer pelos notebooks, pelos tablets e pela televisão, mas Lou jamais acreditou realmente, nem quando os chineses lançaram bombas atômicas e a presidente autorizou o uso de armas convencionais para destruir as rodovias, que teria que confirmar uma ordem de ataque nuclear.

Faltavam cinco minutos para o fim do turno quando a presidente deu ordem para os ataques, e todos os alarmes no bunker dispararam. Ele estava recostado na cadeira, terminando um jogo de palavras cruzadas — o fácil de segunda-feira, porque os mais avançados eram muito difíceis —, quando a lâmpada vermelha grande no teto começou a piscar, e uma sirene alta e estridente berrou. Ele levou um susto tão grande que virou a cadeira e desabou no chão. Quando se levantou de novo, esfregando a cabeça, Hubbard já estava indo até a estante para buscar o fichário.

A Operação SALVAGUARDA era de última geração, um dos poucos lugares no governo americano onde segurança cibernética era um fator levado em conta de verdade, antes mesmo de todo o fiasco de interferência dos russos nas eleições, mas ao mesmo tempo era curiosamente antiquada. Havia redundâncias e mais redundâncias, e, embora o programa de fato pudesse rodar em um computador básico, tudo que cercava a Operação SALVAGUARDA era de alta tecnologia. Poxa, o bunker tinha uma linha fixa com o mundo exterior só para o caso de os outros sistemas — celular, satélite e rádio — caírem. Milhares de quilômetros de fiação, tudo para garantir que os dois operadores de serviço pudessem registrar os códigos necessários sem demora. Mas eles precisavam ir até uma estante física, pegar um fichário físico, abrir na página física certa e olhar os códigos impressos em um papel físico, e então digitar tudo manualmente. A explicação era que, se os códigos só existissem naquele lugar, e só em formato impresso, seria praticamente impossível acessá-los ou roubá-los. Lou achava que era maluquice, mas, por outro lado, aquele era *o trabalho mais importante do mundo!*

Hubbard passou o dedo pela prateleira até achar o fichário com a data daquele dia e voltou para a mesa, folheando as páginas para achar a correspondente ao horário e ao código de autorização que a presidente tinha usado.

Lou gostava de Richard Hubbard. Embora ele praticamente só quisesse falar de jiu-jítsu, era gente boa. Passava todo o tempo livre vendo vídeos de jiu-jítsu no YouTube ou treinando na academia e tentando convencer os outros caras a lutar na sala de combate corpo a corpo. Ninguém topava, porque Hubbard não era um atleta de fim de semana. Na única vez em que Lou tinha aceitado o convite, crente de que sabia se virar, Hubbard deitara e rolara em cima dele, jogando-o no tatame até ele ficar todo roxo. Desde então, Lou havia passado a chamar jiu-jítsu de "caratê" só para provocá-lo. Claro, se isso chateava Hubbard, ele nunca tinha demonstrado nada. Era um dos poucos operadores que nunca brincavam com *o trabalho mais importante do mundo!* Era um cara rigoroso que levava o trabalho a sério, e, enquanto o via examinar o fichário, Lou pensou que talvez Hubbard tivesse a atitude certa no fim das contas.

Eles conferiram rapidamente as etapas, confirmando tudo, e então Hubbard ditou o código:

— Echo Romeo India November Sierra Echo Papa Tango um zero um nove sete zero.

Lou digitou cuidadosamente as letras e os números.

O engraçado era que, conforme eles executavam corretamente o procedimento de confirmação, Lou realmente achava que aquele era o trabalho mais importante do mundo — sem brincadeira. O que eles estavam fazendo ajudaria a salvar o mundo inteiro.

Foi só depois, quando já tinha sido rendido do turno, de volta ao camarote, que ele pensou em ver onde as bombas tinham sido lançadas. Era uma lista longa, mas uma cidade chamou sua atenção: Denver.

Denver não existia mais.

Seus pais. Seus irmãos e sua irmã. Sua namorada.

No dia seguinte, Lou teve que apresentar seu relatório ao comandante do bunker, o general de brigada Yoats, e, a essa altura, já havia chegado a uma conclusão: poderia suportar a perda se fosse para ajudar a salvar o mundo. Estava triste e arrasado, mas havia se alistado porque acreditava no bem maior. Yoats o havia liberado para voltar à ativa, e ele começara o turno seguinte a todo o vapor, na expectativa e preparado para confirmar o uso de mais bombas.

E então aconteceu o golpe.

O general fez algo inédito: convocou uma reunião com o bunker todo. Todos os homens do bunker estavam dentro da sala de convivência. Já haviam acontecido reuniões gerais no bunker antes, mas os dois operadores de serviço sempre participaram pelo intercomunicador. Dessa vez não.

— Se as sirenes tocarem, bom, é por isso que estamos fazendo esta reunião — disse Yoats. — Estamos recebendo ordens conflitantes. Aparentemente, grande parte das Forças Armadas está respondendo ao chefe do Estado-Maior Conjunto. Já falei diretamente com ele e recebi a ordem de responder a ele. Mas ainda há uma parte considerável das Forças sob o comando da presidente Pilgrim, e ela ainda detém o título. A presidente deu ordens para que recusássemos todo e qualquer pedido de verificação pela Operação SALVAGUARDA. Não estou falando nenhuma novidade para vocês.

Isso era verdade. Eles haviam sofrido alguns problemas de comunicação nitidamente resultantes do inferno comendo solto no mundo exterior, mas o bunker não tinha sido projetado para manter os operadores desinformados. A Operação SALVAGUARDA existia para impedir que a rebelião de um comandante ou de um grupo pequeno de homens e mulheres ou até uma confusão hierárquica não resultasse no uso de uma bomba nuclear. Quando o sistema foi projetado, a ideia de golpe militar nem sequer chegou a ser considerada.

Lou sabia que ele *devia* ficar aliviado com as ordens da presidente. Afinal, ele estivera na mesa e, junto com Hubbard, confirmara o uso da bomba que havia acabado com Denver e com praticamente todo mundo que ele amava. No entanto... No entanto, ele só conseguia pensar que era burrice parar. Se eles não continuassem, o sacrifício não teria sido em vão? Se não desintegrassem cada uma daquelas aranhas, de que teria adiantado fazer os primeiros lançamentos? Denver tinha sido sacrificada à toa? Você não para quando o inimigo está no chão. Por que usar bombas nucleares se a ideia não é ir até o fim? A presidente queria o quê? Ficar olhando e esperar? Correr o risco de que a morte da família dele, de seus amigos, de sua namorada, tivesse sido em vão?

Eles conversaram durante algum tempo, e Yoats permitiu que todos os homens, até os que faziam parte da equipe de apoio, tivessem a chance de desabafar ou fazer perguntas.

Lou ficou calado.

Depois de quase uma hora, Yoats encerrou a conversa:

— Senhores, todos sabemos que, no comando da maior parte das Forças Armadas, Broussard — Lou reparou na ausência do posto e no desdém na voz de Yoats ao mencionar o chefe do Estado-Maior Conjunto — vai conseguir contornar a Operação SALVAGUARDA em questão de dias. Mas, até lá, faremos o que juramos fazer, que é obedecer à comandante-chefe.

Lou olhou para os outros operadores. Alguns deles, como Hubbard, estavam sentados com as costas eretas, olhando para Yoats como bons oficiais, mas ele percebeu que nem todo mundo parecia contente com o que o general tinha acabado de dizer.

Era com esses homens que ele estava interessado em conversar.

USS *Elsie Downs*, oceano Atlântico

— Serve um telefone via satélite?

Os cientistas se viraram para Fred. Ele estava sentado em um banco no canto do laboratório. Uma das mãos estava abaixada para coçar a cabeça de Claymore. Com a outra, ele segurava um telefone. Melanie se deu conta de que estava de boca aberta. Ela a fechou, torcendo para que ninguém tivesse percebido.

— O que foi? — disse Fred. — Assim, eu também tenho um iPhone. Não sou um completo selvagem. Mas o sinal de celular não era lá muito bom em Desperation. — Ele olhou para Melanie, Julie, Mike, Laura e Will. — Desperation? Na Califórnia? A algumas horas de Los Angeles? — Eles o encaravam em silêncio. — Deixa pra lá. Fica no meio do nada, e não tem nenhuma torre de transmissão, então Espingarda arranjou telefones via satélite para a gente.

Amy mostrou o próprio telefone.

— Gordon e eu também temos. Mas não uso muito. É tipo um dólar por minuto. E, antes de tudo isso acontecer, acho que Gordon nunca chegou a usar o dele. Só anda com o aparelho porque eu obrigo.

Mike Haaf se aproximou. Ele lançou um olhar cauteloso para o cachorro, embora, pela experiência de Melanie, o pior que um labrador marrom podia fazer era pular no seu colo ou soltar pelo. Ou comer a sua comida, se você fizesse a burrice de deixar o prato na beirada da mesa. Mike parecia achar que o cachorro ia avançar em sua garganta. O cara definitivamente preferia gatos.

Finalmente, Mike estendeu a mão para o telefone e esperou a permissão de Fred antes de pegá-lo.

— Quer dizer que vocês dois têm telefones via satélite? — perguntou Mike. Amy e Fred fizeram que sim com a cabeça. — E por que só estão falando disso agora?

Fred encarou Mike com um olhar capaz de cortar vidro.

— Porque, até agora, vocês não tinham precisado ligar para ninguém.

Mike olhou para ele.

— Tudo bem. Faz sentido. Eles funcionam?

Fred estendeu a mão e pegou o telefone de volta.

— Afe. É claro que funcionam. Não que eu tenha configurado nada. Espingarda é quem cuida de toda a parte de tecnologia. Nosso casamento tem algo que eu chamo de divisão de responsabilidades. Ele cuida de tudo o que é chato, como ganhar dinheiro e garantir que, sempre que eu apertar um botão, as coisas vão funcionar. Eu cuido da comida e do entretenimento e garanto que nossa vida seja sempre fabulosa. O que, admito, tem sido difícil ultimamente. Essa história toda de aranhas é um saco.

— Fred! — Amy deu um tapa no ombro dele. — Ignorem ele, por favor. Desculpe, Mike. — Ela olhou para as outras pessoas. — Ele só está tentando provocar vocês. Fred é um perigo quando fica entediado. Mas, sim, temos telefones via satélite, e, até onde eu sei, eles ainda funcionam. Nós dois enviamos mensagens de texto para os nossos maridos sobre o... Isso é um golpe de Estado? Acho que é. Mas não tivemos resposta.

Amy levantou a mão, fechando os olhos por um instante, e Melanie lembrou que, qualquer que fosse a ameaça ali, no USS *Elsie Downs*, Gordon e Espingarda tinham ficado para trás quando o helicóptero sobrecarregado a resgatara.

— Desculpem — disse Amy. — Não tivemos resposta, mas faz só algumas horas, e antes nós tínhamos combinado que eles só ligariam o telefone uma vez por dia se não tivessem certeza de que conseguiriam recarregar a bateria. Mas nossos telefones estão com sinal. As mensagens saíram.

Mesmo sabendo que a porta do laboratório estava fechada, com dois marinheiros de guarda do lado de fora, Melanie deu uma olhada. Ela e os outros cientistas haviam sido informados da "mudança de liderança" e tiveram a chance de apresentar suas conclusões a Ben Broussard, o chefe do Estado-Maior Conjunto. Ao responder que eles ainda não estavam preparados,

Melanie fora levada rápida e grosseiramente de volta ao laboratório. Porém, depois de mais ou menos uma hora, um soldado jovem tinha trazido um café e passado escondido um bilhete para Melanie: *Presidente em segurança. Em NY. Quer informações. Ajuda a caminho.*

Tudo aquilo era um pouco demais para Melanie. Ela nunca gostara da parte política de seu casamento com Manny, e definitivamente nunca tinha imaginado ficar no meio de um golpe de Estado; mas, como Manny sempre dizia, até durante o divórcio deles a gente joga com as cartas que vêm. E as cartas, nesse caso, eram que eles estavam presos em um laboratório improvisado dentro de um porta-aviões no meio de uma tentativa de derrubada do governo americano durante o apocaranhalipse. Eram umas cartas bem ruins. Além disso, supostamente havia gente a bordo do USS *Elsie Downs* ainda do lado da presidente Pilgrim, e Melanie e companhia tinham que esperar alguma tentativa de resgate. Enquanto isso, ela estava com informações que precisava passar para Steph quanto antes, e as duas pessoas menos úteis no navio todo, Fred e Amy, tinham telefones via satélite.

Melanie deu um suspiro. A cabeça doía, e ela se deu conta de que estava rangendo os dentes.

— Certo. Isso é ótimo, óbvio. Mas, falando sério, como foi que deixaram vocês ficarem com esses telefones via satélite? Ninguém os revistou? Eu fui revistada. Todos nós fomos.

— É claro que nos revistaram — disse Fred. — Adivinhe onde eu escondi o meu!

— Não! — Amy suspirou. — Pelo amor de deus, não tente adivinhar onde ele escondeu. Ele só quer uma desculpa para falar alguma besteira sobre o lugar onde o sol não bate.

— Sem graça — bufou Fred.

— Agora não é hora para isso, Fred — disse Amy. Ela se virou para os cientistas. — Eles nos revistaram por alto, acho que para ver se tínhamos armas, sei lá, mas nós não parecemos oferecer nenhum grande perigo. Além disso, todo mundo sempre se distrai com o cachorro. Evidentemente, Claymore é mais interessante do que Fred e eu.

— Do que você, talvez — disse Fred, com cinismo.

Amy o ignorou.

— Enfim, acho que o garoto que nos revistou não imaginou que fossem telefones via satélite. Para quem não conhece, eles parecem uns celulares velhos e toscos. Ele deve ter imaginado que nós éramos só dois velhos com celular de velho. Ele viu os telefones e nos devolveu. Acho que todo mundo estava mais concentrado em vocês. Fred e eu não somos muito relevantes.

— Ei!

— Ué, é verdade, Fred. Nós somos um apêndice. Aposto que o único motivo para nos deixarem ficar aqui no laboratório em vez de nos prenderem no nosso camarote ou nos colocarem junto com os outros civis foi porque se esqueceram da gente. De qualquer jeito, é mais fácil; assim eles só precisam de um par de guardas na porta. Acho que eles vão nos deixar em paz se não criarmos caso.

Amy mexeu no celular via satélite e o estendeu para Melanie.

— Pode ser que você não consiga outra chance de usar isto. Tenho certeza de que, se descobrirem que temos telefones via satélite, eles vão ser confiscados.

Melanie precisou pensar um segundo antes de lembrar o número. Estava tão acostumada a selecionar "Manny" sempre que queria ligar para ele que teve que se esforçar um pouco para recordar o número de fato. Manny ainda usava o número de quando eles eram casados, e era o mesmo cadastrado nas contas de fidelidade da livraria, da cafeteria e até do mercado, mas fazia anos que ela não precisava informá-lo. Felizmente, ela se lembrou. Digitou, esperou e balançou a cabeça.

— Nada.

— Não está funcionando? — Amy ficou surpresa.

— Não — respondeu Melanie. — Quer dizer, está. Acho que o seu está funcionando, mas não o dele. Escutei uma gravação de que os circuitos da rede de celulares estão sobrecarregados.

— E se você mandar um e-mail?

— Dá para fazer isso?

— Claro — disse Amy. — É lento, então não podemos enviar vídeo nem nada do tipo, mas uma mensagem de texto sairia. E pode ser que chegue até ele, não?

— Se ele estiver conferindo o e-mail, sim. Ele não receberia no celular, óbvio, não sem wi-fi, mas eles devem estar em algum lugar com wi-fi e notebooks.

Laura Nieder levantou a mão como uma aluna impaciente e, quando todo mundo se virou para ela, falou. Sua voz estava abatida.

— Não querendo soar pessimista, mas a internet está quebrada.

Will deu um suspiro.

— A internet não está *quebrada*. O problema é...

— Cacete, Will, é sério? — disse Laura. — Agora não é hora de ser pedante.

Melanie achou que, se Laura revirasse os olhos com um pouco mais de força, eles teriam pulado para dentro da cabeça.

— Que coisa — disse Fred —, vira e mexe aparece um meme novo e todo mundo fica "Ah, quebrou a internet!". E finalmente alguma coisa quebrou a internet de verdade! Acho que só precisávamos de aranhas comedoras de gente para isso.

Will não conseguiu se conter.

— Ela não *quebrou*. A rede de transmissão é limitada...

Melanie sentiu as palavras flutuando à sua volta como estática. Cruzou os braços e apoiou a cabeça na mesa, frustrada. Fred ela aguentava. Aquela infantilidade teimosa tinha certo encanto, mas o esforço para manter a concentração dos outros cientistas era um pouco enlouquecedor. A explicação digressiva de Will sobre a verdadeira causa da queda da internet era bem típica, e todos eles tinham as próprias manias. Ela descansou por alguns segundos, e o zum-zum da discussão de Will com Laura até que foi reconfortante.

— Tudo bem — disse Melanie, mesmo sabendo que, com a cabeça na mesa, sua voz sairia abafada. — Não consigo fazer uma ligação, não consigo mandar um e-mail, mas tenho que entrar em contato com Manny e a presidente. Como é que vamos fazer isso sem sair deste navio? Mandar uma porcaria de um telegrama? Pombo-correio?

Ninguém respondeu, e, no meio do silêncio, Melanie teve a impressão de ouvir um baque, depois outro. Ela não tinha certeza do que era o primeiro barulho, mas o segundo foi nítido e parecia muito um corpo caindo no chão.

E então, lentamente, a porta do laboratório se abriu. O homem que apareceu era tão grande que Melanie não conseguiu ver o rosto, mas não precisava: era fácil identificar o agente especial Tommy Riggs no meio de uma multidão.

Riggs deu um passo para o lado, e Melanie viu o corpo de um marinheiro no chão. Ele parecia estar dormindo placidamente, nocauteado. No lugar de Riggs, Billy Cannon apareceu na porta.

— Parem de olhar e comecem a andar — disse Cannon, sorrindo. Ninguém se mexeu, e ele balançou a cabeça. — Civis, santo Deus. Ah, que ótimo. Vocês têm um cachorro.

— O cachorro vem junto — disse Amy com um tom que não abria margem para discussão.

— É claro que vem — disse Cannon. — Por que não? Só estamos tentando fugir de um golpe de Estado no meio do apocalipse. Claro, vamos levar um cachorro!

Melanie o encarou. Ele parecia... parecia estar se divertindo.

Cannon juntou as mãos.

— Bora. Andando. Isto é uma missão de resgate. O grosso das Forças Armadas está do lado de Broussard agora, mas tem uma quantidade suficiente de marinheiros a bordo que apoia a presidente e a lei para conseguirmos tirar vocês daqui. Acho. Mas vamos deixar de preguiça, pode ser?

Enquanto os cientistas corriam para juntar anotações e notebooks e tablets, Melanie jurava que tinha ouvido Fred falar com alegria:

— *Isso* é que é entrada triunfal.

Nazca, Peru

O dr. Botsford ia pagar a conta do jantar, um gesto raro, mas que, ao mesmo tempo, não tinha nada de mais. Raro porque, embora o dr. Botsford gostasse de cultivar a reputação de bon vivant relaxado e espontâneo, esses atos impulsivos de extravagância não chegavam a incluir seus alunos bolsistas. E não tinha nada de mais porque, embora ele *tivesse* se oferecido para pagar o jantar, o máximo a que a conta chegaria seria o equivalente a vinte e cinco ou trinta dólares, por mais que Pierre e os outros comessem e bebessem à vontade. No entanto, para o bolsista Pierre, não deixava de ser comida e cerveja de graça.

Pierre até que gostava do dr. Botsford, apesar de tudo. Ele era um bom professor em muitos sentidos. Era interessante e interessado, e, ainda que pudesse ser condescendente de vez em quando, também podia ser inspirador. Afinal de contas, Pierre havia escolhido estudar com ele por um motivo. Provavelmente, o que mais incomodava Pierre a respeito do dr. Botsford era a tendência que ele tinha para se vestir como Indiana Jones. Segundo o dr. Botsford, as pessoas viviam falando, de forma espontânea, que ele parecia Harrison Ford. O dr. Botsford dizia que era por causa de *Os caçadores da arca perdida*, mas, considerando a idade de Botsford, *Indiana Jones e o reino da caveira de cristal* seria uma referência mais adequada. Ainda assim, ele usava uma jaqueta velha de couro e um chapéu fedora sempre que podia. Durante o dia, fazia calor demais no planalto peruano, mas, naquela noite, mesmo com a temperatura ainda na faixa dos vinte e poucos graus, ele estava com os dois.

O restaurante ficava no segundo andar de um edifício atarracado na via principal. Tinha um telhado, mas fora isso era completamente aberto, cercado por um parapeito que batia na cintura. A cozinha e o bar ficavam enfiados no canto dos fundos, e o resto do espaço era ocupado por uma confusão de mesas e cadeiras que não combinavam entre si. Além de barulhento e divertido, era o único restaurante a que Pierre tinha ido em Nazca. Isso se devia, em parte, à pouca frequência com que eles iam até a cidade — o dr. Botsford era o tipo de professor que insistia que pesquisa de verdade era feita vivendo e trabalhando no campo —, e em parte ao fato de que, quando iam para a cidade, o dr. Botsford insistia que eles comessem nesse restaurante específico. Ele dizia que, depois de tantos anos trabalhando com pesquisa naquele lugar, a comida dali era a melhor de Nazca. Cynthia Downs, que às vezes era meio esnobe, tinha comentado que não era muito difícil uma comida ser "a melhor de Nazca", mas Pierre achava espetacular. Nos Estados Unidos, aquele restaurante poderia ter sido até considerado hipster, do tipo que oferecia um menu de "podrão". Naquela noite, ele tinha pedido um *sánguche de chicharrón*: um sanduíche de toucinho com molho, cebola e coentro, servido com uma guarnição de arroz e feijão. E, como o professor ia pagar a conta, Pierre estava acompanhando isso tudo com o máximo de cerveja que conseguia beber.

Ele chamou a atenção da garçonete e fez o gesto universal para pedir mais uma cerveja. As garrafas de Cusqueña ficavam em uma tina enorme cheia de gelo atrás do bar. Cerveja trincando de gelada parecia um luxo inimaginável em termos gerais porque, bom, era o Peru, e em termos específicos porque Pierre tinha se conformado a consumir qualquer bebida morna e choca quando estava no campo. Ele não sabia nem se cerveja costumava ser servida fria, nem se era refrigerada, nem como era o costume no Peru, mas isso não importava. Ele não sabia nem se gostava de Cusqueña, mas não seria por isso que deixaria de tentar inflar a conta do dr. Botsford.

Recostado na cadeira, apoiando-se na grade e olhando para a rua abaixo, Pierre achava surpreendente que o dr. Botsford não preferisse um restaurante mais formal. Ou pelo menos um restaurante com paredes. Se bem que talvez não devesse ser nenhuma surpresa. O clima de desordem generalizada combinava com a imagem que o dr. Botsford gostava de imprimir, e a clientela era composta quase que exclusivamente de expatriados e turistas de países de língua inglesa, então, apesar da barulheira, da música alta e de uma ou outra briga entre playboys de camiseta bronzeados e metidos a machão, o lugar era mais seguro do que uma opção mais autêntica. Porém, a comida *era* autêntica. Demorava para chegar porque era feita na hora. E, naquela noite, estava demorando o dobro. Não só naquela noite. Pierre estava conversando com uma mochileira australiana que tinha ficado presa em Nazca desde o surgimento das aranhas, e ela disse que o restaurante lotava *todas* as noites.

— A gente só quer ir para algum lugar, sabe? — O cabelo dela era comprido, castanho-claro, com mechas clareadas pelo sol, e estava amarrado em uma trança na frente do ombro. Ela mexia na trança enquanto falava com Pierre e de vez em quando dava uma olhada para as outras duas mulheres sentadas à mesa dela. — Nazca é só uma parada. Só um ou dois dias. É obrigatório para quem vem ao Peru. Qual é. Mas, depois de ver tudo, não tem por que ficar. Claro que agora também não tem por que sair.

Ela deu de ombros.

Pierre se perguntou se ela teria encarado a existência em Nazca com aquela tranquilidade toda se tivesse estado com o dr. Botsford e os outros bolsistas quando eles jogaram a bolsa de ovos na fogueira do acampamento. Se ela tivesse visto quando a bolsa se rachou e as aranhas saíram para cima das brasas, transformando-se em cinzas assim que começaram a rastejar.

Quando ele se virou para a própria mesa, Beatrice o encarava com um olhar venenoso.

Se fosse mais corajoso, Pierre a teria confrontado. Teria deixado claro que eles *não* estavam juntos, que ele *não* era o namorado dela. Teria lembrado que eles só estavam dormindo juntos porque os outros também tinham formado casais, e porque estavam entediados, e porque não dava para passar todas as noites sozinho na barraca vendo vídeos no notebook. Teria dito que não havia problema algum em uma conversa completamente inocente com outra mulher, e, além do mais, se ela quisesse mesmo se preocupar com outra mulher, devia ser com Julie Yoo, que Pierre jurava ser o amor da vida dele.

Mas Pierre não era corajoso.

Ele se limitou a tomar um gole da cerveja e pegar o sanduíche. Ofereceu um pouco para Bea.

— Quer um pedaço?

Bea balançou a cabeça e voltou a atenção para o próprio guisado. A recusa foi um alívio para Pierre. Era uma proposta de reconciliação, mas, ao contrário da maioria das propostas de reconciliação, a dele fora feita a contragosto. Ele não estava interessado em dividir o sanduíche. O pão era leve e macio, e o recheio de toucinho frito era crocante e quente, com um molho que escorreu pela mão e pelo pulso quando ele deu a primeira mordida. Santo Deus, pensou ele, aquele talvez fosse o melhor sanduíche de todos os tempos. Ele podia morrer feliz depois de comer aquele sanduíche.

Enquanto pensava nisso, olhou de novo por cima da grade para a rua e viu um jovem — um garoto, na verdade — correndo a toda a velocidade.

Hum. Ele abaixou o sanduíche e esfregou discretamente a mão nas calças. Abaixo, mais algumas pessoas passaram correndo. E então uma mobilete passou rápido, e a mulher que a conduzia tinha uma expressão de terror no rosto. Ela olhou para trás algumas vezes — olhadas rápidas, e a cada vez a mobilete balançava.

Claro.

Claro, pensou Pierre. Que idiotice a dele.

O único motivo para ele, o dr. Botsford, Natalie, Bea, Cynthia e JD estarem ali era para trabalhar nas Linhas de Nazca. Era uma sacada acadêmica, um acesso sem precedentes, e com certeza garantiria a carreira de Pierre. E quando eles removeram cuidadosamente a bolsa de ovos calcificada do buraco onde a encontraram, enterrada perto da linha da aranha, Pierre a enviou para Julie estudá-la, imaginando que seria um tema legal para um artigo. Mas aí veio o horror. Aranhas por todos os lados, pessoas devoradas vivas, aranhas nascendo de corpos de gente. E os esforços para conter as aranhas tinham sido ainda piores. Mas tudo parecia distante. Em Nazca, no acampamento deles, com o céu tão escuro à noite que as estrelas pareciam moedas em um videogame, Pierre achou que não havia perigo. A linha da aranha, muito mais antiga que as outras Linhas de Nazca, era um alerta, e ele havia sido alertado. Eles encontraram aquela outra bolsa de ovos e a queimaram. E pronto.

Naturalmente, ele temia pela segurança de Julie. Ela havia mandado alguns e-mails para ele antes de a internet parar de funcionar, mas Pierre sabia que ela estava na Costa Leste dos Estados Unidos. Até então, parecia ser um lugar afastado do perigo. Ele tinha outros amigos, colegas da escola, e torcia para que estivessem bem, e se angustiava com a destruição generalizada do mundo; mas seus pais e avós tinham morrido antes de ele se formar na faculdade, e ele era filho único. Para falar com absoluta sinceridade, Pierre achava que, desde que ele e Julie não fossem devorados, bom, não seria tão ruim assim. No fim das contas, ele até teria mais credibilidade com Julie por ter enviado aquela bolsa de ovos. Na verdade, de certa forma, ele era um herói!

Só que, naquele momento, ele não se sentia um herói. Ele se sentia mal.

Um carro pequeno, que não teria parecido deslocado dentro de um circo, desceu a toda pela rua e virou de repente para a esquerda até bater em um edifício na frente do restaurante. Nesse momento, qualquer um que ainda não tivesse percebido as pessoas correndo pela rua se deu conta de que havia algo errado.

Pierre continuou na cadeira. Viu o dr. Botsford tentar abrir caminho rumo à saída, e com o ar de pânico e o cabelo ralo na cabeça que havia perdido o chapéu ele definitivamente não parecia o Indiana Jones. Em nenhum instante o dr. Botsford olhou para Natalie, a bolsista com quem ele vinha tendo um caso desde o dia em que eles chegaram ao Peru. Do outro lado do restaurante, longe da saída, Pierre viu um grupo de mochileiros jovens pular por cima da grade e cair no chão três metros abaixo. No meio da massa de gente entupindo o corredor que dava na escada para a rua, ele viu Cynthia puxando o braço de JD, seu noivo. JD estava paralisado, olhando ora para o grupo que pulava a grade, ora para as pessoas apinhadas na porta. Mas Bea continuava sentada perto de Pierre. Ela não havia feito nenhuma menção de fugir.

Por algum motivo, ele se sentiu calmo e firme ao olhar para ela. Deu um sorriso fraco.

— Parece que não adianta muito correr, não é? — disse ele.

Ela revirou os olhos e se levantou.

— Você é um péssimo namorado. Você sabe, né?

Sem dar chance de resposta e sem falar mais nada, ela se virou e foi até a massa de corpos que tentavam sair pela porta.

Uma parte dele quis gritar para ela, insistir que ele não era seu namorado — que nunca tinha sido seu namorado —, mas ele só deu mais uma mordida no sanduíche. Arrastou a cadeira para trás para poder ver melhor a rua por cima da grade. Viu as primeiras pessoas saindo do restaurante e fugindo pela rua. Uma delas, a australiana com quem ele tinha conversado, tropeçou, sacudindo a trança, mas conseguiu continuar de pé. Ela era rápida, pensou Pierre ao vê-la correr.

Ele olhou na direção de onde todo mundo estava correndo e viu: faixas pretas. Ou melhor, pontos tão próximos uns dos outros que pareciam uma massa sólida. A imagem o fez pensar naquele pintor, o que fazia quadros só com pontos. Pierre se lembrava do nome da técnica. Pontilhismo. Lembrava--se nitidamente daquele quadro famoso no Instituto de Arte de Chicago: franceses passando a tarde na margem de um rio. Mas não se lembrava do nome do pintor.

Pierre deu um suspiro. Era assim que acabaria para ele? Sentado em um restaurante de terraço que não tinha parede, acusado de ser um namorado ruim de uma mulher com quem ele não estava namorando? Comendo um sanduíche de torresmo enquanto tentava lembrar o nome de um pintor. Definitivamente não era muito romântico.

Na rua, as pessoas em fuga tinham se transformado em uma turba. Ele viu um homem cair, mas as pessoas atrás dele o pisotearam. Mais para trás, Pierre viu gente sendo encoberta pela infestação de aranhas: homens e mulheres correndo horrorizados, transformando-se em colunas pretas, e depois — lentamente, a ponto de ser mais assustador do que se acontecesse rápido — murchando. Outras pessoas só caíram e ficaram imóveis, como se estivessem paralisadas, e as aranhas passaram por cima, cobrindo-as com películas diáfanas de teia.

Mas, aqui e ali, ele viu pessoas que continuaram intocadas. Uma idosa que tinha se ajoelhado para rezar. Uma criança paralisada de medo. Um homem de terno. As aranhas passaram direto por elas, separando-se e juntando--se de novo como um rio correndo em volta de uma pedra.

Em pouco tempo, os primeiros tentáculos pretos alcançaram o restaurante. As aranhas eram totalmente pretas ou com listra vermelha. Avançavam rapidamente e em grupo. Pierre viu a multidão ficar mais histérica ainda. Achou ter visto o dr. Botsford, mas era difícil ter certeza quando as aranhas cobriam os vultos que se debatiam. Dentro do restaurante, a massa de gente congestionada na porta tentando sair mudou de direção de repente, como as ondas do mar recuando da praia. Ele viu Bea cair para trás, por cima de uma mesa, e bater a cabeça com força em uma cadeira. Em volta dela, as pessoas corriam e surtavam: ninguém queria mais sair do restaurante, e tinha gente gritando para fecharem e trancarem a porta.

Pierre sabia que isso era inútil, claro. Por que bloquear a porta quando não havia parede?

Ele não entendia por que não estava em pânico, mas, ao escutar o som perturbador das aranhas se arrastando pelo térreo e começando a subir pela fachada do edifício, pegou o copo para tomar um último gole de cerveja.

Seurat! O nome do pintor era Seurat!

A lembrança do nome trouxe uma sensação de vitória, e ele fechou os olhos, preparando-se para o inevitável.

Porém, em meio à gritaria e ao barulho de choro, orações e súplicas, mesas e cadeiras virando, garrafas quebrando — em meio à onda arrasadora de aranhas correndo à sua volta —, ele continuou intacto, de olhos fechados.

Contou até trinta, obrigando-se a ir devagar, pensando em cada número como uma palavra independente, um momento independente. Foi difícil juntar forças para ficar de olhos fechados, mas, por algum motivo, também foi mais fácil; os sons do mundo à sua volta eram demais para processar.

Quando ele chegou a trinta, o barulho tinha diminuído. Não parou, porque ainda havia gritaria e choro e soluços, buzinas e vidro quebrado, mas estava mais longe, no prédio ao lado, e no seguinte, e no seguinte. Ele apertou os olhos por mais um segundo, prestando o máximo de atenção aos sons. Ali, por baixo dos ruídos de medo e pânico, um farfalhar sutil que parecia tecido roçando em tecido, como centenas de folhas caindo de uma árvore durante uma ventania de outono.

Ao abrir os olhos, ele observou tudo de uma vez só: mesas e cadeiras reviradas, roupas que cobriam só ossos, e talvez meia dúzia de gente desaparecendo lentamente sob camadas de teia. Uma jovem, dezoito ou dezenove anos, o encarava, sem piscar, enquanto as aranhas trabalhavam em cima dela, cobrindo-a de teia. Pierre viu um fluxo fino de lágrimas saindo dos olhos dela, e, embora a menina não conseguisse se mexer, mesmo assim Pierre viu sua expressão de terror. Ficar paralisada daquele jeito? Sentir as aranhas andando por cima de você, envolvendo seu corpo de teia, e saber que era o fim?

Ele teve que virar o rosto.

O que foi quase mais estranho, porque lá estavam os que continuaram intactos: um homem pequeno e musculoso parado no meio do restaurante, com as mãos nas orelhas, os olhos arregalados, mexendo a boca em silêncio; um cara negro com jeito de universitário ajoelhado e balançando o corpo devagar, com as mãos juntas em oração; uma mulher rechonchuda com um vestido de estampa colorida, sentada a uma mesa e chorando com soluços histéricos.

E, na área central do espaço, Bea, levantando-se devagar, esfregando a cabeça no ponto onde tinha batido. Ela parecia desorientada e provavelmente tinha sofrido uma concussão, mas não estava demonstrando pânico.

Até quando uma aranha subiu por sua perna, passou pelo peito e pulou para uma mesa, indo se juntar a outras dez aranhas que estavam envolvendo cuidadosamente um corpo no chão, Bea não pareceu se incomodar.

Ela o viu e então foi até ele. Pierre não conseguiu decidir o que era pior, olhar para ela ou para as aranhas — umas cem ou duzentas — que ainda estavam no restaurante tecendo camadas rápidas de seda por cima dos homens e mulheres no chão, enquanto os rostos paralisados e aterrorizados desapareciam sob os fios translúcidos. Não. Era fácil decidir: ele olhou para Bea.

As pernas de madeira da cadeira rasparam no chão com um som brusco quando Bea a afastou da mesa para se sentar.

— Tinha que ser, não é? — disse ela. Sua voz estava melancólica.

Ele se virou para ela e depois olhou de novo para o restaurante. As aranhas pareciam ignorá-los completamente. Uma delas correu por cima da mesa, passou pelos restos do sanduíche e desapareceu pela borda.

— Será que a gente, sei lá, foge? — disse ele.

— Acho que não faz muita diferença. Se elas fossem nos comer, acho que já teriam comido.

Pierre assentiu. Ele não sabia se era porque fazia sentido, ou se era porque ele estava chocado demais para fazer outra coisa. Só que ele não estava se sentindo chocado. Estava? Ele tentou falar em voz alta.

— Não estou me sentindo tão chocado quanto deveria. — E, após falar em voz alta, ele decidiu que acreditava nisso. — Não é? A gente não devia estar mais chocado?

Bea deu um suspiro. Ela parecia soturna.

— Você não vai nem me perguntar o que eu quis dizer com "tinha que ser"? Achei que era óbvio que eu estava esperando você me perguntar o que eu quis dizer. — Ela estendeu a mão, pegou a cerveja dele e tomou um gole. — Porque o que eu quis dizer foi que tinha que ser, não é, todo mundo ser comido e só sobrarmos nós dois?

— Tecnicamente, não sobramos só nós dois. Tem um bocado... bom, não um bocado, mas *algumas* outras pessoas. E também...

Ele parou de falar e meio que fez um gesto patético com uma das mãos na direção dos corpos sendo embrulhados no chão. Parecia tão irreal. Como se ele estivesse vendo aquilo acontecer com outra pessoa. Ele pôs as mãos espalmadas na mesa e se levantou. Não queria mais ficar sentado ali assistindo àqueles coitados serem cobertos de teia. Queria ir embora.

— Você vai embora? — disse Bea, nitidamente surpresa.

— Vou. Acho que sim.

— Para onde?

— Não sei — disse Pierre, mas então ele soube. — Acho que para a linha da aranha. Para ver o que tem lá. Você devia vir comigo.

Foi estranho atravessar o restaurante e descer a escada. Os dois tomaram muito cuidado para não pisar em nenhuma das roupas recheadas de ossos nem acertar sem querer uma das aranhas que continuavam rastejando por ali. Do lado de fora, na rua, havia mais espaço para andar. Os casulos estavam por toda parte. Aranhas pretas com listra vermelha nas costas andavam de um lado para o outro, tecendo teias e ignorando completamente os outros sobreviventes, pessoas como Pierre e Bea, que estavam andando sem rumo. Ele teve a impressão de que as pessoas pareciam atordoadas e perdidas, e, ao olhar para Bea, ele se deu conta de que os dois também deviam estar com o mesmo aspecto.

Andaram por uns trinta e poucos metros, devagar, indo juntos, mas cada um por si. Depois de hesitar um pouco, Pierre estendeu o braço e pegou a mão de Bea. Ao encostar nos dedos dela, o calor de sua pele foi reconfortante. Depois de tudo o que havia acontecido, o que restava para eles além de contato humano? De que adiantava sobreviver se eles não conseguissem sobreviver juntos?

Pensando nisso, ele se virou para ela.

Ela estava emburrada e parou de andar. Recolheu a mão com uma rispidez que combinava com o desgosto em sua voz.

— Minha nossa. Você acha mesmo que é *isso* o que eu quero?

Ela saiu andando, e ele teve que apertar o passo para alcançá-la.

Nossa, pensou Pierre, como ele queria estar ali com Julie Yoo.

Ilha Càidh, enseada Ròg, ilha de Lewis, Hébridas Exteriores

Aonghas abriu o guarda-roupa tentando fazer o mínimo de barulho. A prateleira de cima tinha alguns cobertores de lã dobrados com esmero. Eles exalavam aquele cheiro vagamente bolorento como tudo que é feito de lã, e Aonghas sorriu. Isso o lembrava da infância.

Na cama, Thuy já estava debaixo de uma pequena montanha de cobertas. Aonghas não sabia se a corrente de ar era só imaginação, mas o vento empurrando as ondas do lado de fora era bem real. A temperatura caíra tanto nos últimos dois dias que até seu estoico avô tinha comentado.

— Clima de casaco.

O avô só falou isso, mas, vindo de Padruig, era o mesmo que gritar aos quatro ventos. Ele não era uma pessoa emocionalmente reservada — não mais do que seria de esperar dos homens de sua geração —, mas não costumava reclamar do clima ou de aflições físicas.

Com cuidado, Aonghas abriu um cobertor e o acrescentou aos outros que já estavam em cima de Thuy. Alguns amigos que tinham saído na frente no quesito casamento e filhos falaram que as mulheres podiam ficar esgotadas durante o primeiro trimestre, mas ele achou que fosse exagero. No entanto, naqueles últimos dias, Thuy vinha tirando cochilos no começo da tarde e ia dormir quase imediatamente depois de jantar. Não que eles tivessem muito mais o que fazer. Estavam presos na ilha.

Aonghas se levantou, atordoado com essa ideia. Estavam presos na ilha Càidh. O mundo tinha ido para o inferno, e Thuy, ele e seu avô estavam em um dos poucos lugares no planeta que pareciam totalmente seguros. O avô mantinha a rádio Nan Gàidheal da BBC sintonizada constantemente, a ponto de Aonghas ficar ansioso sem o som das vozes baixas e entrecortadas ao fundo. Não que a rádio ajudasse a diminuir sua ansiedade: a lista de lugares dominados pelas aranhas ou destruídos pelo homem era assombrosa. Eles haviam parado de tentar acompanhar que regiões do mundo ainda eram seguras — se bem que, pelo menos por enquanto, parecia que a família de Thuy estava bem. Fora isso, a única outra certeza de Aonghas era que o mundo fora da ilha Càidh era assustador, especialmente porque ele estava prestes a ser pai. Ali, pelo menos, estavam cercados pelo mar, e a probabilidade de chegar qualquer barco — que dirá um trazendo aquela praga de monstros de oito patas — parecia remota, no mínimo.

Mas até quando? Até quando ficariam presos naquele pedregulho? Ele adorava o lugar: o castelo repousando melancólico e ríspido acima do oceano, o cheiro da biblioteca, o labirinto profundo da adega com garrafas de vinho do Porto, as escadarias sinuosas, as vastas janelas por onde ele olhava a vista enquanto cozinhava. Mas esse sentimento sempre se baseava na certeza de que ele poderia sair daquela solidão assim que quisesse. E, santo deus, Thuy! E se ela passasse mal? E se eles ainda estivessem ali depois de... quantos meses faltavam até o bebê nascer? Ela marcava o ciclo menstrual, então eles calcularam que o bebê viria no Ano-Novo, mas e se eles ainda estivessem ilhados? E se o bebê viesse antes da hora? Ou demorasse demais? E se ele tivesse que fazer o parto sozinho?

Aonghas se inclinou, apoiando a mão em cima da cabeceira para se equilibrar, e deu um beijo no cabelo dela. Foi difícil não começar a chorar. Thuy não era uma mulher delicada, mas não era responsabilidade de Aonghas cuidar dela? Ele sabia que era uma noção terrivelmente sexista, mas não conseguia evitar. Não era esse o significado da aliança que tinha dado a ela?

Ele se endireitou e foi até a cadeira de balanço perto da janela. Passou um tempo só olhando para a luz e para a espuma das ondas se debatendo contra as pedras. Depois, por mais um tempo, ficou vendo Thuy respirar lentamente.

Podia ser pior, pensou ele. Ficar preso ali com Thuy e o avô? Não era tão ruim. Havia lugares muito piores no mundo para estar naquele momento.

Eles conseguiriam sobreviver à tempestade.

Parada de caminhões da Interestadual 80 Recreação para toda a família, restaurante e posto de gasolina Taco Bell Pizza Hut Starbucks KFC Burrito Barn 42 Flavors Ice Cream Extravaganza Coast-to-Coast Emporium, Nebraska

Ele já tinha visto imagens de campos de refugiados antes. Aquilo era o equivalente mais próximo que o profeta Bobby Higgs conseguia imaginar. Ele estava em um morro com vista para a parada de caminhões, e dali o mar de gente o lembrava exatamente de um campo de refugiados. O que era, com certeza quase absoluta, uma comparação razoável, pensou ele, porque um campo de refugiados não seria um lugar para pessoas fugindo do perigo?

Pelo chute de Bobby, devia haver umas duas ou três mil pessoas lá embaixo. Era o bastante para passar uma sensação de caos, mas não tanta gente a ponto de deixá-lo preocupado. Seu rebanho tinha tranquilamente o dobro do tamanho. E, considerando a falta de sentinelas armadas, as pessoas lá embaixo não estavam esperando nenhum ataque. Pelo menos não de gente. Bobby tinha certeza de que elas estavam com medo das aranhas, mas talvez o isolamento relativo da parada de caminhões bastasse para transmitir uma falsa sensação de segurança.

Ele ficou surpreso por Macer não ter colocado sentinelas. Não era do feitio dele. O sujeito não era só oportunista. Era um cara que pensava adiante. Se não fosse, como teria transformado uma pessoa como Bobby Higgs no tipo de líder religioso capaz de reunir a quantidade de gente necessária para furar uma zona de quarentena militar? Por que Macer, aquele filho da mãe, deixaria Bobby na beira da estrada e acabaria ali, no meio do nada, governando seu próprio feudo? Isso não era o tipo de coisa que acontecia por acaso. Só um planejador produzia resultados assim. Um pensador.

E, no entanto, por algum motivo inexplicável, não havia nenhum perímetro de segurança. Alguns homens armados pareciam estar guardando uma carreta, e Bobby se perguntou o que o caminhão podia ter de tão valioso para Macer posicionar homens ali, mas não em volta do terreno.

Um de seus discípulos começou a dizer algo, mas Bobby o silenciou. Queria pensar.

Durante os cinco minutos seguintes, ficou olhando pelo binóculo de longo alcance, tentando descobrir o que estava deixando passar. Seria uma armadilha? Será que Macer sabia que ele estava indo?

Ele viu uma movimentação. Nada súbito ou suspeito, só a movimentação irregular da humanidade indicando que algo estava acontecendo. E logo um grupo de pessoas se dispersou e Bobby viu Macer ao lado de Lita, seguidos por um pequeno séquito de homens que nitidamente serviam como guarda-costas. Todos eles tinham aquela postura ameaçadora que Macer valorizava em seus capangas, mas careciam do ar profissional que Bobby reconhecia em alguns de seus próprios homens que eram ex-militares. Ele contou quatro, não, cinco homens, além de Lita. Ela quase flutuava, andando com tanta graça que, daquela distância, Bobby poderia acreditar que ela não estava encostando no chão. O perigo era ela. Mais até do que Macer, porque a existência dela se resumia a servir de arma para ele. Sem ela, pensou Bobby, Macer era um animal sem presas.

Ele ficou observando por mais alguns minutos enquanto Macer circulava pelo espaço, parando para conversar aqui e ali, sorrindo de vez em quando, e em uma ocasião mandando um de seus lacaios ajudar uma mulher a tirar algo de cima do bagageiro do carro. Ele gritou para os homens perto da carreta, e um deles respondeu com um sinal de positivo. Mas só isso. Não havia nenhum sinal de segurança além dos homens que estavam vigiando o caminhão e do pequeno grupo de guarda-costas. Era como se Macer se achasse invulnerável.

Bobby abaixou o binóculo e se arrastou para trás até descer do topo do morro. E então fez algo que teria sido motivo de riso poucas semanas antes: ele rezou.

Ajoelhou-se na terra fofa do que, antes de tudo aquilo começar, era a região rural de Nebraska. À sua volta, os discípulos o imitaram, ajoelhando-

-se e rezando. O movimento se expandiu a partir dele como uma onda: as pessoas mais próximas pararam tudo o que estavam fazendo — que era principalmente esperar que ele tomasse alguma decisão — e copiaram o gesto, dobrando os joelhos para rezar, e, conforme essas pessoas se ajoelhavam, as mais afastadas viam e repetiam. Foi uma sensação curiosa, ouvir e sentir o silêncio de centenas, milhares de pessoas rezando. Bobby não sabia para que *elas* estavam rezando, mas ele rezava por orientação. Rezava para saber como exatamente Deus queria que ele executasse sua vingança. Porque, se o profeta Bobby Higgs tinha uma certeza, era a de que Macer precisava sofrer.

Quando finalmente se levantou, ele soube.

Se Macer se sentia invulnerável, Bobby podia dar um jeito.

Ele foi conversar com um grupo seleto de três homens — todos ex-militares, todos extremamente bons com um fuzil — e conferiu se eles estavam preparados. O trio havia se autointitulado Anjos da Morte, e, ainda que achasse um pouco bobo, Bobby os avaliara durante a marcha, e o nome não era inadequado.

Então, em silêncio, sem oferecer nenhum gesto ou explicação a mais ninguém, ele passou por cima do morro e desceu rumo à parada de caminhões. Não olhou para trás. Não precisava. A quantidade de homens, mulheres e crianças que o seguiam era tamanha que ele simplesmente sabia que eles estavam lá. E, da mesma forma, ele não precisou conferir se os homens e mulheres com experiência em armas — não devia ser nenhuma surpresa encontrar tantos veteranos ali no interior — estavam por perto. Já tinha dado ordem para que eles o acompanhassem o tempo todo, e assim foi.

Conforme eles se aproximavam dos círculos irregulares de gente em torno da parada de caminhões, Bobby viu os refugiados interromperem suas atividades e observarem. Alguns ficaram só olhando, sem saber o que pensar do profeta Bobby Higgs e seu rebanho descendo a montanha, mas outros pareciam pressentir a mudança dos ventos.

Ele passou por barracas e carros estacionados e casebres feitos de não mais que papelão e lixo. Passou por bombas de gasolina e por um lava a jato para caminhões. Conforme caminhava, os homens e mulheres que não faziam parte de seu rebanho se juntavam a ele. Quando ele se aproximou da carreta, os três guardas — armados de escopetas — o observaram com atenção, mas nenhum fez qualquer menção de impedi-lo. Diante do edifício, um conglomerado caótico de logomarcas e cores fortes de plástico, ele fechou os olhos, esperando que o caminho se revelasse. Quando os abriu, Macer se encontrava à sua frente. Lita estava ao lado de Macer, com a mão direita enfiada no bolso da jaqueta, uma peça preta lustrosa que lembrava um uniforme de triatleta. Bobby sabia que os dedos dela estavam segurando o cabo de uma arma. Os homens corpulentos que ele havia identificado como guarda-costas formavam um semicírculo atrás de Macer. Pareciam ainda maiores de perto, e todos estavam armados.

— Não temo — disse o profeta Bobby Higgs. Ele falou com a voz grave e tomou o cuidado de projetá-la para que todo mundo à sua volta escutasse, não só Macer e Lita. — Não temo, pois o Senhor é minha armadura, e o Senhor protege os justos e verdadeiros. Eu vim da terra dos anjos perdidos, e atravessei o deserto, e caminhei até aqui com meus discípulos e meu rebanho. — Ele se virou lentamente, as mãos erguidas para abarcar as pessoas à sua volta. Deu uma olhada rápida para o topo do morro. Eram uns trezentos, quatrocentos metros de distância. Não conseguia ver os Anjos da Morte, mas sabia que eles estavam lá. — Não temo. — Ele manteve as mãos erguidas.

Macer inclinou a cabeça para trás e soltou uma gargalhada alta.

— Ah, pelo amor. Não me diga que você caiu na sua própria enrolação, Bobby?

Bobby reparou que Lita não estava rindo. Ela observava a multidão de homens e mulheres ao lado de Bobby. Seus olhos estavam apertados, e ela virou um pouco a cabeça ao dizer algo para os guardas atrás de Macer. Um dos homens se mexeu um pouco para ver melhor.

— O Senhor é justo, e o Senhor provê, e o Senhor exige que aqueles que pecaram contra Ele paguem. — Seus braços ainda estavam erguidos, e a brisa suave lhe beijava as mãos.

Macer tinha parado de rir. Agora, estava com raiva.

— Dê o fora daqui, Bobby. Eu fiz um favor quando deixei você na beira da estrada. Não valia a pena gastar uma bala. Erro meu. Mas não é tarde demais para corrigir isso. Lita?

Um dos homens que tinham descido o morro com Bobby — um sujeito chamado Glen Twaits, vendedor de carros de Cozad que havia realizado duas missões no Afeganistão — se colocou parcialmente na frente de Bobby, protegendo-o com o próprio corpo.

Foi um belo gesto, e Bobby era grato, mas não tinha necessidade. Ele estava em perfeita segurança. Só precisava abaixar os braços.

Quando abaixou, Lita tombou. Os outros guarda-costas de Macer também já estavam a caminho do chão antes de Lita acabar de cair. O eco dos tiros ainda fluía por eles quando Macer se deu conta do que estava acontecendo.

Bobby olhou para seus atiradores de elite no alto do morro e fez um gesto de aprovação com a cabeça. Ele ouviu as pessoas gritando, mas estava completamente concentrado em Macer. Estendeu a mão e tocou no ombro de Glen, e o homem saiu da frente para que não houvesse ninguém entre Bobby e Macer.

Macer tinha perdido a cor. Talvez fosse a primeira vez que Bobby via o sujeito parecer surpreso, e ele não conseguiu segurar o riso.

— Por essa você não esperava, não é? Devo admitir que achei surpreendente você não ter colocado nenhuma patrulha, nenhum guarda para vigiar caso algo assim acontecesse.

Macer se recuperou rapidamente.

— Eu imaginei que, considerando onde estamos, seria desperdício. — Ele olhou para o corpo de Lita no chão e suspirou. — Não tinha me ocorrido que você viria atrás de mim. — A cuidadosa indiferença com que Macer deu de ombros enfureceu Bobby.

— Você achou que estava protegido aqui? Você não está protegido contra a ira do Senhor em lugar nenhum, Macer.

Bobby tentou parecer assustador, ameaçador, para que Macer soubesse exatamente o que o esperava. Ele ainda ardia com a intensa vergonha de ter sido usado e depois descartado de forma tão banal na beira da estrada. Não queria só matar Macer — queria castigá-lo.

Só que Macer não reagiu do jeito que Bobby esperava. O homem teve a audácia de sorrir.

— Você está brincando, né? — Macer olhou em volta, fitando os olhos da maior quantidade de gente possível. — Ele está brincando? — Ele encarou Bobby de novo. — É claro que não achei que estávamos protegidos aqui, Bobby. Ninguém está protegido aqui. Ninguém está protegido em lugar nenhum. Eu só não estava com medo de ser perseguido por um vigarista fajuto de Hollywood.

Bobby estava lívido, e prestes a mandar seus homens segurarem Macer, mas então Macer disse:

— As aranhas já estão aqui, Bobby.

A reação dos homens e mulheres à sua volta se espalhou como um dilúvio. Sussurros ríspidos se transformaram em gemidos, e logo o medo se tornou palpável. Bobby precisou erguer as mãos e gritar com a multidão por alguns segundos até todo mundo se acalmar de novo.

— Paz! Paz! — berrou ele. Para Macer, ele falou com uma seriedade mortal. — Aqui?

Macer apontou.

— Aquele caminhão. Por que você acha que eu botei homens para vigiá-lo? O que foi, você achou que ele estava cheio de televisões ou celulares ou alguma coisa assim? A civilização está acabando, cara. Não existe nenhuma *coisa* que valha a pena proteger. Aquele caminhão poderia estar cheio de dinheiro e mesmo assim não valeria absolutamente nada. Claro, acho que comida, armas e itens de sobrevivência podem ter alguma serventia, mas nada disso importa se as aranhas chegarem acabando com tudo.

Bobby lançou um olhar para Glen. Ele era o típico sujeito pé no chão do Meio Oeste, sempre confiável. Bobby duvidava que, em circunstâncias normais, Glen tivesse se associado a ele. Macer não errara muito ao chamar Bobby de vigarista fajuto. Mas isso tinha sido antes, e Bobby encontrou alguma força na firmeza inabalável de Glen. A multidão ao redor exalava ansiedade, mas Glen confiava nele. Glen estava contando com ele. Bobby abaixou a cabeça por um instante, fechou os olhos, respirou fundo, respirou de novo. Isso o acalmou, e, de alguma forma que ele não compreendia, pareceu acalmar a multidão à sua volta. De repente, fez-se silêncio, ou pelo menos o máximo que era possível para um grupo de milhares de pessoas.

— Tudo bem, Macer. Então por que, se não tem nada de valor naquele caminhão, nenhuma televisão, dinheiro ou o que quer que seja, por que você mandou vigiá-lo? Quem exatamente você está tentando impedir de chegar ao caminhão?

Macer balançou a cabeça, triste.

— Não de chegar, Bobby. De sair. Temos quatro ali dentro.

— Aranhas?

Pela segunda vez em dois minutos, Macer pareceu espantado.

— Não. Não aranhas. Hospedeiros. Vai me dizer que você não verificou seu povo? Os sinais são...

Mas Bobby não estava escutando mais nada. Não precisava. Ele sabia exatamente o que Macer estava dizendo. Havia *pessoas* trancadas no baú daquela carreta, e cada uma carregava a marca reveladora de alguém que tinha sido mordido por uma aranha, em quem uma aranha havia penetrado a fina membrana da pele, estabelecido residência e depositado ovos.

— Segure-o — disse ele para Glen. O homem agiu sem hesitar, e outros integrantes de seu rebanho ajudaram, agarrando os braços de Macer e arrastando-o para trás de Bobby.

Enquanto andava, Bobby teve uma sensação de serenidade que só poderia atribuir à certeza de estar trilhando o caminho de Deus. Parou na frente dos homens que guardavam a carreta. Eles pareciam nervosos, e os dois homens brancos olharam para o negro, que era mais baixo, mas também mais velho, então foi a esse que Bobby se dirigiu.

— Qual é seu nome?

— Deke.

— Deke, aí dentro vocês estão com pessoas que foram mordidas, sim? Que vocês acham que têm ovos dentro do corpo?

Deke assentiu com a cabeça.

— Por que vocês ainda não se desfizeram delas?

— Estamos cuidando disso, cara. — Deke deu uma olhada para Macer por cima do ombro de Bobby, mas praticamente não hesitou antes de continuar. — Macer colocou um pessoal para montar, hum, bom, acho que uma espécie de incinerador. Até lá, isto aqui é o melhor que nós temos para servir de quarentena.

— E você tem certeza de que as aranhas não conseguem sair?

— A gente tomou bastante cuidado. Não chega a ser fechado hermeticamente, mas é quase — disse Deke. — Nada vai sair.

Bobby sorriu.

— Deve ser bem desconfortável ali dentro.

Deke deu de ombros, sem saber o que dizer. Era nítido que a ideia o incomodava, mas a situação havia inspirado o pragmatismo em muita gente. Bobby ouviu Macer dizer alguma profanidade atrás de si, e então o som de um murro e um gemido. Quando se virou, viu Macer ajoelhado, cuspindo sangue e fragmentos de dentes. A imagem alegrou Bobby, mas então ele teve uma ideia melhor e se virou para Deke de novo.

— Você tem como garantir que não nasceu nenhuma aranha ali dentro ainda?

— Até que tenho. Instalamos uma câmera e algumas lâmpadas de LED no teto que iluminam o bastante para a gente enxergar. — Ele estendeu a mão até o para-choque e entregou uma babá eletrônica para Bobby. A imagem estava granulada, mas exibia duas pessoas sentadas, uma deitada e uma quarta andando de um lado para o outro.

— Abram — disse ele.

— Desculpe?

— Vocês escutaram — disse Bobby. — Abram o baú.

Deke piscou com força e examinou a multidão que o cercava.

— Você vai me perdoar, cara, mas ficou maluco? De jeito nenhum que a gente vai deixar aquelas pessoas saírem. Elas estão cheias de aranhas no corpo. Mais cedo ou mais tarde essas aranhas vão nascer, e juro de pé junto que prefiro deixar todas presas dentro desse caminhão do que aqui fora com a gente. — Ele passou a língua nos lábios, nervoso. — É óbvio que você tem um... — Ele passou a mão pelo ar, indicando os homens e mulheres armados que estavam acompanhando Bobby. — Não sei o que é que está acontecendo, mas sei que *não* é bom a gente soltar essas pessoas.

— Soltar? — Bobby mostrou os dentes. — Quem foi que falou em soltar? Ninguém vai sair desse caminhão.

Ele deu um passo à frente, deu um tapa nas costas de Deke e apontou para Macer.

— Ele vai *entrar*.

Lago Soot, Minnesota

— Sabe o que eu mais queria? — Mike soltou o carregador da pistola e o conferiu provavelmente pela décima vez naquela manhã. Ele já havia limpado e montado a Glock duas vezes.

Leshaun, que estava relaxando no beliche de cima, grunhiu.

— Que as aranhas não tivessem aparecido para comer todo mundo?

— Bom, é, mas o que eu mais queria...

— Que a presidente não tivesse decidido jogar um monte de bomba e mandar nosso país para a cucuia?

— Bom, claro...

— Ou, não, calma... Você queria que a presidente não tivesse decidido usar bombas nucleares, para que pudéssemos continuar nesta bela cabana à beira deste lago pitoresco, pescando e relaxando enquanto essa história toda de aranhas se resolvia, em vez de nos preocuparmos tanto com a precipitação radioativa que decidimos que seria mais seguro tentar levar sua filha e o feto dentro da sua ex-esposa para longe do Meio Oeste irradiado e ir até a Costa Leste sem nenhum plano de verdade fora tentar meio que ir dirigindo apesar do fato de que todas as rodovias foram para o espaço? É isso? É isso que você mais queria?

Mike encaixou o carregador de volta na pistola e a prendeu no coldre antes de se virar para a cômoda. A Mossberg 500 e sua segunda pistola, uma Glock 27, estavam em cima de uma manta dobrada cuidadosamente para cobrir a parte de cima da cômoda. A Glock 27 era uma arma subcompacta. Cabia bem na mão de Fanny, e a pontaria dela era acima da média. Além disso, pensou Mike, ela também era o tipo de pessoa que puxaria o gatilho, se necessário. Ele não tinha tanta certeza quanto ao que fazer com a escopeta. Rich Dawson, o marido de Fanny, quase atirara em Mike uma vez. Em cima da cama, que ele tinha arrumado por hábito, havia ainda quatro armas. O Remington 700 era dele. Nem ele nem Leshaun eram muito ligados em armamento, mas o Remington era um fuzil excelente. Tinha sido com esse que os dois haviam treinado na época em que trabalharam com a Swat, e, com a luneta, ambos conseguiam se virar a trezentos ou quatrocentos metros de distância. As outras três espingardas eles tinham tirado dos pilantras que haviam tentado sacaneá-los, esgueirando-se pela noite com intenções que só Deus sabia em relação a Mike e à família dele. Nem por um segundo ele se sentira culpado ou em dúvida quanto à decisão de apagar aqueles elementos. Mas as espingardas deles eram daquelas porcarias baratas que pareciam vagabundas. E, quando ele e Leshaun as desmontaram e limparam, ficou óbvio que ninguém nunca tinha feito aquilo antes. Nenhum dos dois havia atirado com aquelas, já que, com uma quantidade limitada de munição, não seria bom desperdiçar nenhuma bala. Mike estava nervoso com isso. O que, pensando bem, já era uma resposta. Ele pegou o Remington e o colocou em cima da cômoda junto com a escopeta e a outra Glock. Deixariam as espingardas vagabundas para trás.

— Acabou? — perguntou Mike. Ele tentou reprimir um sorriso, mas não conseguiu. — Sim, claro. Tudo isso seria muito bom. Quando você fala assim, eu me sinto meio idiota; e, embora eu achasse que a minha ideia era bem boa, agora não quero mais dizer.

Leshaun riu. Já fazia tanto tempo que eles eram parceiros que boa parte da graça era o fato de quase tudo ser uma piada interna, e eles tinham um longo histórico de interromper quando o outro estava tentando fazer alguma gracinha. Leshaun se sentou e pendurou as pernas pela beirada da cama.

— Qual é, cara. Fala logo.

— Não. Você estragou. Não vou falar nada enquanto você não pedir desculpa.

— Está bem. Desculpe. O que o sr. Agente Mike Rich mais queria?

— Sendo totalmente sincero... e é óbvio que não estou levando em conta a vontade de que nada disto tivesse acontecido, porque, bom, claro que isso seria ótimo... então, se eu pudesse, o que eu mudaria é que eu realmente queria muito não ter feito a declaração do imposto de renda este ano.

Mike começou a conferir a escopeta. Ele não sabia o que era pior: entregá-la carregada ou vazia ao marido da ex-esposa.

Leshaun tomou impulso, caindo com suavidade no chão. Ele não parecia nada mal, considerando o tiro que tinha levado no braço algumas semanas antes e as costelas fraturadas. Mike o olhou de cima a baixo. Talvez Leshaun tivesse se aproveitado um pouco quando obrigara Mike a consertar a calha. Ele se virou de novo para a escopeta e continuou:

— Eu tinha esquecido que teria que pagar o imposto de renda. Toda vez que via minha poupança, ficava animado. Estava pensando em levar Annie para o Caribe no verão. Ficar em um daqueles resorts para toda a família, com atividades para adultos e crianças. Mergulho com *snorkel*, windsurfe, *stand up*, vôlei de praia, pescaria. Eu estava vendo alguns que tinham até coisa de circo.

— Coisa de circo? Tipo palhaços?

— Tipo aulas de trapézio. Imagina que legal seria. Você não acha que Annie teria adorado? — disse Mike. Ele conferiu se a trava de segurança da escopeta estava ativada antes de soltar a arma. Carregada, decidiu ele. Só tomaria cuidado para que Dawson sempre mantivesse a trava de segurança. Ele pegou a Glock que daria para Fanny e liberou o carregador. — E teria sido perfeito, porque eles têm uma espécie de colônia de férias para crianças. Ela poderia entrar e sair sempre que quisesse. Se quisesse fazer alguma coisa com as crianças da idade dela, poderia ir para a tal colônia, e se quisesse ficar comigo... Eu tinha orçado tudo e estava prestes a fazer a reserva. Até arranjei um cartão de crédito novo, um sem tarifas para transações internacionais que desse um baita bônus de pontos se eu gastasse alguns milhares de dólares nos primeiros três meses. Imaginei que seria um esquema "dois por um". Eu usaria o cartão para bancar a viagem com Annie; depois, quando pagasse a fatura, eu receberia um monte de milhas e poderia aproveitá-las para outra viagem com Annie no ano que vem. Teria sido incrível. Mas aí eu fiz meu imposto de renda e descobri que todo o dinheiro que eu achei que teria para uma viagem ao Caribe iria voltar para o mesmo governo miserável que assina meu contracheque.

— Faz quanto tempo que você e Fanny estão divorciados? — Leshaun fez um gesto na direção da cama. — Vamos deixar essas armas fajutas aqui? — Mike fez que sim e Leshaun não reclamou. — Deixe para lá. Não importa quanto tempo faz, o que eu sei é que, desde o divórcio, todo ano você fica surpreso na época do imposto de renda. Todo ano é a mesma história. "Poxa, Leshaun" — disse ele, fazendo uma imitação impressionante da voz de Mike —, "esqueci que tinha que pagar o imposto de renda." E todo ano eu encho o saco para você atualizar seus dados na Receita para ajustarem sua retenção de imposto. Veja eu, cara. Chega abril? Nenhuma surpresa. Faço a declaração em um instante, recebo umas duzentas pratas de restituição e tiro um fim de semana para curtir.

Alguém bateu na porta, e Mike abriu. Annie estava ali, com o agasalho que ele tinha dado.

— A mamãe falou que a gente está pronto. — Annie olhou para Leshaun atrás dele. — Eu vou ganhar uma arma?

— Hum, ainda não — disse Mike.

A verdade era que ele tinha pensado nisso. Sendo filha dele, ela conhecia armas. Mike sabia que Fanny e Dawson não gostavam da ideia. Nenhum dos dois achava que Annie tinha idade para isso. Mas não havia o que discutir. Ele era um agente federal e tinha armas. Era simples assim. Se ele teria armas no apartamento, era melhor Annie entender o manuseio seguro delas do que fingir que aquilo não existia. Mike tinha um cofre no fundo do armário, onde guardava a escopeta, o fuzil e a Glock extra, e toda a munição, mas ele não era ingênuo. Crianças eram criaturas curiosas, e mais cedo ou mais tarde Annie daria um jeito de abrir o cofre. Ou, o que era mais provável, os maus hábitos de solteiro o pegariam desprevenido. Na maioria das vezes, quando chegava em casa à noite, ele largava chaves, carteira e coldre na bancada da cozinha. E se ele fizesse isso em uma das noites em que Annie estivesse lá? Então, apesar dos receios de Dawson e Fanny, ele ensinara a ela o manuseio seguro de armas e até a levara algumas vezes ao estande de tiro. A Glock 27, a arma reserva de Mike — uma pistola que ele achava quase delicada, mas que tinha um tamanho bom para sua ex-esposa —, parecia um canhão quando Annie a disparava com as duas mãos. A tela de bloqueio do celular dele tinha uma foto de Annie usando protetores de ouvido e óculos de proteção ao atirar. Ele achava fofo. Já Fanny não via graça nenhuma.

O gozado, que ele tinha tentado contar para Fanny e Dawson, era que Annie tinha talento. No final da primeira ida ao estande de tiro, Annie conseguira acertar repetidamente um alvo de corpo a dez metros de distância. Depois da terceira ida, ela já atirava melhor que alguns agentes federais conhecidos de Mike e que faziam o treino de tiro sem levar a sério. Ela não estava exatamente pronta para competir, mas pelo menos Mike ficava menos nervoso com os ossos do ofício. Ele tinha certeza de que Annie entendia o bastante de armas para, caso ele desse bobeira e deixasse uma à vista, não se matar por acidente. E também não matá-lo sem querer. Mas nem por isso ele estava preparado para deixá-la andar armada. Ainda não.

— Acho melhor deixarmos as armas para os adultos.

— Quanto tempo até eu poder? — perguntou ela, já se adiantando.

Leshaun riu.

— Você sabe como o seu pai é — disse ele. — Mesmo se desse uma data, ele acabaria atrasando.

Annie deu uma risadinha e saiu correndo. Mike se virou para o parceiro.

— Sério?

— O que foi?

— Valeu por me sacanear — disse ele, e Leshaun riu de novo.

Na sala de estar, todos os adultos passaram mais alguns minutos mexendo nos equipamentos e na comida, protelando. Ninguém queria sair. Eles já haviam discutido por horas, e, embora todos estivessem de acordo quanto ao risco de tentar ir para o leste ser menor que o de continuar ali, ninguém estava animado de sair da cabana de Dawson. Porém, finalmente ficou impossível adiar a viagem, e eles desceram até o bote. Era mais um dia cinzento, e Mike se perguntou se seria apenas o clima ou também precipitação radioativa. Ele não entendia o bastante de bombas nucleares para saber, mas isso era um dos motivos para eles saírem dali. Se entendesse, talvez pudessem ficar.

Mike tinha mandado todo mundo se vestir de modo a cobrir o máximo possível de cabelo e pele. Por sorte, como o clima finalmente estava mais adequado para a estação, não fazia um calor incômodo, e eles não reclamaram. Todos os cinco também estavam com o rosto coberto por máscaras improvisadas com camisetas. Mike não sabia se eles pareciam ameaçadores ou estilosos.

O lago estava tranquilo. A brisa era suficiente para fazer marolas na superfície da água. As copas das árvores balançavam de um lado para o outro como metrônomos. Se Mike não estivesse com tanto medo da precipitação radioativa, o dia teria sido agradável.

Dawson pilotou o bote. Ele manteve uma velocidade de cruzeiro relativamente baixa, de no máximo trinta quilômetros por hora. Por mais que Mike quisesse distância de Minneapolis, ele tinha decidido que era melhor pecar pelo excesso de cuidado, especialmente enquanto estivessem no bote. A verdade era que ninguém ali tinha a menor ideia do que estava fazendo. Eles estavam indo embora porque parecia burrice se abrigar tão perto de onde uma bomba nuclear havia explodido, mas ninguém sabia de fato o que era estar tão perto assim. A radiação estava na água? Na terra? No ar? A única certeza de Mike era que, quanto mais tempo eles passassem expostos à radiação, maior era o risco. Se, em vez de uma casa bonita no lago, Dawson tivesse um bom e velho abrigo antibombas, talvez eles pudessem ter esperado, mas Mike não botava muita fé na eficácia de janelas vedadas com sacos de lixo e fita adesiva.

— Ei, espere aí! — gritou ele para Dawson. Ele se levantou, apoiando-se no encosto da cadeira de piloto de Dawson, olhando para os lados. — Desligue o motor.

Com o silêncio repentino, ele conseguiu escutar claramente. O zumbido rouco de um motor. Não era um barco. Era...

— Ali! — Ele apontou para cima e para trás.

O avião estava ganhando altitude acima do lago. Tinha flutuadores na parte de baixo. Era um hidroavião. Tinha saído do outro lado do lago e nitidamente estava decolando. Parecia um avião pequeno, talvez com capacidade para duas pessoas, mas Mike não sabia se era só impressão por causa da distância. O avião se inclinou ligeiramente, uma curva suave que deixou o piloto em uma posição perfeita para vê-los no bote. Mike levantou a mão e, com urgência, tirou a camiseta do rosto e começou a sacudi-la. Leshaun fez o mesmo.

O avião continuou a curva, um semicírculo, mas continuou em frente, desaparecendo acima das árvores e passando direto por eles. Estava voando baixo o bastante para sumir de vista atrás das copas depois de alguns segundos.

— Droga — disse Mike. — Eu achei mesmo...

Ele ficou quieto. Todo mundo ficou, e eles ouviram a mudança no ruído do motor. O avião estava virando de novo.

Eles o viram se aproximar, voando tão baixo que Mike teve medo por um instante de que ele roçaria nos pinheiros grossos. Depois de sair de cima da floresta e sobrevoar o lago, o piloto desceu lentamente. O avião veio sem a trepidação que Mike às vezes via com pilotos amadores. Ele pousou muito mais perto do que Mike teria imaginado e passou por eles.

No entanto, ao passar, estava vindo tão devagar que Mike conseguiu identificar o piloto: aquele negro mais velho que tinha quebrado o galho deles na semana anterior.

O avião era maior do que Mike tinha pensado — ainda era pequeno, mas grande o bastante para dar um pouco de esperança —, e, depois que o avião fez a volta devagar e se aproximou de novo, Dawson ligou o motor e levou o bote até lá.

— Fique a uns seis metros de distância — disse Mike. — É melhor não deixá-lo nervoso.

Dawson obedeceu e desligou de novo o motor, e eles ficaram flutuando em silêncio. O barulho do avião também parou, e a porta se abriu.

O piloto se inclinou para fora. Sua barba ainda era branca e parecia bagunçada, mas ele exibia um sorriso largo no rosto.

— Que bom que está tudo bem com vocês, amigos. Imagino que aqueles meliantes de que eu falei não criaram problema. Vocês disseram que eram agentes federais, então achei que podiam se cuidar.

Mike viu um vulto que mais parecia uma sombra atrás do homem. Ele lembrou que o sujeito tinha dito que a esposa era boa de mira e imaginou que era ela ali atrás, dando cobertura, mas Mike decidiu ir com calma.

— Nada que Leshaun e eu não pudéssemos resolver — disse ele. — O que não significa que eles não criaram problema. — Ele pensou nos três homens que tinham se esgueirado pela mata, com más intenções tão claras quanto a luz de suas lanternas na noite escura. Ele e Leshaun haviam se livrado deles como se fossem cães raivosos.

Ele sentiu Annie puxando-o pela manga.

— Você está falando daqueles homens que você matou?

A voz soou alta e clara, um sino badalando em um espaço silencioso. Com o lago parado e todos os motores desligados, Mike sabia que o som tinha chegado ao avião.

— Ahn... — Ele olhou para Fanny em busca de ajuda, mas o olhar dela era de pânico; e, quando ele se virou para Leshaun, o parceiro respondeu com uma careta de "*Eu* não". — Desculpe — disse ele para o piloto. — Só um... ahn, só um segundo.

Ele levantou Annie com esforço. Ela havia ficado tão pesada nos últimos meses. Ainda era sua menininha, mas ele não sabia até quando conseguiria pegá-la no colo assim.

— Você sabia disso? Como você ficou sabendo?

Ela estava com as pernas em volta do tórax dele, e Mike cruzou os braços por baixo do traseiro dela para sustentá-la. Os braços da menina estavam enrolados nos ombros do pai, mas ela se inclinou um pouco para trás para conseguir olhar para ele. Deu uma bufada antes de falar.

— Não sou burra, papai.

— Não, claro que não. Não é isso que eu... — Ele se calou.

Estava perdido, e teria sido bom se Fanny o ajudasse. Poxa, ele ficaria grato até com uma ajuda de Dawson. O engraçado era que ele normalmente não se incomodava de ter conversas sérias com Annie. Ele não tinha problema com papos sobre a origem dos bebês, e a filha não hesitava em pedir conselhos quando tinha algum problema com os colegas na escola. Mas, não, ele não estava lá muito preparado para explicar por que havia matado três homens. Ele agira com frieza e rapidez e sabia, com certeza absoluta, que tinha sido a decisão certa. Os três homens passaram de barco, sem camisa, mas armados, e sondaram a propriedade pelo menos duas vezes, e depois vieram à noite, esgueirando-se mal e porcamente por uma trilha que atravessava a floresta. Vieram com malícia no coração e foram despachados para o inferno por balas frias com camisa de cobre. Mas era complicado. Complicado demais para explicar a uma...

— Eles eram bandidos — disse Annie, interrompendo o raciocínio dele. — E você estava nos protegendo.

Ou talvez não fosse tão complicado.

— Isso mesmo, meu amor. — Ela se contorceu um pouco para descer do colo, e ele voltou a atenção para o piloto. — Desculpe.

— Não se preocupe, meu filho. Servi no Vietnã e, como eu disse da outra vez, fui xerife até alguns anos atrás. Eu entendo de bandidos. — Ele gritou para Annie. — Seu pai fez a coisa certa, querida.

Mike assentiu com a cabeça.

— E também estou tentando fazer a coisa certa agora.

— Imagino que você queira dizer que os cinco não saíram só para um passeio.

— Bom, por causa da minha filha e... — Ele quase falou que era sua esposa, mas se conteve a tempo. — E de Fanny, que está grávida, achamos que faria sentido tentar evitar qualquer precipitação radioativa.

O homem assentiu.

— Entendo por que você pensou assim. É o que eu também estava pensando. Na verdade, se não tivéssemos levado tanto tempo fazendo as malas, nós... *Ai!* — Ele se virou, esfregando a parte de trás da cabeça, e disse algo para a sombra parada às suas costas. Mike não escutou a resposta, mas o homem olhou de novo para Mike com um sorriso constrangido. — Não estou culpando ninguém pelo tempo que levamos para sair. Quero deixar isso bem claro. — Ele parou, falou mais alguma coisa por cima do ombro e então deu uma gargalhada antes de continuar. — Enfim, a questão é que, se tivéssemos saído antes, não teríamos visto vocês por aqui. Estou pensando em voar para o norte com algumas paradas no caminho e depois ir para o leste até onde der. Eu tenho um avião, claro — disse ele, exibindo os dentes. — Você, meu caro, não tem. E me pergunto se é uma boa ideia vocês saírem pelas estradas e tal. Pelo que eu soube, as coisas estão bem arrebentadas por aí.

— É o que eu soube também — disse Mike —, e não pude deixar de reparar que esse aviãozinho bacana seu não é tão pequeno quanto eu imaginava. Na verdade, eu me pergunto se ele teria espaço para todos nós...

— Cessna 185. O nome do modelo é Skywagon, mais ou menos como uma perua. Contei cinco no seu grupo. Eu tenho mais uma comigo, e tecnicamente o avião é para seis passageiros.

— Parece uma beleza para pular de poça em poça.

— É anfíbio. — Ele indicou os flutuadores. — Terra ou água, tanto faz. O peso extra dos flutuadores custa um pouco de autonomia. E um pouco de dinheiro a mais, também, mas não temos filhos, então economizar para quê? — Ele deu um sorriso cativante para Mike. — A gente mora em Fargo. Quer dizer, morava. Acho que muita coisa tem que ficar no passado agora. Mas, por causa disso, a gente precisava de rodas para usar em casa e de flutuadores para usar aqui.

— Você disse que ter os dois custa um pouco de autonomia?

— É. Uns oitenta quilômetros, mais ou menos. Ainda dá para tirar umas três horas e meia de voo. Uns oitocentos quilômetros. — Ele parou de falar por um segundo e se virou para dizer algo inaudível à pessoa obscura atrás dele. Mike percebeu que houve uma espécie de conversa até o homem se virar de novo. — É claro que, se eu quiser forçar a barra, dá para ir um pouco mais rápido e um pouco mais longe. — Ele estendeu a mão e deu um tapa na lateral do avião. — Mas, considerando a minha idade e a do avião, não tenho muito interesse em forçar nada.

Leshaun, ao lado de Mike, gritou:

— Ei, eu tenho que perguntar. Quantos anos?

— A aeronave ou eu? — O homem riu. Foi uma risada relaxada, calorosa e cheia de vida. Do tipo que teria combinado com um homem fantasiado de Papai Noel. — O avião é de 1967. Mas ele foi mimado. Tenho um bom mecânico e provavelmente cuido melhor dele do que de mim mesmo. Quanto a mim, digamos que tenho idade suficiente.

Mike sentiu Annie se apoiar nele. Sem olhar para baixo, ele passou o braço em volta da filha.

— Estou aqui pensando que você provavelmente tem razão quanto às estradas estarem arrebentadas. É um bom plano esse seu de ir pulando por cima de tudo. Eu gosto da ideia. Você estaria disposto a aceitar alguns passageiros?

Atrás do homem, a sombra ganhou forma em meio à escuridão. Uma mulher com um fuzil. Ele tinha acertado. Os dois podiam ser simpáticos, e claramente eram boa gente, mas não eram trouxas. Não nesse mundo novo. Não quando sujeitos como os que Mike e Leshaun tinham abatido andavam à espreita. A mulher abaixou o cano da arma e se inclinou para murmurar algo no ouvido do homem. Sem tirar os olhos de Mike, o homem inclinou um pouco o pescoço e respondeu alguma coisa. E então ele fez um gesto com a cabeça e saiu da frente. A mulher tomou seu lugar. Era branca, e Mike sabia que não devia ter ficado surpreso, mas ficou. Ela tinha mais ou menos a idade do homem, com o cabelo grisalho comprido solto em volta dos ombros.

— Rex está sendo um idiota teimoso. Qual é o problema de vocês, militares?

— Não somos militares, senhora — disse Leshaun. — Somos...

— Tanto faz — disse ela, gesticulando com a mão como se quisesse espantar as palavras dele. — Militares. Policiais. Agentes federais. "Ora, que modelo de avião é esse? Você estaria disposto a aceitar passageiros?" Homens. — Ela bufou ao falar essa última palavra. — Falando cheio de rodeios como se vocês estivessem em um filme bobo de faroeste. — Mike escutou a risada rouca que vinha de trás da mulher, e ela se virou e disse com um tom bem ríspido: — Estou incluindo você nisso, seu sonso. — Ela balançou a cabeça e falou com Mike de novo. — Rex disse que visitou vocês, e que vocês pareciam boa gente. E nós dois sabemos que nem todo mundo por aqui é assim. O resumo da ópera é que nós somos dois velhos e que vocês têm uma pequena e mais outro a caminho. Então a resposta é sim.

Mike sentiu Annie abraçá-lo pela cintura. Ele olhou para ela e se virou de novo para a mulher.

— Sim?

— Sim — disse ela. — Vamos levar vocês.

Ela se chamava Carla, e ela e Rex estavam casados havia dez anos. Era o segundo casamento dos dois. Eles interagiam com a tranquilidade de pessoas que tinham se apaixonado com uma idade já avançada, quando ambos já se sentiam nitidamente à vontade consigo mesmos. Eles levaram um tempo reorganizando as coisas para todo mundo caber, já que Carla e Rex tinham preparado o avião sem pensar que levariam passageiros. O Cessna tinha lugar para seis, e eles estavam com uma pessoa a mais — se bem que, considerando o tamanho e a idade de Annie, ela podia ficar revezando de colo em colo.

Rex tinha um filtro de água para acampamento com uma capacidade grande, e, embora fosse inútil contra radiação, serviria em qualquer lugar onde achassem água. Como tinham um hidroavião, eles imaginaram que isso não seria complicado, então a primeira coisa a ser descartada foi a água. Mike já havia feito seu grupo levar bem pouca coisa, mas eles tinham alguns equipamentos básicos para acampar — assim como Carla e Rex —, e todos decidiram que faria sentido manter o máximo possível desses. Roupas foram consideradas dispensáveis, assim como grande parte da comida, especialmente os enlatados. Eles guardaram o suficiente para durar alguns dias. Por fim, foram descartadas duas sacolas grandes de lona cheias de memorabília que Carla tinha trazido da casa deles em Fargo. Ela entregou as sacolas para Dawson colocar no bote.

— Tem certeza? — perguntou Dawson.

Mike estava ocupado enfiando coisas embaixo dos assentos e em qualquer canto, mas deu uma olhada de esguelha no rosto de Carla. Ela nitidamente estava tentando não chorar, mas continuou segurando as sacolas até Dawson pegá-las.

— Tenho um pen drive cheio de fotos, e também fotografei tudo que está nessas sacolas, então isso vai ter que bastar.

Rex se virou no assento do piloto e estendeu a mão para tocar o braço da esposa.

— Carla, a gente pode...

— São só objetos, Rex.

— Mas...

— Rex Millington, eu falei que são só objetos. Temos sete pessoas em um avião para seis, e, mesmo que uma dessas pessoas seja uma miúda como Annie, o espaço é pouco, e peso faz diferença. Se a gente conseguir ganhar mais alguns quilômetros carregando menos quinquilharias, e se esses quilômetros a mais forem preciosos, então, bom, eu estou disposta a me livrar delas.

Todo mundo ficou em silêncio por um instante, e então Fanny saiu do bote para o flutuador, entrou no avião já cheio e abraçou Carla.

Chincoteague, Virgínia

Espingarda estava sentado com as costas apoiadas no pneu da picape. Os tornozelos e os pés estavam na luz, mas o restante do corpo se encontrava protegido do sol e do vento à sombra do veículo. Não era exatamente confortável, mas não era ruim. O mais importante era que, assim, parecia que ele e Gordon estavam relaxando, não tramando uma fuga. Perto deles, Teddie mexia com a câmera e outros equipamentos, mas isso também era só para disfarçar.

— Vai ficar escuro daqui a algumas horas — disse Espingarda.

— Você não acha que vai ser pior? — disse Gordon. Ele estava sentado de pernas cruzadas com o telefone via satélite no colo. Ficou passando os dedos pelos botões de borracha para manter as mãos ocupadas, mas tentou deixar o aparelho abaixado e escondido. Considerando o teor das mensagens de texto que ele e Espingarda tinham recebido de seus cônjuges, não parecia uma boa ideia anunciá-las. Espingarda já havia precisado convencê-lo a não ligar para Amy. — A gente precisa tentar não chamar atenção. Rodriguez com certeza vai botar guardas fazendo rondas. Eles vão estar ansiosos. O melhor é a gente tentar escapulir antes de anoitecer.

Teddie começou a guardar suas coisas na mochila nova. Os fuzileiros os haviam levado a uma loja de materiais de acampamento a algumas quadras de distância. O estoque era surpreendentemente bom, considerando o tamanho da cidade; tinha bastante equipamento para os três civis conseguirem roupas novas, mochilas e até um par de botas de caminhada para Teddie, e a maioria dos fuzileiros se reabasteceu também. Na frente de onde

Rodriguez tinha mandado os fuzileiros estacionarem, havia um hotel barato que atendia a turistas durante o verão. Apesar do impulso generalizado para fugir das cidades grandes, ainda havia alguns quartos vagos, e o gerente, um ex-soldado de infantaria do Exército, tinha fornecido toalhas limpas e acesso temporário a chuveiros para o pelotão poder se lavar.

Gordon achara surpreendente como uma ducha de cinco minutos e roupas limpas podiam ser revigorantes. A cueca nova era feita com um tecido da era espacial que eliminava a transpiração e supostamente não ficava com mau cheiro. Com ela e a calça cargo nova, ideal para caminhadas, uma camiseta bonita com estampa estilizada de onda, um casaco Windstopper e um par de meias finas de lã, Gordon estava ao mesmo tempo bonito e confortável. Ele havia arrematado o conjunto com um boné e óculos escuros, e ainda pegara uma mochila de hidratação da Osprey. A mochila tinha uma bolsa d'água de três litros e espaço para mais uma cueca limpa, meias e uma camiseta, além de comportar uma dúzia de barras de cereais. Como seu canivete multifuncional tinha sumido em algum momento entre Desperation, na Califórnia, e Chincoteague, na Virgínia, ele havia pegado também um Leatherman Skeletool RX. Suas botas já eram boas, então continuara com elas.

Espingarda tinha se equipado do mesmo jeito, com a diferença de que conseguira preservar o próprio canivete multifuncional. Para a surpresa de Gordon, ele também havia trazido duas das bocas de lança-chamas que eles tinham feito no bunker em Desperation. Com isso e mais algumas peças fáceis de arranjar em praticamente qualquer loja de ferramentas, daria para montar um lança-chamas potente.

Quanto a Teddie, ela vinha usando uma mistura de roupas emprestadas e equipamentos militares, e sapatos que talvez fizessem sentido na CNN, mas que não serviam muito ali. Ela tinha encontrado roupas de viagem mais adequadas, e Espingarda a convencera de que seria melhor um par de botas leves de caminhada, que não demorariam a se moldar aos pés dela. Ela também havia escolhido uma mochila de hidratação, e — graças ao milagre da tecnologia moderna, que fazia com que o equipamento de gravação fosse bem compacto — conseguira guardar a câmera e todos os acessórios junto com uma muda de roupas, algumas barras de cereais e algo chamado coletor menstrual. Ela estava prestes a explicar a Espingarda como o coletor funcionava, mas, ao ouvir a palavra *menstrual*, Espingarda levantara as mãos.

— Eu sou gay, mas ainda sou homem — disse ele, indo até os fundos da loja e começando a olhar atentamente os alimentos desidratados para acampamento, enquanto Teddie e Gordon ficaram rindo.

Enquanto estavam na loja, ninguém falou nada abertamente sobre dar um perdido, mas havia um acordo tácito entre Gordon e Espingarda. Antes mesmo de eles ligarem os telefones via satélite e receberem as mensagens de Fred e Amy, Gordon já sabia o que eles tinham decidido. Rodriguez havia indicado que se alinharia à facção rebelde das Forças Armadas, mas e o que o ST11 estava dizendo?

Gordon não sabia o que eles teriam feito se não tivessem os telefones via satélite. Mas eles *tinham* os telefones, e Amy havia relatado com clareza e concisão o golpe e as escolhas que eles precisariam fazer. Embora Gordon compreendesse a motivação dos militares que haviam tentado tomar o controle — ao ver uma aranha, o impulso natural não é pisar nela? —, ele e Espingarda estavam diante da oportunidade de *talvez, quem sabe*, fazer algo que poderia salvar vidas. A amizade de Gordon e Espingarda já era antiga o bastante para ele saber que a questão não era *se* eles tentariam se separar dos fuzileiros e ir atrás de Amy, Fred e da dra. Guyer; era se eles correriam o risco de levar Teddie junto. Gordon nunca soube o que os dois teriam decidido, porque Teddie perguntara diretamente se eles iam embora, e, diante do sim hesitante de Espingarda, ela havia dito que também iria.

— Então, só para confirmar que entendi direito — disse ela.

Manteve a voz baixa. Não era um sussurro, nada que pudesse chamar atenção, mas baixa o bastante para ninguém ouvir de longe. Eles estavam sentados perto da picape que tinham usado na viagem desde o NIH, mas Kim Bock havia parado no lugar mais afastado do estacionamento, e o fuzileiro mais próximo estava a uns dez metros de distância. Não passara pela cabeça de Rodriguez — ainda — que os três civis poderiam fugir.

Teddie continuou enfiando coisas na mochila.

— Sua bugiganga aí pode nos dizer onde as aranhas estão, e podemos usar isso para dizer à presidente onde atacar, em vez de sair jogando bomba por todos os lados.

Espingarda deu uma olhada no ST11. Era relativamente pequeno. Entre outras modificações, eles haviam instalado também uma bateria, para ele não precisar mais de um inversor nem de eletricidade comum. Não era o ideal, mas eles o haviam colocado dentro de outra mochila da loja e deixado um cabo de fora para que o ST11 pudesse ficar ao mesmo tempo guardado e ligado a um notebook. Não era bonito, mas funcionava.

— Não todas as aranhas, não — disse Espingarda. — Pense naquilo que você disse sobre elas se movimentarem como se fossem falsas, lembra? Como se todas estivessem seguindo ordens. Que não era aleatório o bastante para um monte de aranhas. Bom, junte isso com o jeito como o ST11, na versão original, transformou as aranhas em pacifistas. Tenho certeza de que a dra. Guyer, Melanie, vai querer estudar esse fenômeno, e claro que não é só isso, mas basicamente a gente acha que você tinha razão: na prática, as aranhas estão seguindo ordens. A ideia básica do ST11 era usar frequências extremamente baixas como arma, mas parece que acabamos bloqueando as transmissões das aranhas. As ordens, digamos. E, quando reformulamos esta fera — disse ele, tocando o cotovelo na mochila com o ST11 —, o que fizemos foi dar um jeito de receber as transmissões, em vez de bloqueá-las. E depois combinamos isso com um software patenteado que eu desenvolvi para o governo que acessa os satélites de posicionamento global. Com o sistema de GPS instalado, e usando o que sabemos de ondas longas e curtas e propagação ionosférica...

— Preciso ser sincera — disse Teddie —, você agora está parecendo um vilão do James Bond.

— ... *e* propagação ionosférica — continuou Espingarda, como se não tivesse sido interrompido —, acho que podemos determinar de onde as ordens estão vindo. Então, sim, podemos descobrir onde atacar. Teoricamente.

— Teoricamente?

Gordon guardou o telefone via satélite no bolso do casaco.

— Quer dizer, parece ser isso mesmo, mas achamos que a primeira versão do ST11 seria mortal, e ele acabou só deixando as aranhas com sono. Então, assim, a gente acha que está certo, mas...

— Mas?

— Mas não seria a pior coisa do mundo fazer um teste na vida real — disse ele.

— Certo — disse Teddie. — E como a gente faz isso?

— Vamos para Atlantic City. — Gordon puxou sua mochila para si. — Confirmamos que não estamos malucos e depois levamos isto para a dra. Guyer, em quem a presidente confia, e aí a presidente dá um jeito de orientar os ataques e matar todas as aranhas. — Ele parou de falar, pensou um pouco, e continuou. — E depois, para falar a verdade, quando o dia for salvo, nós vamos ser heróis. Vão fazer uma cerimônia para a gente ficar na frente de um monte de outras pessoas e receber medalhas como no final do primeiro *Star Wars*.

— Você está falando do primeiro *Star Wars*, tipo, o velho, ou o episódio um?

Gordon não conseguiu se controlar e lançou um olhar furioso para Teddie.

— O *primeiro* filme do *Star Wars*. O primeiro *Star Wars* é sempre o episódio quatro, *Uma nova esperança*.

Teddie fechou a aba da mochila.

— Que seja, seu nerd. Você é o Chewbacca nesta história?

— Vou literalmente só falar a palavra "afe", Teddie, e seguir em frente. A questão é que estamos recebendo dados de Atlantic City. Então vamos para lá; quanto mais perto a gente chegar, mais apurado vai ser o sinal; e torcer para...

— Torcer para quê? — disse Teddie. — Torcer para não sermos comidos? Porque esse plano parece uma porcaria.

— Na verdade, a gente acha que essa parte não vai ser problema. — Espingarda levantou a mão e cobriu os olhos do sol. Gordon se virou para a mesma direção que Espingarda estava olhando. Do outro lado do estacionamento, um grupo pequeno de fuzileiros estava reunido em volta do capô de um utilitário, observando o que Gordon imaginou ser um dos rádios militares. — Quando chegarmos a Atlantic City, tenho noventa por cento de certeza de que garanto a nossa proteção. Vamos ter que fazer uma parada no caminho, mas, é, precisamos ir para Atlantic City.

De cima deles, pela janela aberta da picape, Gordon ouviu a voz de Kim.

— Atlantic City? Vocês precisam mesmo ir para lá? Não dá só para explodirmos Atlantic City e fim de papo? — A cabeça dela apareceu pela janela. Ela esfregou um dos olhos. — Meu Deus, não dá nem para cochilar por aqui sem acabar ouvindo a conspiração de vocês sem querer.

— Kim...

— Cabo Bock. — Ela esperou um instante e, então, começou a rir. — Brincadeira. Mas você devia ter visto a sua cara. — Ela apoiou os braços na beira da janela e olhou para ele, e depois para Espingarda e Teddie, e depois olhou para onde os outros fuzileiros estavam agrupados do outro lado do estacionamento.

Espingarda se afastou do pneu para conseguir vê-la.

— Até onde você ouviu?

Kim o observou.

— Ouvi o bastante.

— E?

Ela sumiu por um segundo e então abriu a porta para sair do carro.

— Sabem o que é o juramento militar? — Todo mundo balançou a cabeça. — Vocês já devem ter ouvido, e vou errar algum detalhe, mas é mais ou menos assim: "Juro solenemente apoiar e defender a Constituição dos Estados Unidos contra qualquer inimigo, estrangeiro ou doméstico". — Ela parou e balançou a cabeça. — Acho que isso provavelmente inclui aranhas alienígenas bizarras. Então, é, vou apoiar e defender a Constituição dos Estados Unidos contra qualquer inimigo, estrangeiro ou doméstico, e contra aranhas, e tem mais um pedaço que eu esqueci, mas depois continua: "Vou obedecer às ordens da Presidência dos Estados Unidos e às ordens dos oficiais superiores a mim, de acordo com o regulamento e o Código Uniforme da Justiça Militar. Por Deus". — Gordon, Espingarda e Teddie ficaram em silêncio, olhando para ela.

Finalmente, ela deu de ombros.

— Talvez eu não tenha acertado todas as palavras, mas essa é a essência. Não sei bem quem tem razão e quem está errado, mas, quando prestei esse juramento, nunca cheguei a pensar na possibilidade de ter que escolher entre a presidente e o meu comandante. Já vi aqueles monstrinhos de perto. Foi uma baita sorte termos conseguido fugir. Foi um caos. Quer dizer, isso quando a gente ainda achava que uma zona de quarentena daria certo. — Ela encolheu os ombros. — Que engraçado, não é? "Quando a gente ainda achava que uma zona de quarentena daria certo." Parece que foi há anos. História antiga. Mas estamos falando de umas poucas semanas, né? Enfim, isso foi nos arredores de Los Angeles... Bom, na verdade foi bem fora da cidade, na rodovia. Ou interestadual. Não sei bem qual é a diferença entre uma rodovia e uma interestadual, e acho que não tem importância. O importante é que tínhamos bloqueado a estrada, e eram quilômetros e quilômetros de congestionamento, e aí, quando as aranhas começaram a avançar, os militares foram com tudo para tentar contê-las. Caças berrando no céu e lançando mísseis, helicópteros disparando metralhadoras, nós fuzileiros em VTLS com nossas calibres .50 cuspindo centenas de balas por minuto. E os civis? Mesmo com aquilo tudo, as pessoas tinham mais medo das aranhas. Elas correram na *nossa* direção enquanto a gente atirava.

"Vou dizer uma coisa: aquelas aranhas? Elas são um enxame preto de morte viva, e, se por algum passe de mágica eu ficasse responsável pelo universo, eu nunca mais ficaria a menos de mil quilômetros daquelas coisas. Mas também vou dizer outra coisa: quando estávamos no NIH, a casa dos meus pais ficava a só alguns quilômetros de distância. E a gente saiu de lá porque vocês deram um motivo muito bom. Saímos do NIH e dirigimos até aqui porque vocês nos convenceram de que a região metropolitana de Washington seria a próxima na lista de ataques táticos. Todo mundo sabe o que isso significa. Ataques táticos. Duvido que o fato de serem ataques táticos seja um grande consolo para as pessoas que moram em Denver ou em Seattle ou em qualquer uma daquelas outras cidades que viraram um monte de escombros despejando fumaça radioativa. Que moram. Que moravam.

"Falando sério. Nosso pelotão todo ganhou um presente quando veio a ordem de trazermos vocês para o leste. Não fosse por isso, provavelmente ainda estaríamos perto de Los Angeles ou de algum outro lugar que engoliu uma bomba atômica. Como minha avó dizia, eu não nasci ontem. Não sou burra de achar que, de alguma forma, os militares que estavam lá no oeste saíram milagrosamente ilesos daqueles ataques táticos."

Ela levantou o rosto para o céu por um instante e então olhou de novo para Gordon, Espingarda e Teddie.

— E, agora, pelo que estou vendo, existem duas opções: a presidente dos Estados Unidos da América, que autorizou aquelas primeiras bombas atômicas, mas que agora está dizendo que já deu, ou um grupo de generais que tomou o controle de um pedaço grande das Forças Armadas e quer continuar jogando bomba. Eu sei qual é a decisão certa? Claro que não. Sou uma cabo e só tenho dezoito anos. Entrei para o Corpo de Fuzileiros há menos de um ano. Mas o que eu sei é que, se houver alguma chance de impedir que Washington vire uma bola de fogo, se houver alguma opção em que meus pais possam continuar vivos, em que mais gente possa ser salva, bom, tenho que escolher essa.

Ela mordeu o lábio e fez um gesto vago na direção do estacionamento.

— Acho que alguns de nós pensam o mesmo. Não todos. Mas tem alguns em quem eu confio, e acho que vai ser mais fácil vocês chegarem aonde querem se tiverem um pouco de ajuda. O que acham?

Teddie encarou Gordon e Espingarda com os olhos arregalados, mas Espingarda gesticulou com a cabeça. Era Gordon quem tinha que decidir. Espingarda era melhor em engenharia, matemática e, ah, quase tudo, mas Gordon era melhor para sacar as pessoas. Ele pensou um pouco. A ideia de que ela falaria com outros fuzileiros o preocupava. Quanto mais gente soubesse, maior a chance de dar problema. Ele não sabia o que Rodriguez faria se descobrisse sobre o plano de deserção. Só que, pensou Gordon, apenas Kim e os colegas de pelotão dela desertariam. Ele, Espingarda e Teddie eram civis. Mas o problema era este: ele não achava que Rodriguez pensaria assim. Na cabeça de Rodriguez, eles e o ST11 eram "recursos valiosos", e isso significava que, no fim das contas, se tentassem ir embora e Rodriguez não quisesse...

Então valia a pena correr o risco? Ele olhou para Kim. Confiava nela. Era uma garota esperta, e já fazia algum tempo que eles estavam juntos. Com o estresse e a pressão, os dias pareciam meses, e ele acreditava que ela os ajudaria. Confiando em Kim, ele imaginou que ela conhecia bem o bastante os colegas para saber em quem *ela* podia confiar. Porque a verdade era que Kim tinha razão: com o caos nas estradas e todos os problemas que poderiam surgir, seria melhor estarem acompanhados de alguns fuzileiros do que sozinhos.

— Tudo bem — disse ele.

Kim assentiu.

— Vocês três, entrem na picape. E tentem parecer discretos.

— Agora?

— Agora — disse ela, já se virando para atravessar o estacionamento. Mas então ela parou e olhou para Gordon. — Eu sou uma fuzileira. Civis gostam de conversar — disse ela, abrindo um sorriso de dentes brancos. — Fuzileiros gostam de fazer. Vamos puxar o barco, ir para Atlantic City e descobrir como podemos ser heróis. E, ah — acrescentou ela —, se fizerem uma cerimônia de entrega de medalhas como a de *Star Wars*, eu vou ser a princesa Leia.

Central Park, Nova York, Nova York

Melanie viu Amy tirar o cachorro de dentro do helicóptero. Mesmo sabendo que não era necessário, Melanie estava com a cabeça abaixada. Era um reflexo. Os motores do Osprey estavam parando, mas as pás giratórias a deixavam nervosa. Aquela situação toda a deixava nervosa: vestir um uniforme emprestado da Marinha americana, entrar em dois helicópteros diferentes com mais umas cinquenta pessoas, sendo que metade estava apenas vestida com um uniforme militar, enquanto a outra metade de fato era militar, como se eles *tivessem* que sair do USS *Elsie Downs* de um golpe de Estado que estava acontecendo no meio de um apocalipse. Mas a pior parte mesmo tinham sido os cinco ou dez segundos em que o Osprey girara as asas para deixar de ser helicóptero e virar avião. Ela não havia gostado nem um pouco disso.

Mas eles conseguiram chegar ao Central Park. Billy Cannon, o secretário de Defesa, tinha falado durante o voo que a Casa Branca — "Não sei: Casa Branca em exílio?" — estava tomando cuidado com a localização da presidente em Nova York, então eles precisaram pousar no Central Park e esperar um comboio de veículos que os levaria até Steph.

Ela ficou impressionada com a aparente calma de Amy no meio daquilo tudo. Fred ficara fazendo piada o tempo todo para aliviar o nervosismo, mas Amy tinha levado tudo com tranquilidade. Até mesmo ali, Melanie a viu se afastar um pouco com Claymore e soltar a guia para o cachorro poder se aliviar no mato. O cachorro aparentemente entendeu a deixa da dona; quando saiu correndo para trás do arbusto, ele parecia completamente à vontade com o que tinha acabado de acontecer.

Enquanto observava Amy e o cachorro, Melanie sentiu uma mão no ombro. Virou-se e viu Fred, que estava se exibindo para ela.

— Nossa, eu não fico um arraso de uniforme? — disse ele.

Ela teve que rir. Em alguns momentos sentira vontade de falar para ele se conter um pouco, mas, na maior parte do tempo, ele tinha sido exatamente aquilo de que ela precisava: uma válvula de escape. Era curioso como Fred parecia diferente do marido. Enquanto Espingarda era racional e circunspecto, Fred era puro brilho e simpatia. Espingarda, pelo que Melanie sabia após o pouco tempo em que eles trabalharam juntos, gostava de lidar diretamente com as pessoas em um nível intelectual, mas Fred precisava de plateia, e, naquele momento, Melanie aceitava com prazer esse papel. Ela o viu dar uma voltinha com o uniforme e depois encostar o dedo no traseiro e fingir que estava fervendo.

O agente especial Riggs apareceu ao lado de Melanie e apontou para Amy e o cachorro.

— Talvez seja melhor mantê-los por perto. Estamos esperando um comboio. A situação está um pouco caótica, e, para ser franco, seus amigos — disse ele, indicando Fred agora, que havia se afastado e estava se mostrando para Julie — não são prioridade. Se eles não permanecerem perto de você, podem acabar ficando para trás.

Melanie assentiu, e Riggs se afastou, andando até o grupo heterogêneo em volta dos dois helicópteros. Ela olhou de novo para Amy, que estava com o telefone via satélite na mão e parecia conversar com alguém: ela finalmente conseguiu entrar em contato com o marido, pensou Melanie. Amy mandara uma série de mensagens de texto para Gordon, que tinha respondido, mas eles não chegaram a se falar. Assim que tivesse chance, Melanie estava pensando em pegar emprestado o telefone de Amy e tentar falar pessoalmente com Gordon e Espingarda. Amy tinha mostrado uma mensagem deles dizendo que haviam desenvolvido um “rastreador”, mas ela não sabia muito bem o que seria isso. Melanie pensou em ir até Amy e pedir que ela ficasse por perto. No entanto, antes que conseguisse dar um passo, ouviu o som de sirenes. Ela levou um segundo para identificar a origem: uma fileira de veículos aproximando-se com as luzes acesas. Quando olhou para trás, Amy estava gesticulando os braços freneticamente. Ela estava com o telefone grudado na orelha e os olhos arregalados.

— Está tudo bem?

Amy estendeu o telefone.

— É melhor você escutar isto — disse ela.

E, enquanto observava Amy prender a guia de Claymore e a acompanhava ao comboio, Melanie ouviu Gordon explicar a reviravolta do novo e aprimorado ST11.

USS *Elsie Downs*, oceano Atlântico

Ben Broussard tomou mais um gole do café. Ele estava exausto. Mas não era hora de fraquejar. Ninguém subia até o posto de chefe do Estado-Maior Conjunto sem ser capaz de superar os obstáculos. Ele dormiria depois. Indicou para o general Roberts que continuasse falando. Roberts era um cretino desagradável, mas era tão implacável quanto Broussard.

— É muito mais fácil porque os ataques que já fizemos foram autorizados pela presidente. A porta já foi aberta. Estamos bem posicionados em locais estratégicos, mas há alguns focos de resistência. — Roberts abaixou a voz e se aproximou de Broussard. — A situação é frágil, senhor. Acho que, se começarmos a trocar tiros com nossos próprios homens, não vai dar certo. Embora você e eu saibamos que é a única opção, não é fácil convencer as pessoas a usar mais armamento nuclear em nosso próprio território. Não sei se vamos conseguir manter tudo andando se iniciarmos ações ostensivas.

— Não quero derramar o sangue dos nossos homens e mulheres — disse Broussard. Ele se lembrou do corpo de Alexandra Harris caindo no chão. Tinha sido uma pena.

Roberts assentiu.

— Sim, senhor. Mas isso me traz à Operação SALVAGUARDA.

— Quanto tempo até assumirmos o controle?

— Quarenta e oito horas até a contornarmos. Estamos progredindo. Mas talvez seja possível acelerarmos o processo.

— Como?

— Estabelecemos contato com os homens que trabalham na operação, e o apoio a Pilgrim não é unânime. O comandante, o general de brigada Yoats, é um legalista convicto. Contudo, definitivamente há dissensões, e acredito que possamos tirar proveito disso. Mas...

— O quê?

— Se o senhor quiser minimizar o número de ações contra nossas próprias forças, vamos ter que esperar o desenrolar da situação. Depois de quarenta e oito horas, a Operação SALVAGUARDA deve sair do ar, e aí poderemos seguir como o senhor achar melhor.

Broussard esfregou os olhos. Eles já haviam chegado até ali. Era tarde demais para parar. Ele nunca tinha sido o tipo de homem que olha para trás. Depois de considerar todas as variáveis e determinar as medidas a ser tomadas, Broussard seguia em frente até atingir seus objetivos. Tinha sido assim que ele evoluíra na carreira. Por meio de uma teimosia determinada, absoluta, brutal. No começo foi uma questão física. Ele nunca tinha sido o homem mais rápido ou mais forte, mas logo aprendeu um macete: era capaz de resistir a uma quantidade infinita de dor. Todos os outros sempre acabavam sucumbindo àquela voz interior que dizia *chega, não dá para continuar*, mas Broussard sufocava essa voz. Durante os testes para o treinamento nas Forças Especiais, ele tinha que concluir um percurso na selva em menos de cem horas para progredir. Broussard fez em setenta e uma, batendo o recorde do percurso após andar sem parar e deixar de dormir. Quando por fim tirou as botas dos pés, arrancou junto uma quantidade tão grande de pele que precisou ficar uma semana de cama no hospital.

Mas essa era a coisa mais difícil que ele já tinha feito.

Ele nunca gostara de Pilgrim. Nunca confiara nela. Tinha que admitir: provavelmente havia alguma dose de verdade na acusação de que era por ela ser mulher. Broussard era tradicional e velho o bastante para ficar um pouco incomodado com mulheres em funções de liderança e combate. Ele aceitava que o mundo estava mudando, mas receber ordens de uma presidente mulher... Não, o verdadeiro problema não era esse. Era o fato de que ela era civil até a alma. Broussard sabia que havia muitos momentos em que a diplomacia era melhor do que o poderio militar, mas sutileza nem sempre era a resposta. Às vezes, a única coisa que as pessoas entendiam era uma boa e velha surra, e isso era algo que as Forças Armadas dos Estados Unidos sabiam fazer muito bem.

Apesar de tudo, Pilgrim havia sido sua comandante-chefe. O trabalho dele tinha sido aconselhá-la da melhor forma possível. Falar com sinceridade e clareza e cuidar para que, quando ela tomasse decisões que demandassem sua participação, ele fornecesse as melhores informações possíveis. Por mais que ela o irritasse, por mais que ele discordasse de suas diretrizes, Broussard nunca havia questionado que era ela quem dava as ordens.

Mas agora era diferente. Não era um atrito por causa de petróleo ou dos russos botando as manguinhas de fora. Era o fim do mundo. Se ela tivesse dado atenção a ele e aos militares desde o início... se ela tivesse agido... E depois, quando ele finalmente *conseguira* fazê-la agir, executar o Protocolo Espanhol, até assim ela havia se contido no começo. Quando ela enfim autorizara o uso do arsenal nuclear — esse era o trunfo dos Estados Unidos, e não era aquele o momento de usar o trunfo? —, Broussard quase tinha gritado "Louvado seja!".

E até naquele momento ela se continha. Em vez de tentar compensar os próprios erros — e garantir que aqueles monstrinhos malditos parassem de se espalhar, de destruir o país —, ela fazia o mínimo possível. Broussard achava que, na melhor das hipóteses, ela tinha ganhado um pouco de tempo.

Tempo.

Roberts estava dizendo que levaria mais quarenta e oito horas para a Operação SALVAGUARDA sair do ar, o que significava que levaria mais quarenta e oito horas até Broussard poder terminar o trabalho que Pilgrim fora covarde demais para levar a cabo.

Ele tinha quarenta e oito horas?

— Não — disse ele.

— Senhor?

Broussard apoiou as mãos com firmeza na escrivaninha. Ele era um homem de ação e não ia esperar. Melhor derramar um pouco de sangue do que deixar aquelas aranhas voltarem e se aproveitarem da fraqueza da presidente.

— Se temos homens lá dentro, dê as ordens. Custe o que custar. Quero a Operação SALVAGUARDA fora do ar.

Oxford, Mississippi

Santiago já esperava que o traje de isolamento caseiro fosse quente e desconfortável, mas não tinha imaginado que seria tão ruim. E o pior, na verdade, eram as mãos. Ele estava com luvas de cozinha, de borracha, e o calor não tinha para onde escapar, agravando a situação das queimaduras e das bolhas. As mãos doíam demais, e Santiago se perguntava se acabaria ficando com cicatrizes permanentes, caso conseguisse sobreviver àquilo tudo. Mas o lado bom era que a dor às vezes o distraía do tanto que ele estava transpirando. Sentia os rios de suor escorrendo da cabeça e pelas costas. Com certeza as roupas já estavam encharcadas, e a cada passo ele tinha aquela sensação desagradável de pisar com botas molhadas.

Apesar de tudo, ele preferia o desconforto a ser devorado por aranhas, porque, pelo menos até o momento, o aparato parecia estar funcionando. Depois de sair da casa para procurar a sra. Fine, ele não tinha visto nenhuma aranha nas primeiras quadras. Chegou a ficar nervoso por causa disso. Seria um sonho? Já estava com calor e coberto de suor, e uma parte dele se perguntava se aquilo tudo não era um sonho febril, um delírio, um pesadelo provocado por alguma doença. Mas, quando entrou na North Lamar Boulevard, logo confirmou que realmente não estava sonhando.

Todas as aranhas que Santiago tinha visto de perto até então haviam sido queimadas e carbonizadas, carcaças vazias e mortas incapazes de transpor o fosso flamejante que ele construíra em volta de sua propriedade. Já a aranha diante dele estava bastante ilesa. Estava viva e rastejava pela calçada, bem na sua frente.

Por instinto, ele ficou completamente paralisado, com um pé à frente, o corpo parado em uma postura estranha de homem caminhando.

A aranha passou direto por ele sem parar. Era como se ele nem estivesse ali.

Santiago fez o sinal da cruz, algo que não fazia havia muitos anos. As notícias que eles tinham recebido eram tão vagas e cheias de falsidades óbvias que ele não se atrevera a abrir o jogo com a esposa quanto à aparente inutilidade daquela missão. Mas ali estava ele, um cavaleiro radiante em sua armadura de botas de borracha, capa de chuva e calças impermeáveis, um par de luvas de cozinha, uma máscara de respirar de rosto inteiro e quase um rolo completo de fita adesiva. Mas ele tinha certeza de que não parecia um cavaleiro. Não com a cabeça e o rosto totalmente cobertos pelo capuz da capa de chuva e pelo respirador. No máximo, ele provavelmente parecia Marty McFly do filme *De volta para o futuro*, quando ele entra no quarto do pai e usa o walkman para... Santiago parou. Por que exatamente McFly tinha entrado no quarto e colocado o headphone nas orelhas do pai? Ele se lembrava claramente da cena, da imagem de Michael J. Fox acima da cama, um visual alienígena e ameaçador, tocando rock and roll alto para assustar... mas para quê?

Ele balançou a cabeça. Não era a hora nem o lugar para isso. Ele tinha uma missão. Sra. Fine. O problema, pensou Santiago, era que, mesmo se o traje de isolamento funcionasse como esperado, ele não sabia para onde a sra. Fine tinha ido. Precisava achá-la antes que...

Ah. Droga. Ele sabia para onde ela tinha ido. Claro.

Santiago estava prestes a começar a andar de novo quando sentiu algo na perna. Olhou para baixo e deu um grito que virou uma gargalhada descontrolada. A aranha era uma daquelas com listra vermelha nas costas. Ela rastejou pela perna dele, andou por cima da virilha — uma sensação que ele nunca mais queria vivenciar de novo — e desceu pela outra perna, passando pela bota e indo embora linda e faceira. O demônio de oito patas pareceu muito pesado, mas a única comparação que Santiago conseguiu fazer em termos de tamanho foi com um daqueles patinhos de borracha de que o filho, Oscar, gostava tanto quando era pequeno. A aranha era maior, claro, contando aquelas patas cabeludas, articuladas e bizarras, mas o corpo tinha mais ou menos o mesmo tamanho do patinho. Claro que uma daquelas aranhas terríveis boiando na banheira provavelmente não daria tanta felicidade a Oscar quanto o pato amarelo pintado como jogador da universidade Ole Miss.

Ele percebeu que ainda estava parado no mesmo lugar e se perguntou se era porque sabia. Ali, ainda a algumas quadras da universidade, ele estava começando a ver aranhas, e, se continuasse, quanto tempo demoraria até ver o corpo da sra. Fine? Ou algo pior?

Mas Santiago não podia parar. Estava comprovado que aquele traje improvisado o protegeria. Agora, ele tinha uma dívida para com a mulher que o havia tratado como um filho e que agia como avó para os *dois* filhos dele. Porque isso era importante. Eles tinham muitos amigos. A mulher de Santiago, principalmente, era sociável. E, claro, Oscar nunca tinha sido um problema. Mas Juliet? Ele amava muito a filhinha, e compreendia por que algumas pessoas olhavam para ela e não conseguiam enxergar tudo o que ela tinha de maravilhoso. No entanto, compreensão e perdão eram duas coisas diferentes, porque a sra. Fine tratava as crianças como se fossem seus netos, ao contrário da sogra de Santiago. Ele nunca, jamais, perdoaria a mãe de sua esposa por ter dito preferir que eles tivessem abortado quando descobriram que Juliet seria uma criança com deficiência. Não fazia diferença que às vezes, nos cantos mais obscuros e profundos da noite, o próprio Santiago admitisse que a vida deles seria mais fácil se Juliet não tivesse nascido. Não fazia diferença, porque ele sabia que, embora a vida pudesse ter sido mais fácil, teria sido menos plena. Embora os dois nunca tivessem conversado sobre isso, não abertamente, parecia que a sra. Fine também sabia.

Desde o princípio, a sra. Fine sempre os ajudara. Antes de Juliet nascer, ela cuidava de Oscar só de vez em quando. Mas, nos primeiros meses depois de Juliet chegar, quando Santiago e a esposa viviam no hospital, a sra. Fine tinha sido uma extensão da família. Levava comida para eles no hospital, ia com Oscar ao parque, e até trabalhava no posto de gasolina quando Santiago não conseguia achar ninguém para cobrir alguns turnos. Ficava sentada atrás do balcão tricotando um cobertor para Juliet, assim como ela havia feito um cobertor para...

Ah, nossa. E agora ele estava chorando. Sra. Fine. Ela havia sido uma mulher generosa, gloriosa. Merecia mais do que aquilo, e Santiago se deu conta de que, mesmo conhecendo-a por tantos anos, com tudo o que ela havia feito por sua família, ele nunca dissera que a amava.

Era tarde demais para isso.

Mas ele se obrigou a continuar andando, porque não era tarde demais para fazer a coisa certa. Ele encontraria o corpo e o levaria para casa e o enterraria, e, se ele e sua família sobrevivessem, a memória da sra. Fine continuaria viva até o último suspiro que eles dessem.

Virou à direita na Jackson, à esquerda na rua Nove e à direita na University. Enquanto andava, a massa de aranhas foi ficando mais densa, primeiro uma ou outra aqui e ali, depois grupos esparsos, e então dezenas delas. Quando ele finalmente alcançou o campus, as aranhas estavam por todos os lados. Para onde olhasse, ele as via rastejando. Porém, não havia sinal da sra. Fine. Ele passou por cem ou duzentos corpos, todos envoltos em teias, e conferiu cada um. Na maioria das vezes, havia pele exposta suficiente para ver que não era a sra. Fine, mas, em vinte ou trinta ocasiões — o bastante para ele perder a conta —, Santiago engoliu a náusea e usou as mãos cobertas de luvas para afastar as teias e dar uma olhada.

Ele começou a pensar se não teria se enganado — se a sra. Fine não poderia ter ido para outro lugar —, mas já estava tão perto do estádio que parecia bobagem não dar pelo menos uma conferida.

Foi uma surpresa ver os portões escancarados. Santiago nunca tinha sido muito fã de esporte, mas imaginava que o campo não tinha acesso liberado. Quando chegou perto o bastante para ver o gramado, ele parou. O lugar estava cheio de corpos. Aos montes. Devia haver pelo menos cem, cento e cinquenta corpos cobertos de teia no campo, e mais uns cinquenta que haviam conseguido se afastar um pouco antes de serem engolidos. Havia até um carrinho de golfe com a logo da Ole Miss tombado na linha de fundo, ao lado de um corpo estendido no chão que estava parcialmente coberto de teias brancas.

— É uma pena, não é?

Ele soltou um grito e pulou ao mesmo tempo, recuperando o equilíbrio logo antes de cair.

— Sra. Fine?

Ela estava na arquibancada, a meros cinco metros dele. Parecia... normal.

Mas por todos os lados ele viu sombras pretas rastejando entre os assentos, subindo e descendo pelas superfícies verticais. Havia muitas aranhas no lugar onde ela estava, mas no canto do alto, longe da sra. Fine, era impossível contar a quantidade. Uma massa preta e reluzente que pulsava e se retorcia. A cena era hipnótica e pavorosa. Santiago se lembrou da vez que encontrara um guaxinim morto no beco entre a casa dele e a loja e o empurrara com o pé. A barriga do guaxinim se revolvera, tão cheia de larvas que o fizera vomitar.

— Como...

Ele se calou e ficou parado ali, esperando, enquanto ela descia lentamente em sua direção. Foi só quando ela parou bem na frente dele e o envolveu com um daqueles seus abraços calorosos que Santiago se permitiu acreditar que era verdade.

— Não sei — disse ela, soltando-o. — Fiquei esse tempo todo esperando. Teve um momento, assim que entrei aqui, em que comecei a subir até lá. — Ela não precisou apontar ou gesticular para Santiago saber que ela se referia ao mar turbulento de negrume no alto do estádio. — Vi uma onda delas vindo na minha direção, mas aí parei, recuei, e foi como se eu tivesse desaparecido. Desde que eu ficasse aqui, elas me ignoravam. Ah, de vez em quando algumas passavam por cima de mim, e pode acreditar — disse ela, balançando a cabeça e dando uma risada curta e contida —, não gostei. Mas elas mostraram tanto interesse por mim quanto por qualquer objeto do estádio.

Ela levantou a mão e deu uma batida de leve no vidro da máscara de respirar.

— Não parece muito confortável aí dentro. Você está todo suado.

— Está quente — admitiu ele.

— Bom, o jornal disse que algumas pessoas tinham sido ignoradas. Acho que dei sorte. — Ela engoliu em seco e começou a chorar. — Por favor, me perdoe. Que sorte, hein? Achei que estava fazendo uma coisa nobre, mas você se arriscou para vir me procurar. Eu estava tentando evitar ser um fardo para vocês, e nem isso eu consegui fazer direito.

Ele estendeu os braços e a envolveu em um abraço como se ela fosse sua filha. E ficou segurando-a enquanto ela chorava.

Quando se recuperou, ela deu alguns passos para trás, tirou um lenço da bolsa e assoou o nariz com um barulho alto que não combinava com o tamanho dela.

— Não acredito que você veio me procurar — disse ela.

— Claro que vim. É o que se faz pela família. Nós amamos você. *Eu* amo você. Não é à toa que nós te chamamos de *abuela*.

Uma fileira de aranhas — vinte, trinta, talvez quarenta — passou rastejando por eles, mas, embora tivessem chegado perto, aparentemente não perceberam as duas pessoas, uma velha, uma não tão velha, de pé acima do campo de futebol.

— Bom, então é melhor voltarmos para casa — disse a sra. Fine. — Mas, ah, meu Deus. Que tristeza aqueles meninos. — Ela fez um gesto com a mão para indicar as massas cobertas de teia com os restos do time de futebol americano da Ole Miss. — Veja só. O mundo desabando à nossa volta, mas o técnico estava aqui treinando com o time. Ele sempre começava os treinos de primavera tarde demais para o meu gosto, e acho que ele não deixaria de fazer a avaliação dos meninos por nada, debaixo de chuva ou de sol ou de aranhas. Que pena.

Ela apontou para um ponto perto da linha de vinte jardas. Para Santiago, não passava de um monte de corpos e teias, com um fluxo constante de aranhas indo e vindo, mas, para a sra. Fine, eram as ruínas do futuro glorioso do futebol americano da Ole Miss.

— A gente estava preparando dezoito titulares. Dezoito! E essa turma de recrutas só tinha craque, juro. Giles ia ficar no banco durante o primeiro ano, mas eu vi os primeiros treinos. Ele adiantou a formatura do ensino médio e se matriculou um semestre antes só para conseguir entrar a tempo dos treinos de primavera... e ele estava *frenético*. Jogou uma beleza de bola, um lançamento espiralado digno de nota, mas até da arquibancada dava para ver a velocidade. Eu poderia ter jurado que ouvi a bola zunindo ao sair dos dedos dele. Com um *quarterback* assim? Se meu marido ainda estivesse vivo para ver Giles jogar aquela bola, ele teria sofrido outro ataque cardíaco.

Santiago assentiu com a cabeça, mas, na verdade, ele era uma criatura rara em Oxford. Não dava a mínima para futebol americano. Ele olhou para a massa que se revolvia na arquibancada.

— O que você acha que tem lá em cima? — perguntou ele. — Por que elas estão aglomeradas ali?

— Ah, vai saber. E vai saber por que meus ossos velhos não despertaram o apetite delas? Vamos voltar para casa e tirar você dessa roupa maluca, e eu vou me sentar um pouquinho com Juliet e talvez ler uma história para ela.

Santiago achou que era uma boa ideia, então eles deram meia-volta e começaram a andar.

Oslo, Noruega

Ela ainda não havia se aventurado para fora do auditório da escola. Tinha sentido a destruição incendiária das bolsas de ovos que estavam no celeiro a poucos quilômetros de distância, então continuara na escuridão, na segurança profunda do auditório. Suas pequenas podiam buscar a luz. Podiam lhe trazer o que fosse necessário.

Logo. Logo ela estaria pronta para sair. Já sentia a carcaça apertada começar a rachar. Não demoraria até ela se esgueirar para fora daquela casca e assumir sua forma final.

Operação SALVAGUARDA, local não revelado, ultrassecreto

O tenente-coronel Lou Jenks olhou o relógio. Ele sempre quisera uma oportunidade de sincronizar relógios, mas, agora que estava acontecendo, parecia consideravelmente menos empolgante. Na verdade, ele estava dividido.

Não havia a menor dúvida quanto ao lado em que ele estava. Tinha feito tudo que a Força Aérea dos Estados Unidos lhe pedira. Tinha deixado de ser um adolescente meio rechonchudo com cabelo cor de palha e se transformara em um homem esculpido capaz de dar e seguir ordens. Embora nunca tivesse participado de um combate de verdade, antes da transferência para o bunker ele chegara a trabalhar na função que acabaria lhe servindo de fachada: havia feito a manutenção de aeronaves empregadas em atividades das Operações Especiais em zonas de guerra, e estivera perto o bastante da ação para conseguir ouvi-la. Quando recebeu a ordem de ir para a Operação SALVAGUARDA, ele obedeceu sem reclamar uma única vez, mesmo sabendo que teria que passar seis semanas a cada oito enclausurado no subterrâneo, morrendo de tédio. E, quando a presidente deu ordem para usar bombas nucleares, ele fez o que tinha sido treinado para fazer, conferindo as listas de verificação e registrando os códigos que Hubbard ditava.

A vida inteira ele sempre desejara ser piloto. Queria ser um herói, pilotando um caça e abatendo os bandidos em batalhas aéreas cinematográficas. Mas, aos dez anos, ele precisou usar óculos, então teve que se contentar com a segunda melhor opção: alistar-se na Força Aérea e trabalhar naqueles caças. O pai queria que ele entrasse para o Exército, como ele próprio, mas o velho nunca passara uma imagem muito glamorosa da coisa. Lou não estava muito interessado em se arrastar na lama e marchar longas distâncias com uma mochila pesada nas costas. Claro, teve um pouco disso no começo, mas tudo acabou dando mais ou menos certo. Melhor que certo, porque, depois de entrar, ele percebeu que a Força Aérea era tudo o que ele queria fazer da vida. Ele era um aviador de carreira da cabeça aos pés, e estudou e cumpriu todos os passos para se tornar oficial. E a partir disso foi um passinho aqui, outro ali, e mais um monte de outros até a Operação SALVAGUARDA preparar o terreno para mais algumas promoções. Sua vida inteira era a Força Aérea, Força Aérea, Força Aérea. Ele se entregou com tudo que tinha, e, em troca, eles retribuíram com tudo de volta.

Foi por isso que ele sofreu tanto quando a presidente o traiu.

Ele sabia que não era nada pessoal, que Stephanie Pilgrim não estava sentada na Casa Branca tramando para puxar o tapete de Lou, mas era assim que ele se sentia. Denver não existia mais. Seus pais não existiam mais. Seus amigos, sua namorada. Sua cidade natal era uma zona morta. E tudo porque ele tinha cumprido o próprio dever tal como havia treinado, porque ele tinha obedecido às ordens e permitido que a presidente usasse bombas nucleares em território nacional.

Ele ficava repetindo para si mesmo que, se fosse para vencer, se fosse para acabar com aquelas aranhas, então, sim, ele teria feito tudo de novo. Teria sacrificado a própria vida. Mas eles não tinham vencido. As aranhas continuavam lá, e o golpe de Estado tinha acontecido por causa deste fato básico: a presidente havia começado um trabalho, mas não queria terminá-lo. Ela havia sacrificado Denver por nada.

Alguns dos outros operadores tentaram discutir com Yoats, mas o general de brigada não quis nem saber. As ordens estavam dadas. Eles estavam sob o comando da presidente Pilgrim. Não interessava a Yoats que, àquela altura, a maior parte das Forças Armadas tinha se voltado para a linha de raciocínio de Lou. Gomez, um dos operadores, não conseguiu deixar para lá, e Yoats mandou prendê-lo, mas, como não havia uma prisão ali, ele ficou trancado dentro de um almoxarifado.

Ainda assim, Lou se sentia dividido, porque, mesmo sabendo de que lado ele próprio estava, Yoats não era a única pessoa que teimava em se opor ao golpe de Broussard. Hubbard, que estivera no posto com Lou quando chegaram as ordens de ataque, também era rigorosamente a favor da presidente. Eles eram meio que amigos, e Hubbard tinha dito em confidência que estava preocupado.

— Olha, cara, nós dois sabemos que Yoats está certo de defender a presidente — dissera Hubbard, e Lou fizera um esforço enorme para não se entregar.

Isso tinha acontecido quando eles estavam no canto dos fundos do refeitório, conversando em volta dos restos do café da manhã. Hubbard gostava de chá, mas Lou tinha preparado um *latte* de soja na máquina chique da mesa de bebidas.

— Depois de se alistar, a primeira coisa que a gente faz é prestar um juramento — continuou Hubbard. — Nós recebemos ordens de nossos superiores, e eles recebem dos deles, e assim vai até o topo. Eu sei que não é todo mundo que gosta de uma mulher como comandante-chefe, mas o trabalho é dela. Hierarquia, sabe? Se a gente não respeitar isso, o que sobra?

Hubbard pegou o último pedaço de donut confeitado no prato e jogou para dentro da boca. Mastigou com agressividade, engoliu e se inclinou para Lou, nitidamente com receio de alguém mais escutar, apesar de não haver mais ninguém no refeitório.

— A questão é que, apesar de você e eu sabermos disso, acho que nem todo mundo concorda com Yoats. Quer dizer, tem o Gomez, óbvio, mas ele tem uma desculpa.

Lou tomou um gole do *latte*, pensando no coitado do Gomez. Era o operador mais jovem e tinha vindo de Los Angeles. Para ele foi pior. Primeiro as aranhas, depois as bombas. Droga.

— Mas não é só ele. Tem os caras que discordam sem disfarçar. Chappie e McNair estão circulando por aí feito cachorros procurando briga. Mas não é isso que me preocupa. Acho que tem alguma coisa acontecendo, Lou. Se você tivesse me perguntado algumas semanas atrás, eu teria dito que nem no dia de São Nunca algum dos homens do bunker desobedeceria a uma ordem direta de Yoats; mas, se você tivesse me perguntado algumas semanas atrás, eu também teria dito que nem no dia de São Nunca aconteceria um golpe de Estado no país.

— O que você quer dizer? — Lou ficou surpreso com a tranquilidade em sua própria voz.

— Só estou dizendo que é melhor ficar de olhos e ouvidos abertos. Tudo bem? E fique perto de mim. Se der merda — disse Hubbard, sem conseguir conter um sorriso —, você vai ter um faixa preta à disposição.

Lou ficou se sentindo péssimo. Ele não se importava com Yoats. O cara tinha sido um bom comandante, mas eram os ossos do ofício. Já Hubbard...

Ele olhou para o relógio de novo.

Estava na hora.

Ele bateu na porta de Hubbard.

— Já vai!

Depois de uns trinta segundos, Hubbard abriu.

— Foi mal, cara — disse ele. — Acabei de sair do chuveiro.

— Ah, é. Que pena. Eu ia perguntar se você queria ir comigo para a academia. Eu estava pensando naquilo que você disse mais cedo. — Lou abaixou a voz. — Sabe, aquilo de alguns caras estarem pensando em alguma coisa, e pensei que você poderia me ensinar uns golpes, só por via das dúvidas. Trabalhar um pouco esse jiu-jítsu.

Foi que nem balançar um pedaço de bacon na frente de um cachorro. Lou nem acabou de falar direito e Hubbard já saiu pelo corredor a caminho da academia.

O percurso levou uns quarenta segundos, e nesse tempo todo Lou ficou olhando o relógio. Antes, ele estava achando que ia se atrasar para levar Hubbard até a academia, mas o cara estava tão ansioso para ajudar que eles chegaram trinta segundos antes da hora.

Hubbard entrou na sala de combate corpo a corpo na frente dele.

A sala tinha mais ou menos seis por seis, e o chão era coberto de tatames. Cheirava a meia suada, aquela catinga estranha de homens tentando pulverizar outros homens, e de repente veio à mente de Lou uma lembrança visceral de quando Hubbard o humilhara na única vez em que eles haviam lutado. Isso facilitou um pouco a parte seguinte. Ele olhou de novo para o relógio. Dez segundos.

— Ei, Richard.

— Fala.

— Que cicatriz é essa? — Ele apontou para a cabeça de Hubbard com a mão esquerda, enquanto levava a direita até as costas e levantava a barra da camisa.

— Que cicatriz?

— Aqui — disse Lou. Ele puxou a pistola de repente, pensando em acertar bem no olho de Hubbard. Ele não sabia se tinha tentado ser engraçadinho demais, ou se havia demorado um segundo a mais do que seus companheiros, e por isso Hubbard escutara um tiro em algum lugar no bunker, mas Hubbard deu um pulo para trás.

O safado era rápido. Lou tinha que reconhecer. Mas não era mais rápido que uma bala. Só que foi o bastante para arruinar a pontaria dele, e o tiro pegou na garganta de Hubbard, bem perto do pomo de adão. O bizarro foi que Hubbard continuou de pé. O sangue jorrava apesar de ele botar a mão em cima do ferimento, mas parecia muito que ele ia...

Droga!

De repente, Lou estava no chão debaixo de Hubbard, que cuspia sangue e o esmurrava com uma das mãos, enquanto com a outra prendia o braço que estava segurando a arma. E então, mesmo com o sangue espirrando da garganta como um chafariz, Hubbard virou a mão de Lou à força para apontar a arma para o rosto dele, colocou os dedos por cima dos dedos de Lou e apertou o...

Casa Branca Manhattan, Nova York, Nova York

Manny não parava de olhar para o cachorro. Por que diabos havia um cachorro ali? E quem eram a mulher e o homem que tinham vindo com o cachorro? Não eram cientistas, mas pareciam associados a Melanie e ao pequeno grupo de homens e mulheres que *eram* cientistas. Dane-se, pensou ele. Não era nisso que ele devia se concentrar, especialmente depois de Melanie prometer uma "reviravolta".

Eles estavam no cômodo que vinha sendo chamado de Salão Oval apesar de não ser oval nem ficar na Casa Branca. Todo mundo se esforçava ao máximo para injetar alguma dose de normalidade em uma situação totalmente surreal. Quando tudo virava de cabeça para baixo, alguma coisa tinha que servir de referência para ajudar a manter o equilíbrio.

Sendo o gabinete da presidente, ainda que temporário — esperava-se —, claro que aquela era a maior sala do edifício. A escrivaninha era um colosso de jacarandá muito antigo que poderia ter servido como mesa de banquete em caso de necessidade, e havia uma área de estar com dois pesados sofás Chesterfield azuis, além de um canapé e um par de cadeiras com um estofado floral que Manny achava absurdamente feio, ainda mais levando em conta o bom gosto do resto da decoração. Embora não fosse o Salão Oval de verdade, tinha o mesmo clima. Régio, sério e imponente, mas sem deixar de ser um espaço de trabalho. Se bem que, naquele momento, estava lotado. O cômodo era grande o bastante para comportar, com conforto, umas quinze pessoas, mas havia pelo menos duas vezes mais do que isso ali dentro.

Além de Melanie, dos outros cientistas e do casal misterioso com o cachorro, Billy Cannon também estava lá com outros militares, mais um punhado de assessores e de membros do alto escalão do governo, incluindo a diretora da Divisão de Segurança Cibernética Nacional, com o infeliz nome de Bertha Biggins, e o consultor científico da presidente, o dr. Hickson Churley, que, na opinião de Manny, era um palhaço. Quando passou os olhos pelo cômodo, Manny sentiu uma pontada súbita de tristeza ao se dar conta de quem não estava lá: Alexandra Harris. Ele havia aprendido a gostar da presença de Alex. Como seu pai teria dito, Alex podia ser uma senhorinha tinhosa às vezes, mas ela estava no auge, e Manny pensava com frequência que ela havia nascido uma geração antes daquela que realmente reconheceria seu valor. Maldito Ben Broussard. Quando aquilo tudo acabasse...

Manny estava sentado ao lado de Steph em um dos sofás e se inclinou para murmurar no ouvido dela.

— Ainda acho que você devia dar a ordem. Ative o protocolo Mateus 5:45 agora. Broussard é uma bomba-relógio, e...

— Que droga, Manny — chiou ela. — Eu sei. E *você* sabe que, quando eu fizer isso, não tem mais volta. Nosso arsenal nuclear vai se tornar tão útil quanto um saco cheio de pedras. Quero preservar meu direito de mudar de ideia e usar as bombas pelo máximo de tempo possível. Essa é a minha decisão, Manny.

Melanie foi para o centro da sala, na frente da escrivaninha, e ficou esperando para chamar a atenção de Steph. Manny balançou rapidamente a cabeça para ela e levantou um dedo para indicar que precisava de um instante.

— Se esperar tempo demais, a decisão *não* vai ser sua. Vai ser de Broussard.

Steph lançou um olhar furioso para ele. Não era nada que Manny nunca tivesse visto. Ele não gostava, mas sabia que uma das coisas que ela mais valorizava nele, em termos de política, era que ele nunca tinha sido um bajulador. Steph deu uma bufada ruidosa e comprimiu os lábios.

— Está bem. Vamos ouvir o que Melanie tem a dizer e, depois, podemos voltar a isso. Vamos avaliar em que pé Broussard está no processo de derrubar os firewalls.

Manny concluiu que não conseguiria mais do que isso, então sinalizou que Melanie devia começar. O cômodo ficou em silêncio quando ela falou.

— Todo mundo deve estar com acesso à apresentação de slides em seus tablets. Por favor, abram o slide um. Vocês verão a foto de uma aranha-do-

-inferno da primeira onda junto de uma das aranhas-do-inferno da segunda onda. A primeira é totalmente preta, e a segunda tem uma listra vermelha.

Ambos tinham tablets, mas Steph se mexeu no sofá, inclinou-se para Manny e cochichou "Aranhas-do-inferno?" pelo canto da boca. Foi baixo, mas Melanie escutou.

— Ah, sim. É, a gente começou a chamá-las de aranhas-do-inferno. — Manny viu Melanie olhar para Julie por um instante e se virar de novo para a presidente. — Parecia um nome adequado, e precisávamos chamá-las de alguma coisa. — Ela continuou: — Se vocês passarem ao slide dois, verão essas duas aranhas e mais um terceiro tipo, que estamos chamando de rainha. Então temos aranhas-do-inferno da primeira onda, da segunda onda e rainhas. Por favor, observem que o slide dois está em escala.

Manny ouviu algumas pessoas prenderem a respiração. Ele já havia visto aquelas fotos e ainda estava muito perturbado, então sabia quão chocante era ver o tamanho das rainhas pela primeira vez.

— É óbvio que isso está muito além da esfera do que estamos acostumados a ver. A maior aranha de que se tinha notícia antes é mais ou menos do tamanho de um prato raso. Isso contando as patas, não o tagma, que é... Desculpe. Vou tentar evitar o cientifiquês. O corpo é menor... mais ou menos do tamanho de, sei lá, uma pera. Quando olhamos para as aranhas-do-inferno da primeira e da segunda onda, elas são bem grandes, mas nada além do que poderíamos esperar do mundo natural. Já as rainhas são outra história.

Do outro lado da sala, o dr. Churley balançava a cabeça, em óbvia oposição. Manny ficou irritado antes mesmo de o sujeito abrir a boca. O consultor científico da presidente era novo no cargo. Tinha entrado para o governo só uma semana antes de as aranhas aparecerem, para substituir a dra. Pihu Agnihotri, que tinha pedido demissão depois de descobrir um câncer de mama no estágio IV. A dra. Agnihotri tinha sido uma escolha fácil. Era genial e simpática, e também havia sido uma conquista política enorme tanto para o governo quanto para a oposição. Na carreira toda de Manny, ele só se lembrava de umas quatro ou cinco vezes em que uma decisão agradara a todo mundo, como a escolha da dra. Agnihotri. Infelizmente, o dr. Churley era uma conquista só em termos de política. O currículo dele parecia impressionante, mas era uma daquelas concessões que Manny estava disposto a aceitar porque dava poder de barganha para a presidente em outra frente. A nomeação era tão recente que Manny havia interagido muito pouco com

Churley, mas, pelo pouco que vira do sujeito até ali, Manny teria adorado ver o doutor metido a besta cair de um helicóptero bem alto. Na realidade, esse era um dos motivos por que Churley não havia sido consultado desde que aquilo tudo começara. Manny não sabia sequer como o doutor tinha conseguido entrar ali na sala.

— Você tem certeza absoluta de que a escala está correta? — disse Churley. — É inconcebível que uma aranha deste tamanho...

— Sim. Tenho.

Embora Manny quisesse que Melanie chegasse logo à conclusão, uma parte dele ficou empolgada ao vê-la cortar Churley.

— Bom, não sei não — continuou Churley, como se, de alguma forma, ele tivesse informações privilegiadas. — Há um limite físico muito simples para o tamanho máximo de uma aranha. O peso delas só aumentaria proporcionalmente, até que, em algum momento, elas perderiam a capacidade motora. Realmente é inconcebível que...

— Churley!

Manny chegou a se sobressaltar. Ele não havia esperado que a presidente gritasse com o sujeito, e — considerando a proximidade da boca de Steph com seu ouvido — ele levou um susto.

— Só quero dizer que, com todo o respeito à dra. Guyer, é inconcebível que uma aranha desse tamanho pudesse...

A presidente o interrompeu de novo.

— Pare de falar. Quero ouvir o que Melanie tem a dizer.

— Mas...

— Calado. — Ela falou com um tom firme e frio, e a boca de Churley se fechou. Ela se virou para Melanie, cheia de expectativa.

Melanie pensou por um instante.

— Tem muita coisa que não sabemos nem compreendemos, mas os dados aqui são sólidos.

Churley não conseguiu se conter.

— É só que é inconcebível...

— Chega!

Dessa vez, Manny estava preparado para o rompante de Steph, mas mesmo assim ele ficou surpreso quando ela se levantou e apontou para o sujeito.

— Você. Saia já desta sala. Na verdade, saia da minha vida. Se eu vir você de novo, vou mandá-lo para o pelotão de fuzilamento.

Churley ficou imóvel por um segundo e, então, alisou cuidadosamente a frente da camisa e a gravata, deu meia-volta e saiu da sala. A porta se fechou com um clique pesado, e o recinto ficou em um silêncio sepulcral por um segundo.

Os olhos de Melanie estavam tão arregalados que Manny achou que ela parecia um animal assustado no meio da estrada. Ela pigarreou, mas não falou nada. Steph se sentou de novo no sofá ao lado de Manny, e ele se mexeu e disse, à meia-voz:

— Você não vai realmente mandá-lo para o pelotão de fuzilamento, não é?

Isso bastou para Steph dar uma risadinha educada e desfazer a tensão no ambiente. Melanie continuou falando.

— Certo, ainda estamos no slide dois. E, como eu ia dizendo, isso está em escala. Quanto ao... Para ser sincera, não faço a menor ideia de quem era aquele cara, mas, quanto ao Capitão Inconcebível, nunca vimos aranhas do tamanho das rainhas das aranhas-do-inferno, mas não chega a ser algo inédito. Houve diversos momentos na história do planeta em que existiram criaturas de tamanho exagerado. Há os exemplos óbvios, como tiranossauros e saltassauros e outros dinossauros gigantes do Cretáceo. E, no final da última era do gelo, havia animais enormes no mundo inteiro. Tem um livro chamado *A sexta extinção*, de Elizabeth Kolbert, e a autora chamou essa estratégia de "grande demais para recuar". Supõe-se que existiu um castor na América do Norte do tamanho de um urso. E aí, uns treze mil anos atrás, eles todos foram morrendo.

Steph se inclinou para a frente.

— As aranhas?

Melanie balançou a mão que não estava segurando o tablet.

— Não sei. Acho que não. A maioria dos cientistas acredita que a extinção da megafauna foi causada pela disseminação dos seres humanos. Mas a questão é que nós achamos que as aranhas-do-inferno estão em um ciclo extremo de eclosão e hibernação. Eu tive a sorte de conseguir examinar uma bolsa de ovos imediatamente antes do surgimento da primeira onda. Ela foi escavada em um sítio arqueológico nas Linhas de Nazca, no Peru, e estava enterrada com objetos cuja idade estimada era de cerca de dez mil anos. Então, por enquanto, nosso melhor palpite é que o ciclo de eclosão se organiza do mesmo jeito que o desaparecimento de certas espécies de cigarras, que ficam reclusas por treze ou dezessete anos. Faz sentido. Explica por que não existe nenhum registro escrito das aranhas-do-inferno e por que a eclosão foi uma surpresa absoluta.

— E também explica os padrões de eclosão. — Essa veio de Billy Cannon, que estava no sofá de frente para Manny e Steph. — Não é? Os meios de transporte modernos foram uma das causas para esse desastre todo. Elas só conseguiriam se espalhar por alguns quilômetros por conta própria. Mas com aviões, trens, carros...

— Isso! Exato! — Melanie apontou o dedo para Billy, entusiasmada.

Manny abaixou a cabeça, tentando disfarçar o pequeno sorriso involuntário que tinha aparecido em seu rosto. As coisas entre ele e a ex-esposa nunca voltariam ao que eram antes, mas ver a empolgação de Melanie quando ela estava à vontade com um assunto o lembrava do motivo pelo qual havia se apaixonado. Claro que essa mesma paixão pelo trabalho tinha arruinado o casamento, mas isso era outra história.

— Há dez mil anos, as aranhas não teriam conseguido viajar assim. Fizemos algumas análises, e, pelo que pudemos ver, alguns locais na China e na Índia foram focos primários de ocorrência das aranhas-do-inferno, e essas aranhas encontraram hospedeiros que espalharam ovos para outros focos, secundários. Los Angeles foi um foco secundário. Há cem ou duzentos anos, a América do Norte provavelmente teria sido poupada disso tudo. E, pelo menos por enquanto, tanto a Nova Zelândia quanto a Austrália continuam totalmente intactas. O que é irônico, claro, considerando a quantidade de coisas venenosas que vivem na Austrália.

— Peru — disse Manny, em voz baixa, e depois ele repetiu, mais alto: — Peru. Os ingleses... Antes de sairmos da Casa Branca. Os ingleses achavam que isso tudo podia ter começado no Peru. Marco zero.

Melanie assentiu com a cabeça.

— É possível. Mas não é isso que importa agora. O importante é que temos esses três tipos de aranhas-do-inferno, certo? As da primeira onda parecem ter o objetivo de se disseminar o máximo possível e remover qualquer ameaça. As da segunda fazem algo semelhante, mas também atuam como comedoras. Elas preservam alimentos em casulos e, aparentemente, levam essa comida para as rainhas que ainda estão se desenvolvendo nas bolsas de ovos. Passem para os slides três, quatro e cinco.

Manny sentiu a onda de repulsa se espalhar pelo cômodo conforme as pessoas deslizavam as telas. A primeira foto era nitidamente um corpo humano sob um manto de teia. A cobertura era mais densa em torno do tórax e da cabeça, felizmente, então eles não precisaram ver o rosto da pessoa, mas era diáfana em torno dos tornozelos e dos pés descalços. A segunda foto era de uma distância maior e estava um pouco granulada, como se tivesse sido retirada de um vídeo de câmera de segurança, e exibia cinco volumes distintos de corpos embrulhados. O último slide era nitidamente uma imagem de satélite e mostrava um estádio de futebol americano. Manny usou os dedos para ampliar a imagem. Ele enxergou no meio do campo a logo da Ole Miss, parcial e terrivelmente obscurecida por corpos cobertos de branco. Quando ele diminuiu a imagem para ver o estádio inteiro, eram cem corpos, talvez duzentos, e as arquibancadas estavam cheias de pontos pretos que se concentravam mais em uma direção, de modo que o canto sudeste da arquibancada parecia uma única massa preta gigante.

Alguma coisa chamou sua atenção no canto nordeste do estádio. Ele afastou o polegar e o indicador para dar zoom. A imagem tinha uma resolução extremamente alta, e, conforme ele a ampliava, nenhum detalhe se perdeu.

— Melanie — perguntou ele —, de quando é essa foto? A do slide cinco.

Um dos assessores parados atrás do sofá respondeu antes de Melanie.

— Menos de uma hora, senhor.

Melanie inclinou a cabeça.

— Por quê?

— Bom — disse ele —, ou eu estou ficando maluco, ou parece que tem duas pessoas na arquibancada. — Ele levantou o tablet e apontou. — Uma delas está usando algo que parece um traje de isolamento, e a outra, bom, é uma velhinha. Pelo que dá para ver.

Um burburinho se espalhou pela sala conforme as pessoas começavam a ampliar a imagem em seus próprios tablets, e passaram-se uns dez ou vinte segundos até Melanie responder.

— Talvez seja melhor o dr. Dichtel assumir por um instante. Vamos sair da ordem, mas, bom, Will?

Will, que estava recostado na parede, se afastou com o pé e parou ao lado de Melanie.

— Certo, então, aranhas não têm dentes de fato. — Ele ergueu a mão para refrear as perguntas inevitáveis. — Ou pelo menos não do jeito que vocês pensam. Em suma, as aranhas usam as presas para secretar um veneno que basicamente dissolve a presa. Até podem esmagar um pouco com os pedipalpos, mas, na prática, elas transformam a comida em uma pasta líquida que é sugada. O impressionante das aranhas-do-inferno é a velocidade com que conseguem fazer isso. Imagino que todos aqui tenham visto vídeos de pessoas sendo devoradas até os ossos em questão de segundos. Agora, existem inúmeras variedades de venenos de aranhas, e eles são incrivelmente complicados. A dra. Guyer é só uma das várias pesquisadoras que vêm estudando a eficácia dos venenos de aranha para tratamentos médicos, o que é particularmente interessante porque latrotoxinas, que têm um alto peso molecular, ativam neuromediadores...

— Will.

Ele olhou para Melanie.

— Desculpem. Cientifiquês. Certo, a questão é que existem dois tipos de veneno. O primeiro é necrosante e danifica e mata as células com que entra em contato. Isso é o que as aranhas-do-inferno estão usando para dissolver carne humana com tanta rapidez. Por incrível que pareça, as aranhas da primeira onda parecem capazes de alterar o veneno necrosante quando usam uma pessoa ou, creio eu, um animal, o que teria sido mais provável em termos de evolução, como hospedeiro para depositar seus ovos. Esse veneno dissolve e regenera a pele, permitindo que a aranha entre no corpo e praticamente feche a ferida atrás de si. Nós achamos provável que seja uma estratégia desenvolvida para aumentar a capacidade de expansão. Isso permite que o gasto de energia com o deslocamento fique por conta dos portadores.

"O segundo tipo de veneno é neurotóxico e atua diretamente no sistema nervoso. Esse só é usado pelas aranhas da segunda onda, as que têm listra vermelha nas costas. A neurotoxina que elas injetam nas vítimas atua quase imediatamente como um agente paralisante. Não tive tempo de realizar testes abrangentes nas propriedades desse veneno, mas temos imagens e uma quantidade suficiente de relatos de testemunhas para confirmar que uma mordida dessas pode derrubar uma pessoa e deixá-la completamente paralisada, como se ela tivesse levado um tiro. Parece que essas aranhas também são capazes de produzir um veneno necrosante que funciona exatamente como o das aranhas da primeira onda, o que não é tão surpreendente assim; não é incomum que aranhas possam exibir tanto venenos necrosantes quanto neurotóxicos. Como as aranhas-do-inferno parecem ser muito antigas, elas não desenvolveram esses atributos especificamente para matar pessoas. E isso nos dá uma vantagem."

Manny chegou a soltar uma risada. Will o encarou, assim como praticamente todo mundo na sala.

— Desculpem — disse ele. — Acho que não pensei que teríamos alguma vantagem aqui. Se não me engano, foi... — Ele procurou a dra. Nieder na sala e apontou para ela ao encontrá-la. — Você me falou em outra reunião que acreditava que as aranhas tinham parado de evoluir porque não precisavam mais disso. Você as comparou a tubarões como perfeitas máquinas de matar.

Enquanto falava, Manny viu Melanie tocar no braço de Will e sussurrar alguma coisa no ouvido dele. Ele respondeu com outro sussurro e voltou para seu lugar na parede, nitidamente contrariado com a interrupção de Manny. Realmente, Manny estava um pouco constrangido, mas, poxa, qual era a desses gênios?

— Eu pedi ao dr. Dichtel que saísse da ordem de apresentação porque — disse Melanie —, voltando àquele homem que você viu no estádio usando uma espécie de traje de isolamento, a falta de evolução *é* uma vantagem para nós. Sim, é claro que devíamos morrer de medo dessas coisas, e o fato de que elas não precisaram continuar evoluindo significa que eram perfeitas. Eram. Pretérito. Porque, embora o veneno necrosante delas seja capaz de atravessar a carne como uma faca quente na manteiga, existem substâncias que ele não consegue atravessar, como plástico, borracha e vidro. O dr. Dichtel testou o veneno em todos esses materiais, e parece que a substância não produz nenhum efeito. Pode ser que haja outros materiais, mas, por enquanto, plástico, borracha e vidro são suficientes, porque são esses os materiais que usamos para fazer...

— Trajes de isolamento. — Manny ficou animado. Ele piscou e gesticulou com as mãos, pedindo desculpas por interromper de novo.

— Exato. Sabemos de pelo menos um grupo de cientistas no Japão que conseguiu entrar com trajes de isolamento em uma área infestada e voltar ileso. Aparentemente, os trajes também atuaram como uma espécie de disfarce. Parece que as aranhas não, aspas, "enxergaram" as pessoas vestidas com trajes de isolamento. Então é bem possível que aquele cara no estádio esteja... — Ela parou e franziu o cenho. — Se bem que isso não explica a mulher — disse ela, levando um dedo aos lábios —, exceto pelo fato de que também sabemos que as aranhas-do-inferno ignoram um percentual da população. Imaginamos que seja para reservar um estoque de alimento para as ondas subsequentes, mas não temos certeza disso.

— Lanches. — Essa veio de Steph, que observava Melanie com um olhar animado. — Vá logo para a parte boa.

— Certo. Lanches. Em termos realistas, um ser humano é igual a um burrito para as aranhas-do-inferno, uma casca macia com recheio saboroso. Mas como é que elas sabem se devem atacar alguém ou não? Quando uma aranha-do-inferno ignora uma pessoa, como as outras aranhas-do-inferno sabem que devem fazer o mesmo? E, o que é mais importante, temos muitos relatos confirmados de que algumas pessoas foram ignoradas mais de uma vez. Em outras palavras, não se trata de uma única aranha-do-inferno ou um grupo específico que decide que uma pessoa não deve ser incomodada, mas de uma compreensão que parece ser transmitida para todas.

Manny finalmente entendeu. Isso significava que as aranhas estavam se comunicando. Melanie tinha sugerido isso ao chegar, mas, no caos e na correria para tentar começar a reunião o mais rápido possível — fazia sentido ela apresentar o relatório uma vez só, diante de um grupo maior, para não perder tempo —, ele não havia entendido direito. Então as aranhas tinham alguma forma de conversar entre si, de transmitir informações, e de repente Manny ficou... otimista? Porque, se as aranhas conseguiam se comunicar entre si, talvez houvesse alguma forma de interferir nisso.

Melanie continuou, descrevendo as conclusões dos cientistas em relação ao modo como as aranhas era aparentemente coordenadas. Ela apresentou a teoria de Teddie, de que o movimento das aranhas parecia quase falso, usando o exemplo dos efeitos especiais antigos produzidos com computação gráfica. Explicou algumas das diferenças entre tipos de aranhas e as semelhanças e diferenças entre as aranhas-do-inferno e todas as outras espécies, avançando pela reunião em ritmo acelerado, parando de vez em quando para responder a perguntas e, sempre que necessário, pedir contribuições dos outros cientistas — Dichtel, Nieder, Haaf e Yoo. Foi uma apresentação bem preparada, e ela abordou bastante coisa, evitando a pergunta sobre como as aranhas se comunicavam para explicar o máximo possível sobre todo o resto antes de chegar ao assunto principal, o que Manny estava torcendo muito para ser mesmo uma reviravolta.

Depois de falar por quase vinte minutos, Melanie parou, bebeu um pouco d'água e passou os olhos pelo cômodo. Ela estava nitidamente empolgada. Algo parecido com um sorriso se insinuava em seus lábios, o que fez Manny se lembrar do aniversário de trinta e cinco anos dele. Melanie nunca tinha sido boa para guardar segredo, e ela passara o dia inteiro tentando se conter, mas, no jantar, havia tirado um embrulho pequeno e elegante da bolsa. De tanta surpresa, Manny soltara um palavrão alto no restaurante silencioso: um TAG Heuer Monaco vintage. O mesmo modelo usado por Steve McQueen em *As 24 horas de Le Mans*, com a icônica caixa quadrada. O primeiro relógio do mundo com cronógrafo automático, e Manny tinha comentado antes que era o tipo de relógio ao qual ele aspirava. Devia ter custado uns cinco mil, em perfeitas condições. Novo em folha. E agora estava — Manny deu-se conta — em um estojo giratório para relógios dentro do cofre do apartamento dele em Washington. Era bem capaz de nunca mais ver aquele relógio. Ele olhou para o pulso, mas não para conferir a hora, só para ver o elegante Shinola Runwell Chrono que usava no momento. Ele gostava dos relógios da Shinola. Eram fabricados em Detroit, o que passava uma mensagem boa, e tinham um preço muito mais razoável. Aquele ali, novo, tinha custado uns setecentos dólares. De repente, Manny percebeu que não lembrava se Detroit estava na lista de trinta e uma cidades destruídas por ataques nucleares táticos; talvez, dali para a frente, todos os relógios da Shinola passassem a ser *vintage*.

Ele sentiu a pontada aguda do cotovelo de Steph nas costelas.

— Manny — chiou ela. Ele se endireitou. Não era um bom momento para devaneios.

— O que nos traz à situação atual. Temos notícias boas e ruins. As ruins primeiro. Quando nós, hum, saímos do laboratório, uma das coisas que estávamos procurando era algum sinal de ecdise. A muda das aranhas. Elas descartam o exoesqueleto, a parte externa dura, para poder crescer.

Manny sentiu um calafrio se espalhar pela sala.

— Estamos preocupados porque não sabemos se essa muda serve só para o crescimento ou se envolve algo mais. Considerando o que vimos acontecer entre a primeira e a segunda onda de aranhas-do-inferno e a diferença entre essas duas versões e as rainhas, nosso medo é que elas possam estar se preparando para algo mais... que exista um modelo novo, por assim dizer, a caminho.

Manny ouviu alguém gemer. Talvez tivesse sido ele mesmo.

— Como o quê? — perguntou ele. — Uma aranha que cuspa fogo ou algo do tipo?

— Ha-ha, Manny — disse Melanie. No entanto, o jeito como ela falou ainda o lembrou daquela noite do aniversário, um jeito de quem nitidamente estava muito satisfeita.

— A boa notícia é a seguinte. As aranhas-do-inferno são assustadoras por muitos motivos: conseguem se reproduzir muito rápido, depositam ovos em hospedeiros, são capazes de cobrir e devorar uma pessoa inteira. Mas o mais difícil de assimilar para nós, na minha opinião, é o fato de que elas trabalham juntas. Isso nos desconcertou por um tempo, porque estávamos nos fundamentando pelo modelo de outras criaturas que adotam uma estrutura com rainha, como formigas ou abelhas. No entanto, com essas outras criaturas, existe a sensação de que a rainha controla a colônia, mas é diferente. — Ela olhou diretamente para Steph. — Sem ofensa, senhora presidente, mas, quando pensamos em insetos que são controlados por rainhas, é mais ou menos do jeito que a senhora trabalha. As rainhas dão ordens, mais ou menos, e essas ordens então são transmitidas adiante até que no final um monte de gente esteja trabalhando em conjunto para realizar algo. Basicamente, a senhora dá as ordens, e o governo federal faz o que foi pedido...

— Você está ciente de que uma parte considerável das Forças Armadas dos Estados Unidos está tentando aplicar um golpe de Estado, certo? — disse Steph, com um tom sarcástico.

Melanie prosseguiu sem se abalar:

— ... o governo federal faz o que foi pedido, mas não é uma entidade monolítica. São centenas de milhares de pessoas, todas tentando realizar mais ou menos o que foi ordenado, mas também meio que cuidando da própria vida. Com as aranhas-do-inferno é diferente. Elas não são indivíduos. São extensões umas das outras. Acho que nos enganamos desde o início. Estávamos agindo como se fossem milhões e milhões dessas aranhas, dezenas de milhões. Mas não é isso. Não são milhões de aranhas. São algumas aranhas divididas em milhões de pedaços.

Ela passou alguns minutos explicando o que tinha acontecido no laboratório do NIH quando Espingarda e Gordon demonstraram a máquina matadora de aranhas, o ST11.

— E, claro, embora aparentemente as aranhas não tenham sido danificadas, percebemos que o que a máquina fazia, na prática, era interromper a comunicação delas. Parece que as aranhas-do-inferno precisam de contato constante. Funciona como se fosse um wi-fi. A gente quer ver um seriado, e, se o sinal estiver forte, não tem problema. Até com um sinal fraco daria para baixar o episódio e assistir. Mas sem wi-fi? Não dá para ver nada. Só um retângulo vazio na parede com uma rodinha girando em vez da sua comédia preferida. Com o ST11 ativado, é como se as aranhas não tivessem wi-fi. Na prática, elas são inofensivas.

A presidente se inclinou para a frente e apoiou o tablet na mesinha de centro. Tocou com o dedo na tela.

— Então nós podemos, sei lá, aumentar a potência desse aparelho e bloquear o sinal? Podemos fazer isso?

Melanie balançou a cabeça.

— Mesmo se pudéssemos, seria uma solução temporária. Assim que o ST11 é desligado, é como se alguém apertasse um botão. Elas param de ser aranhas inofensivas e viram as aranhas-do-inferno de novo.

— Quero conversar com esse tal de Espingarda, porque, para ser sincera, Melanie, eu aceitaria uma solução temporária agora. — O rosto de Steph estava absolutamente sério, e sua voz, soturna. — Nossos maiores esforços resultaram em pelo menos cem milhões de americanos mortos e vastas porções do país em ruínas. Se existe alguma coisa para quebrar o galho...

— Não, não — disse Melanie, com um tom extremamente empolgado. — Aí é que está. Nós achamos que temos algo melhor. Espingarda não está aqui. Está indo para Atlantic City.

— Como é que é?

— Desculpe — disse Melanie. — É um pouco complicado. Mas é por isso que Amy e Fred estão aqui. — Ela indicou a mulher e o homem com o cachorro.

O cachorro tinha permanecido quase totalmente imóvel esse tempo todo, aninhado aos pés da mulher, mas, como se soubesse que de repente tinha virado o centro das atenções, ele começou a bater o rabo no tapete.

Fred levantou a mão.

— Espingarda é meu marido.

Manny olhou para Melanie e se virou de novo para Fred e Amy.

— Tudo bem, vamos lá: por que é que seu marido está em Atlantic City?

— Porque ele descobriu um jeito de achar o sinal.

— Fred, deixe comigo — disse Melanie. Ela se virou para Manny e Steph. — Eles adaptaram o ST11 para, em vez de bloquear os sinais de comunicação, conseguir rastreá-los.

— Espere aí — cuspiu Manny. — Quer dizer que todas as aranhas-do--inferno recebem esses comandos para se transformarem em monstros carnívoros e que, com essa máquina, é possível bloquear os comandos e fazer com que elas sejam inofensivas?

— Sim.

— E que agora esses camaradas que inventaram essa máquina descobriram um jeito de determinar com precisão a origem desses comandos?

— Sim. Acreditamos que sim. Quer dizer, é por isso que Gordon, Espingarda e alguns fuzileiros estão indo para Atlantic City. Para confirmar se isso funciona. Eles estavam... não sei. Em algum lugar da Virgínia? Enfim, o sinal mais próximo vinha de Atlantic City. — Ela abaixou os olhos para ver o relógio, um modelo esportivo com pulseira amarela. — Devem chegar lá em menos de uma hora.

— Certo — disse Manny. — Então, partindo do princípio de que não sejam devorados, eles sabem dessa história dos trajes de isolamento?

Melanie assentiu.

— Certo. Então, ainda partindo do princípio de que não sejam devorados, o que vai acontecer quando eles chegarem a Atlantic City?

Na cabeça de Manny, a coisa toda tinha sido mais ou menos como uma partida estranha de tênis, com o foco de atenção na sala pulando entre Melanie, Steph, Fred, Manny, Fred, Melanie, e depois um bate-rebate rápido entre ele e Melanie. Só que, nessa última pergunta, Melanie claramente não estava esperando a bola voltar para sua quadra, porque fez uma expressão confusa.

— Essa é uma ótima pergunta — disse Melanie.

Surgiu um burburinho na sala, conforme as pessoas começavam a falar, e Melanie olhou para os outros cientistas e os dois civis.

Manny sentiu uma ligeira pressão no ombro e percebeu que, enquanto estava fazendo as perguntas para Melanie, um assessor tinha entrado na sala e estava inclinado por cima do encosto do sofá, falando baixo no ouvido de Steph.

E, pelo jeito como o rosto dela ficou pálido, não era nada bom.

Steph se virou para ele e sussurrou:

— A Operação SALVAGUARDA está comprometida.

— O quê? Como? Broussard devia ter levado pelo menos mais dois dias para contornar...

— Houve um motim no bunker.

Manny dobrou-se para a frente e apoiou a cabeça na mão. Respirou fundo e se levantou de um salto.

— Certo. Desative!

Foi como se uma bexiga tivesse estourado. A sala estava barulhenta, cheia de gente falando, e de repente se fez um silêncio mortal. Ele apontou para Melanie.

— Qual é a firmeza disso?

— Firmeza?

— Qual é o seu grau de confiança em tudo o que nos contou? Quanta certeza você tem de que podemos desmantelar as aranhas-do-inferno se rastrearmos seus sinais, e quanta certeza você tem de que podemos rastrear esses sinais?

Melanie lançou um olhar nervoso para os outros cientistas.

— Talvez oitenta por cento.

— Isso não é suficiente — disse Steph. — Eu sei o que você está pensando, Manny. Mas preciso de mais do que oitenta por cento.

— É cem por cento. — A voz foi alta e confiante. O homem que tinha vindo com o cachorro. Frank? Não, Fred. Ele estava de braços cruzados e parecia resoluto enquanto falava: — Meu marido disse que funciona, e, se ele diz que funciona, então é cem por cento.

Todo mundo se virou de novo para Steph. Ela respirou fundo.

— Cem por cento? Você quer dizer que eu posso confiar no seu marido...

— Senhora — disse Fred, interrompendo-a. Não era algo que se podia fazer com a presidente, e Manny ouviu alguém prender a respiração na sala. — Não me leve a mal, até porque votei em você, e nós doamos muito dinheiro para a sua campanha, mas ninguém duvida de Espingarda. Se você contar para ele que eu falei isso, eu nego, mas aquele homem é um gênio. Se ele disse que vai funcionar, vai funcionar. Ele é... — Fred se calou, como se de repente percebesse que o jeito como estava se dirigindo à presidente talvez não fosse completamente adequado.

Steph se virou para Billy Cannon.

— Billy, a Operação SALVAGUARDA está comprometida.

Billy ficou pálido, o que, considerando sua reputação e as medalhas que havia recebido por coragem sob fogo, era bastante assustador.

— A senhora está falando de Mateus 5:45? Tem que fazer isso.

Ela se virou para Manny.

— Manny?

— Faça.

Stephanie respirou fundo, segurou o ar, e fechou os olhos enquanto exalava.

— Que Deus nos ajude se eu estiver errada — disse ela. — Me tragam a bola de futebol.

A sala irrompeu em barulho, e Manny teve que gritar de novo para impor a ordem.

— Nem um pio de ninguém aqui, se não vou mandar todo mundo sair.

A maleta de emergência era sempre transportada por um assessor militar com credencial de segurança de nível máximo. A assessora em serviço, uma fuzileira robusta, parou na frente de Steph em menos de dez segundos. Em circunstâncias normais, a assessora teria levado a presidente para um canto, mas Steph apontou para a mesa de centro.

— Vamos resolver logo isso.

— Com licença! — A voz foi alta, insistente. Manny sentiu um nó no estômago e, antes mesmo de olhar, já sabia que era Fred.

Manny se levantou.

— Eu avisei que mandaria...

— *Não* estou falando com *você*. — Foi uma das poucas ocasiões em que Manny ficou sem palavras. Fred parecia incapaz de seguir o decoro que correspondia ao status da presidente. Ou ele não fazia a menor ideia da gravidade da situação, ou simplesmente não dava a mínima. Quando ele continuou falando, Manny percebeu que era a segunda opção. — Você está pensando em lançar mais bombas atômicas? Porque tem gente que nós amamos lá fora, e não vou deixar você sacrificar essas pessoas. Já falei que se meu marido...

Steph levantou a mão, e, para a surpresa de Manny, Fred realmente parou de falar.

— Eu acredito.

— O quê? — Fred parecia chocado.

— Eu acredito. E, por causa disso, não, não estou dando ordem para lançar. Isto tem um nível de sigilo tão absurdo que menos de vinte pessoas em todo o governo dos Estados Unidos sabem que existe, mas, oras, *ele* descobriu de algum jeito — disse Steph, indicando Billy Cannon com um gesto da cabeça. — Não. Estou prestes a desativar tudo, e, depois disso, não vamos poder lançar mais nenhuma bomba atômica. Então espero que seu marido seja tão maravilhoso quanto você diz. Tudo bem?

— Sim. Obrigado.

Steph inclinou a cabeça, curiosa.

— Você realmente não percebeu que era uma pergunta retórica? Minha nossa. Deixe para lá. — Ela voltou a atenção para o trabalho.

Manny tinha se acostumado a ver a maleta de couro preta que acompanhava a presidente para todo lado, mas ele nunca imaginara que veria Steph usá-la de fato. Aparentemente, Steph também não.

— É a segunda vez esta semana que tenho que abrir isto — disse ela, tirando a valise de metal de dentro da maleta de couro. Manny assentiu com a cabeça, mas ele não tinha estado presente quando ela autorizara os trinta e um ataques. Naquela ocasião, embora tivesse sido uma situação urgente, ela havia feito como mandava o figurino, preservando a santidade da bola de futebol. Agora, Manny percebia que não teria mais importância.

Manny ficou um pouco surpreso com o aspecto banal do conteúdo da valise. Um livro de capa preta com umas cem páginas, um livro de capa verde consideravelmente mais fino, uma pasta bege, com mais ou menos uma dúzia de folhas de papel grampeadas, e um único cartão grande cheio de texto. E...

— Isso é um BlackBerry? Ainda fabricam isso? — perguntou Manny.

Billy Cannon tinha atravessado a sala e parou ao lado de Manny.

— Modificado. Tem uma bateria incrementada, então pode passar sessenta dias em modo de espera sem precisar de recarga. Para falar a verdade, o BlackBerry é só uma carcaça. Os componentes internos são todos exclusivos, mas o Mateus 5:45 não teve que reinventar a roda. Só dar um jeito de quebrá-la para ela não girar nunca mais.

Steph tinha pegado o BlackBerry e agora estava olhando para eles dois, irritada.

— Em primeiro lugar, Cannon, quando tudo isto acabar, você vai me dizer como foi que ficou sabendo de Mateus 5:45. Em segundo lugar, pelo amor de Deus, vocês podem ficar quietos, por favor?

Ela não esperou ninguém responder e digitou uma expressão longa, movimentando os polegares com tanta rapidez que Manny não conseguiu acompanhar o que ela estava escrevendo. Ela parou, o polegar pairando por cima do botão verde de enviar.

O silêncio na sala era sepulcral, e o som mais alto vinha daquele cachorro ridículo arfando. Claymore estava sentado, mas, igual a todas as pessoas na sala, observava Steph atentamente, como se soubesse que estava acontecendo algo sério. O que chamou atenção de Manny foi que, enquanto todo mundo parecia estar prendendo a respiração, o cachorro estava arfando. Isso chamou atenção de Steph também. Foi como se só nesse momento ela tivesse percebido a presença do labrador marrom.

— Por que tem um cachorro aqui?

Fred ergueu uma única sobrancelha.

— Ele tem nome, viu? É Claymore. E o que a gente ia fazer, deixar ele para trás?

A presidente encarou Fred por um instante, assentiu como se isso fizesse todo o sentido, e apertou o botão.

Parada de caminhões da Interestadual 80 Recreação para toda a família, restaurante e posto de gasolina Taco Bell Pizza Hut Starbucks KFC Burrito Barn 42 Flavors Ice Cream Extravaganza Coast-to-Coast Emporium, Nebraska

Eles estavam ajoelhados sob o sol do Meio Oeste, com os corpos projetando pequenas sombras. O profeta Bobby Higgs percebeu uma movimentação inquieta entre alguns dos peregrinos ao redor dele. Sabia que seu próprio rebanho estava acima de qualquer suspeita, mas ele tinha absorvido muitos homens, mulheres e crianças do grupo reunido por Macer. Eles tinham vindo àquele oásis não em busca da glória de Deus, mas apenas para se abrigar da ira daqueles demônios de oito patas que haviam emergido das profundezas do inferno.

Bobby reconheceu que talvez tivesse enlouquecido em algum momento. Não fazia tanto tempo assim desde os dias em que ele realmente era só um vigarista. Ele tinha sido bom nisso, mas nunca apelara para a violência. Não era normal para ele fazer o que fizera com Macer, condenando-o a uma morte pavorosa, preso dentro de uma carreta quase sem luz e com pouca ventilação junto de quatro pessoas que definitivamente estavam infestadas de aranhas.

Contudo, estava muito claro para Bobby que a ação tinha sido correta. A voz de Deus realmente estava falando com ele. Bobby não sabia dizer exatamente quando, mas em algum ponto entre Los Angeles e o momento presente ele havia parado de *fingir* ser o profeta Bobby Higgs e se *tornado* o profeta Bobby Higgs. O agente do Senhor. E, ajoelhado ali, envolto pelo céu de Nebraska, ele pensou que talvez essas perguntas fossem a maneira do Senhor de lhe dizer que devia libertar Macer da carreta e lhe conceder a misericórdia de uma morte rápida. Nenhum ser humano merecia ser devorado por aquelas aranhas, nem Macer.

Ele se levantou. Tomando o cuidado de projetar a voz, gritou com gravidade:

— Levantem-se!

O som de milhares de pessoas ficando de pé era espantoso. Não se disse uma palavra sequer, mas o ruído de roupas e pés roçando na grama e no asfalto lembrava o som de vastas cortinas se abrindo. Bobby ergueu os braços no ar e girou para se dirigir a todos os seus seguidores.

— O Senhor falou, e Ele decidiu que devo demonstrar compaixão.

Ele foi até a carreta. Os homens que estavam de guarda agora eram os seus.

— Abram — disse Bobby.

Os guardas hesitaram.

— Abram — insistiu ele.

Um dos guardas finalmente se mexeu, subiu até as portas do baú e levantou a barra que mantinha as portas fechadas. Quando ele fez isso, Bobby se deu conta de que dava para ouvir alguém esmurrando as portas por dentro, junto com o som abafado de um homem gritando.

Era tarde demais para ele dizer qualquer coisa, tarde demais para se dar conta de que talvez o Senhor não estivesse falando com ele de verdade.

Quando a porta se abriu, Macer saiu aos berros, e seu rosto era uma máscara de horror. Um manto denso e fervilhante de aranhas pretas cobria as pernas e o tórax, e Bobby viu uma pular para dentro da boca aberta de Macer. Enquanto Macer caía, Bobby olhou para o interior da carreta atrás dele. As outras quatro pessoas que estavam lá antes, os coitados com a marca de hospedeiros, estavam caídas no chão, retorcendo-se e estourando como linguiças que ficaram tempo demais na churrasqueira. Torrentes de aranhas se derramavam dos buracos abertos, um tornado infernal de patas rastejantes e corpos avançando para a primeira refeição fora do corpo dos hospedeiros.

O profeta Bobby Higgs só teve tempo de reparar que algumas das aranhas tinham uma listra vermelha nas costas, e então sentiu uma queimação horrenda no pescoço e uma dor tão aguda espalhando-se pelo corpo que não teve como não gritar. Só que ele não conseguiu gritar. Não conseguiu abrir a boca. Não conseguiu fazer nada além de cair para trás. A última coisa que ele viu antes de seus olhos serem obscurecidos por teias foi a beleza azul do céu de Nebraska.

Berlim, Alemanha

O ar fustigava seu novo corpo vulnerável. A carcaça que havia acabado de descartar estava abandonada em um túnel lateral. Ela ainda não estava pronta para viajar, e queria manter suas pequenas por perto. Seu corpo levaria algum tempo até endurecer. Houvera calor e fogo na superfície, um círculo perfeito de morte em torno daquela cidade, mas o sistema de esgoto não tinha sido bloqueado. Não para ela, não para suas pequenas.

Ela ficara abalada pela quantidade de irmãs que haviam saído para a luz e parado de falar. E, no entanto, cada alfinetada pulsante de luz lhe dizia que, para cada irmã que desaparecia, havia duas outras que tinham acabado de fazer a muda, como ela própria. Por enquanto, ela precisava apenas repousar, deixar que o novo esqueleto se endurecesse, para que ela e suas irmãs pudessem emergir e tomar o que era seu de direito.

Espaço aéreo acima de Buffalo, Nova York

Não havia a menor dúvida do lado em que devia ficar. Ele havia participado da missão de Chicago, e, quando lançara o míssil, os vídeos e as fotos que os militares tinham compilado da cidade dominada por aranhas já eram bizarros. Ele sabia a gravidade do que estava fazendo. O que significaria para as pessoas ainda vivas — que nada sobreviveria ao calor extremo resultante do que estava prestes a fazer —, mas também não tinha a menor dúvida de que era a decisão certa.

Assim como sabia que as ordens atuais que havia recebido eram essenciais. Eles precisavam terminar o serviço.

O míssil se soltou sem problemas, e ele tomou distância, forçando o avião até o limite.

Mas, conforme o tempo passou, não houve sinal algum de que algo tivesse acontecido.

USS *Elsie Downs*, oceano Atlântico

— É como se estivéssemos soltando pedregulhos. Não estou entendendo. — O general Roberts bateu com a mão na mesa. — A Operação SALVAGUARDA está ativa e sob o nosso controle, mas as bombas não fazem nada. São inúteis.

Broussard olhou para o teto. Que merda a presidente tinha feito?

Central Park, Nova York, Nova York

— Vamos! Vai, vai, vai!

Melanie apertou o passo, com Julie bem ao seu lado, mas tinha que admitir que os gritos de Billy Cannon não eram tão motivantes quanto seria de esperar. Ela já estava nervosa demais, e tinha que se esforçar ao máximo para não vomitar enquanto corria da viatura policial até o helicóptero.

O estranho era que Cannon se oferecera para ir. Ele parecia empolgado. Melanie e Julie *precisavam* ir. Tinha que haver cientistas no local para confirmar tudo. Melanie iria para Atlantic City porque Steph queria que ela visse com os próprios olhos, e Julie tinha sido chamada porque fazia sentido ter reforço científico, mas Cannon *queria* ir.

Eles formaram um grupo sucinto e eficiente, uma dúzia de homens para acompanhar Melanie e Julie. Bom, uma dúzia mais Cannon. Ela achava que eram Rangers do Exército ou SEALS da Marinha, mas, para ser sincera, tudo tinha sido tão rápido que ela não sabia de que força armada era sua guarda pessoal. Só sabia que metade estava equipada com metralhadoras ferozes e a outra metade com lança-chamas caseiros. A saída foi tão apressada que só deu tempo de Fred comentar, cheio de orgulho, que os lança-chamas dos soldados eram baseados em um projeto que Espingarda e Gordon tinham criado.

Nossa. Fred. Aquele cara. Melanie jurou que, se não morresse, ela o mataria ou mandaria alguém lhe dar uma medalha.

Um dos soldados puxou Julie para dentro do helicóptero e se abaixou para ajudar Melanie. Ela mal havia se sentado quando levantaram voo. A aeronave já estava indo para a frente antes de subir sequer três metros acima do solo, e ela apostava que o piloto estava forçando os limites de segurança ao girar os motores para o Osprey virar um avião, em vez de helicóptero.

Cannon lhe entregou um headphone, e, quando Melanie o colocou na cabeça, ouviu a voz dele.

— Isto aqui faz uns quinhentos quilômetros por hora na velocidade máxima, então temos vinte minutos para nos preparar. Se esse seu cara tiver razão quanto à presença de aranhas-do-inferno em Atlantic City, espero muito que *você* tenha razão quanto à eficácia dos trajes de isolamento. Se eu tiver que morrer, não quero que seja com uma dessas roupas ridículas.

Ele entregou uma das sacolas com um traje para ela.

— Não deixe seus homens fazerem nada sem a minha aprovação, tudo bem?

— Não precisa gritar, Melanie. — Cannon tocou no microfone. — Estou ouvindo.

— Desculpe. Só diga para ninguém atirar nas aranhas ou usar aqueles lança-chamas por conta própria.

Cannon pegou uma sacola para si.

— Não se preocupe. Pode acreditar, esses caras estão entre os mais bem treinados do mundo. Se eu desse ordem para pararem de respirar, eles obedeceriam. Eles estão aqui para cuidar da gente.

Ela assentiu e começou a vestir o traje. Ninguém mais, incluindo Julie, parecia se incomodar com o movimento do Osprey, e um dos homens ajudou Melanie com os ajustes finais. Quando lacrou o capacete, a periferia de Atlantic City apareceu. Ela tirou do bolso o telefone via satélite que Amy lhe dera e, com dificuldade por causa das luvas, viu se havia recebido alguma mensagem nova.

Chegamos. Entrada do Pleasure Paradise Casino.

Ela informou o local para o piloto, e, depois de conferir se todo mundo estava com os trajes, Cannon deu ordem para a aeronave pousar. Passaram rápido e com força por cima de alguns edifícios e pousaram em uma parte vazia de um estacionamento. O Osprey quicou de leve, o que bastou para Melanie se agarrar no assento, e então parou. Seis dos homens saíram primeiro — três com metralhadoras, três com lança-chamas —, e depois Cannon ajudou Melanie e Julie a descer. O resto dos homens veio em seguida. Assim que eles se afastaram, o Osprey subiu de novo. Não fazia sentido correr o risco de uma aranha aleatória entrar no helicóptero.

A desolação da paisagem era sinistra. As ruas estavam completamente vazias, e, embora o estacionamento tivesse um quarto das vagas ocupadas, com todos os carros concentrados perto da entrada do cassino, não havia sinal de mais ninguém além de Melanie e sua comitiva.

— Estão esperando lá dentro — disse ela. A voz dela soou abafada, mas a resposta de Cannon, um "Entendido" brusco, veio com nitidez pelo fone de ouvido.

Eles estavam a uns seis metros da entrada quando o homem na dianteira levantou o punho fechado. Com o traje de isolamento laranja, a imagem parecia quase cômica. Quase. Porque Melanie viu imediatamente por que ele tinha parado. Havia umas vinte ou trinta aranhas-do-inferno subindo e descendo o toldo que cobria a entrada.

Melanie respirou fundo.

— Eu vou.

Julie começou a acompanhá-la, mas Melanie levantou a mão. Não tinha problema. Ela iria sozinha. Bastava uma pessoa para testar a eficácia dos trajes de isolamento.

Melanie avançou. Devia ser a mesma sensação de andar na Lua. As botas eram grandes demais para seus pés, mas o macacão vestia bem. Se ela fosse uma mulher menor, provavelmente teria sido engolida pelo traje. Já estava suando e com calor, e, quando entrou na sombra do toldo, foi um ligeiro alívio. Ou teria sido, se a presença das aranhas-do-inferno rastejando pela estrutura de metal acima dela não fosse uma preocupação tão grande.

Ela sentiu o impacto quente de algo sólido acertando seu ombro e ficou imóvel. Estava assustada demais para mexer a cabeça, mas, pelo canto do olho, viu a movimentação abrupta das patas da aranha. O peso se deslocou lentamente do ombro para o pescoço, conforme as patas apertavam o material do traje contra a pele dela. E então veio o clique de uma pata batendo no vidro da máscara. A aranha toda ficou diante do rosto de Melanie; era tão grande que ela só conseguia enxergar fragmentos do mundo à sua volta.

— Calma. — A voz de Cannon estava tranquila. — Calma. É só essa. As outras estão ignorando você.

Melanie fechou os olhos. Contou até dez, tentando controlar a respiração, e lamentou, não pela primeira vez, que não praticasse ioga, meditação e todas aquelas coisas de hippie.

Quando chegou a sete, o peso da aranha já havia passado da máscara para o peito. Ela abriu os olhos e a viu descendo por sua perna, indo até a bota e cruzando o chão em direção aos arbustos que cercavam a entrada.

— Certo — disse, mas sua voz tremeu, e ela teve que falar de novo. — Certo. Acho que os trajes funcionam.

— Você passaria mais confiança se não usasse a palavra "acho", Melanie — disse Julie.

— Ha-ha.

O resto do grupo foi até ela. Melanie ficou impressionada com a facilidade com que os homens pareciam estar se movendo, mesmo com os trajes de isolamento. Quando todo mundo parou na frente da entrada, um dos militares abriu a porta, e eles entraram no prédio.

Pleasure Paradise Casino, Atlantic City, Nova Jersey

Eles tinham esperado só por cinco minutos, mas para Kim pareceu que foi mais tempo. Em primeiro lugar, os trajes de isolamento eram desconfortáveis. Em segundo, era muito cansativo tentar falar. Tudo saía abafado, e só dava para conversar se as pessoas estivessem uma do lado da outra, do contrário era praticamente impossível entender alguma coisa. E, em terceiro, e na verdade era o único motivo que importava: o saguão do Pleasure Paradise Casino estava com aranhas malditas saindo pelo ladrão.

Ela tinha certeza de que, sem as aranhas e as dezenas e mais dezenas de corpos embrulhados em teias, a entrada teria sido o que muita gente considera chique. Deviam ser uns quatro mil metros quadrados de mármore com colunas estriadas, espelhos nas paredes e um chafariz redondo cuja água brotava da ponta da flecha de um cupido, e a impressão era de que tudo que podia ser folheado a ouro tinha sido folheado a ouro. Porém, era meio brega e vulgar demais para o gosto de Kim. Se bem que, para falar a verdade, os pais dela sempre haviam seguido a linha "Quem tem dinheiro não precisa ostentar".

Já Teddie parecia perfeitamente à vontade. Estava andando de um lado para o outro com aquela câmera idiota, filmando tudo. Até havia colocado microfone em todo mundo antes de as pessoas vestirem os trajes de isolamento. Infelizmente, os microfones só estavam ligados à câmera, então não facilitaram a comunicação. Kim viu Teddie aproximar a lente da câmera até uma distância ridiculamente curta de uma aranha que estava relaxando em uma das colunas. Era uma daquelas com listra vermelha nas costas. Kim não sabia qual era a diferença entre essas de listra vermelha e as todas pretas, mas imaginava que, se eles não morressem, Teddie teria um baita documentário.

Espingarda e Gordon estavam debruçados sobre o ST11, olhando para a tela do notebook e, de tempos em tempos, encostando os capacetes para conversarem. Kim ouvia o murmúrio baixo da voz deles, mas não distinguia as palavras. Perto dela, sentado em uma luxuosa poltrona de couro vermelho, Joe Branquelo batucava na coronha do fuzil. Elroy, Punhos e o soldado Duran Edwards estavam um pouco mais para dentro, perto do fim do salão. Eles já haviam mostrado a Kim que, na primeira fila de caça-níqueis, havia pelo menos dois corpos encasulados. Duas pessoas que não conseguiram largar a jogatina nem com aquela invasão alienígena.

Esse era o grupo todo. Kim tinha pensado em recrutar Sue com a esquadra de tiro, mas acabara decidindo não se arriscar. Ela adorava Sue, mas sabia que, no fundo, ela não era o tipo de garota que desobedeceria às ordens de Rodriguez. Kim também sabia que, quanto maior fosse o grupo — quanto mais gente ela tentasse levar —, maior seria o perigo: não só por aumentar as chances de alguém contar para Rodriguez, mas também porque seria mais difícil escapar sem que ninguém percebesse. No fim, ela decidiu levar só a própria esquadra de tiro, mas Joe Branquelo sacou e se convidou para ir junto. Claro que Joe Branquelo havia se mostrado mais do que útil; foi ele quem falou que a usina nuclear de Salem ficava mais ou menos no caminho, e que seria um lugar lógico para arranjar trajes de isolamento.

Kim foi até onde Gordon estava trabalhando com Espingarda, e estava prestes a perguntar se tinha chegado alguma mensagem nova quando um bando de gente apareceu na entrada. As pessoas pareciam tão alienígenas quanto Kim e seu grupo, cobertas com borracha e vidro da cabeça aos pés, armadas com o que pareciam ser M4s ou...

— Ei! Eles fizeram! — Mesmo abafada pela máscara, a voz de Gordon parecia feliz e empolgada. Ele bateu no braço de Espingarda. — Eles fizeram os lança-chamas!

Os trajes de isolamento encobriam os detalhes das pessoas que entraram, então, exceto pelas armas que carregavam, todo mundo parecia igual. O detalhe que entregava era que duas delas estavam desarmadas. Só podiam ser a dra. Guyer e a dra. Yoo. Kim começou a falar, mas um dos caras novos se adiantou e estendeu uma sacola, de onde tirou headphones. Eram volumosos, do tipo que uma equipe técnica de futebol americano usaria em campo, com um fone grande de um dos lados e um microfone gordo. Espingarda e Gordon puseram os seus na cabeça, e Kim repassou-os também para Punhos, Duran, Elroy e Joe Branquelo antes de colocar o próprio. O capuz do traje de isolamento era feito com um material grosso de borracha, mas, assim que ela ajustou o fone na cabeça, passou a ouvir com clareza.

— ... que nem brincar de quente e frio. Estamos no lugar certo, mas vamos ter que ir quase de sala em sala. Se bem que provavelmente vai ficar óbvio, mesmo sem o ST11. Conforme a gente se aproxima, parece que o volume de aranhas vai ficando cada vez mais concentrado. — Espingarda pegou o ST11 e deu o notebook para Gordon levar.

Uma das pessoas desarmadas pegou no cotovelo de Espingarda.

— Você não faz ideia da importância disto.

— Acho que tenho uma boa noção — disse Espingarda. Ele apontou para Kim. — Certo. Que nem a gente conversou. Vocês vão ser nossos olhos e ouvidos enquanto eu e Gordon estivermos trabalhando com o ST11.

— Estamos prontos — disse Kim. — Quando vocês quiserem.

Um dos homens que tinham acabado de entrar levantou a mão.

— Esperem aí. Eu estou no comando aqui.

Óbvio, pensou Kim. O cara chega e acha que é o chefe só por causa das bolas que tem entre as pernas. Ela foi até o sujeito, com o cuidado de manter o fuzil apontado para o chão.

— Quem você pensa que é para cair de paraquedas aqui e... — Ela parou. Já estava perto o bastante para ver o rosto dele. — Cacete. Você é Billy Cannon.

Espingarda tinha ido junto com ela. Ele deu de ombros e olhou para Kim.

— Tanto faz. Eu confio em *você*.

— Hum, Espingarda, eu agradeço, mas Billy Cannon é o secretário de Defesa.

Espingarda estendeu a mão por reflexo, e Cannon a apertou. Espingarda continuou segurando a mão dele.

— Prazer em conhecê-lo — disse Espingarda. — Agora *eu* estou no comando, e Kim e a equipe dela vão na dianteira.

Kim ouviu um silêncio tenso de estática no headphone misturado com o som dos apitos e zumbidos dos jogos no cassino. Ela olhou para cima e viu uma fileira de sete ou oito aranhas com listra vermelha nas costas cruzando o teto. Depois de um segundo, Cannon assentiu.

— Tudo bem. — Ele olhou para Kim. — Qual é o plano?

— Certo. Tudo bem. Minha esquadra de tiro vai na dianteira, a gente vai... Desculpe. Quem são os outros de vocês?

Eles passaram um tempo se apresentando. O palpite de Kim estava certo, as duas pessoas desarmadas eram as cientistas, dra. Guyer e dra. Yoo — Melanie e Julie —, e ela decidiu deixar todos os cinco civis no meio, entre sua esquadra de tiro e o grupo de Rangers liderado por Cannon. O plano era deixar Gordon e Espingarda se concentrarem no ST11 enquanto Kim tratava de conduzir todo mundo em segurança pelo cassino e pelo hotel. Assim, Melanie e Julie poderiam se concentrar em... bom, em ciência e tal. Ela imaginou que Teddie ficaria filmando o tempo todo. Tudo bem. Desde que os civis permanecessem entre a esquadra dela e os Rangers, ficariam longe da linha de tiro.

Eles começaram a avançar pelo salão do cassino. Era um circo de horrores. Lâmpadas de neon e telas de LED despejavam cores pelo vidro da máscara de Kim. Havia dezenas e mais dezenas de corpos embrulhados com teia. Aqui e ali, fios diáfanos flutuavam nas correntes de ar do sistema de ventilação central. As mesas de jogos ainda estavam cobertas de fichas, e havia uma montanha de dinheiro em cima de uma delas, pelo menos mil dólares em notas de vinte amontoadas no feltro verde. E, em meio a tudo, as aranhas. As pretas e as com listra vermelha, rastejando e dançando, movimentando-se em ritmos que só faziam sentido para elas. Não pareciam ter nenhum interesse em Kim e no grupo, mas ela continuou alerta.

— Droga!

Kim parou. Não reconheceu a voz.

— Desculpem. Sou Jones. Pisei em uma. Esmaguei.

— Tudo bem. — Uma voz de mulher. Melanie. — Esperem um instante. Vamos ver se elas reagem. Todo mundo fique quieto. Ei, Julie, está vendo ali? Elas já começaram a ecdise?

Kim continuou firme, passando os olhos pelo espaço. Ela não sabia se era só imaginação, mas parecia que, por uns trinta segundos depois de Jones pisar na aranha, as outras no cassino haviam ficado frenéticas, andando mais rápido, rastejando em círculos por cima dos jogos e do carpete e pelo teto e pelas paredes. Como se estivessem procurando alguma coisa. Depois de uns sessenta segundos, Melanie deu o.k. para continuarem.

— Tentem arrastar os pés — disse Kim. — Eu sei que elas estão por todos os lados, mas vamos tentar não atiçá-las.

Gordon foi indicando o caminho conforme eles andavam. Passaram pelo cassino até o saguão do hotel, e Gordon pediu alguns segundos para ele e Espingarda poderem calibrar o ST11.

— Quanto mais a gente se aproxima, maior é a quantidade de dados — disse ele. — Acho que dá para... Certo. Para cima. Em algum lugar no hotel.

Por reflexo, Kim foi na direção dos elevadores, mas então se deu conta de que era uma péssima ideia. Ficar presa dentro de um elevador com um traje de isolamento e cercada de aranhas? O quê, ela queria ter pesadelos ainda piores?

Na escadaria, o som de quase vinte pares de botas pisando no concreto fazia um eco vazio dentro do traje. O grupo subiu quatro lances de escada, e Kim esperou Espingarda indicar que eles tinham que subir mais. Ela parou de novo no sétimo e no décimo andar, e em cada ocasião Espingarda apontava para cima. Por fim, chegaram ao topo, o décimo segundo piso. Ela abriu a porta e teve que morder o lábio para não gritar. Havia um bocado de aranhas na escadaria, mas o décimo segundo andar era outra história. As paredes, o teto e o chão eram uma colcha fervilhante de aranhas. Eram tantas que a iluminação ficava encoberta de tempos em tempos, dando à cena um caráter quase estroboscópico. Ela saiu para o corredor.

— Cuidado com os pés — disse ela, e gesticulou para que Joe Branquelo e Punhos protegessem o flanco direito. Ela foi para a esquerda com Elroy e Duran.

Gordon deu um assobio.

— Cacete. Acho que estamos no lugar certo.

— O ST11 está indicando... — Espingarda tocou na tela com um dedo. — Esquerda. Vinte metros. Deve ser perto do fim do corredor. Julie, Melanie? O que vocês querem fazer?

— Se vocês sabem que é de lá que o sinal está vindo... Desculpem, aqui é Cannon. Se vocês sabem que é de lá que o sinal está vindo, vamos sair logo, armar o edifício inteiro com explosivos e resolver assim.

Kim estava com o fuzil em posição de tiro. Sabia que era ridículo. Não poderia abrir caminho por entre aquelas aranhas na base do chumbo. Devia ter umas mil no corredor. Mesmo assim, ela virou o seletor de tiro para o modo automático.

A voz da dra. Guyer soou pelo headphone.

— Nós temos que ver. Temos que confirmar.

A voz de Cannon, absurdamente, parecia indicar que ele estava se divertindo.

— Imaginei que você diria isso, mas valia a tentativa.

— Certo — disse Gordon. — Pelo corredor. Kim? Está pronta?

Claro, pensou Kim. Claro que era pelo corredor. Ela avançou arrastando os pés, tentando afastar as aranhas no carpete para fora do caminho em vez de pisar nelas, com medo do que poderia provocar se começasse a esmagar os corpos delas com as botas. Mesmo com o traje de isolamento, ela sentia as aranhas subindo pelas pernas e pelos braços e rastejando nas costas. Uma delas passou rápido pela máscara, e ela levou um susto tão grande que quase apertou o gatilho.

Ao se aproximar do fim do corredor, parecia que a concentração já grossa e frenética de aranhas ia ficando cada vez mais densa, até que não dava para ver nem um pedaço do carpete debaixo daquela massa fervilhante. Kim ouviu alguém falar um palavrão pelo rádio, uma voz que ela não reconhecia.

Estava lado a lado com Duran. Ao sentir um fio de suor escorrer pela nuca, não conseguiu se conter e deu um tapa em si mesma. Não custava muito acreditar que podia haver uma fresta em seu traje e que as aranhas estavam se esgueirando para dentro dele silenciosamente.

— Pela porta — disse Gordon pelo headphone. — Bem à frente.

À frente ficava a Suíte Presidencial. A porta estava entreaberta, mas havia tantas aranhas que parecia um vórtice giratório. A luz no corredor estava fraca e inconstante, e Kim lamentou muito não ter uma lanterna no cano do fuzil. Ela tentou ver melhor as aranhas concentradas no batente da porta sem se aproximar de fato.

— Dra. Guyer — disse ela. — Melanie? Você e Julie podem dar uma olhada aqui, por favor?

Ela ficou ouvindo o som da própria respiração enquanto esperava as cientistas. Quando Julie e Melanie pararam ao seu lado, Kim viu as duas se inclinarem para a porta.

— Elas estão em processo de muda — disse Julie. — Tentando descartar o exoesqueleto. É por isso que elas parecem...

— Ali! — Kim apontou. — Aquela ali. Vocês viram? Tem um risco prateado nas costas, em vez de uma listra vermelha.

Só havia uma, ou talvez duas, era difícil ter certeza. A massa de aranhas, centenas, quem sabe milhares, revirando-se e pulsando em torno da porta se movia sem parar. Kim viu um ponto cinza prateado sumir e aparecer de novo em outro lugar no amontoado. Melanie e Julie também viram.

— Essas são novas — disse Melanie.

— Que ótimo. Porque com certeza essas são aranhas simpáticas, ao contrário das outras. — Kim se calou ao ver o olhar que a dra. Guyer lhe deu pelo vidro da máscara.

— Elas não vão ser nenhuma ameaça — disse Melanie. — Não com os trajes de isolamento. Temos que seguir em frente. Temos que ver.

— Tudo bem. Certo — disse Kim. — Para dentro do quarto?

A voz de Gordon era calma e firme.

— Bem à frente, Kim. O sinal está vindo daí de dentro.

Kim percebeu que estava prendendo a respiração quando estendeu o cano do fuzil para empurrar a porta. O quarto devia estar mais iluminado, porque saía um pouco de luz da abertura, e ela entrou, torcendo para que aquelas novas aranhas com risco prateado, o que quer que fossem, não tivessem desenvolvido a capacidade de reconhecer comida dentro de um traje de isolamento.

Dentro da suíte estava melhor. Ainda era um lugar mal iluminado, mas, em comparação com o corredor estreito, a Suíte Presidencial era tão espaçosa que diminuía a sensação claustrofóbica. O cômodo principal era uma sala grande e quadrada, de nove por nove, e duas das paredes eram quase todas de vidro. As aranhas rastejavam pelas janelas em um espetáculo de horror que o sol da tarde transformava em uma peneira ensandecida de sombras. Havia milhares de aranhas pretas e com listra vermelha ali dentro, talvez dezenas de milhares, e de vez em quando Kim acreditava ter visto algumas das aranhas com risco prateado nas costas, talvez uma em cem. Ela passou os olhos pelo quarto rapidamente, mas não sabia o que estava procurando...

— Santa mãe de... — Kim fechou a boca de repente.

No canto, perto de uma porta aberta que provavelmente dava nos quartos, ela viu o enorme corpo brilhoso da aranha gigante estremecer e se contorcer. Havia umas vinte ou trinta aranhas com risco prateado rastejando no corpo do monstro, e a imagem fez Kim pensar em leitõezinhos tentando mamar. Ela ouviu o som de alguém vomitando, e, apesar de todo o medo, sentiu um instante de pena pelo coitado que tinha passado mal dentro do traje de isolamento. Ela se esgueirou para o lado, tomando cuidado para não tropeçar conforme avançava pela sala. Parou bem ao lado da janela. Em nenhum instante seus olhos ou o cano do fuzil se desviaram da aranha gigante no canto. Era imensa. Um monstro. Cada pata da aranha era duas vezes maior que a perna de Kim, e o corpo... Kim seria capaz de apostar que aquela coisa pesava quase uns cem quilos, fazendo as aranhas de risco prateado em cima dela parecerem minúsculas. A aranha estava de costas para a sala, e Kim só conseguia pensar que não queria que aquilo se virasse, não queria que o monte de olhos a encarasse. Como se o olhar daquela aranha pudesse causar morte instantânea.

Ela sentiu um esbarrão pesado na lateral do corpo, mas era só Gordon.

— Desculpe — disse ele. Ele olhou para a tela do notebook e a virou para Melanie e Julie poderem ver.

— Cacete. — A dra. Guyer olhou para a tela e para o monstro. — O sinal está vindo dali? Está mesmo vindo de uma das rainhas? Ela está controlando todas essas aranhas!

Kim queria tirar os olhos da aranha, mas estava com medo. Uma rainha. Foi assim que a dra. Guyer chamou. Bem do lado da rainha, havia uma massa grande e lustrosa que parecia ameaçadora — um contorno de aranha —, e Kim se deu conta de que era a carcaça da criatura. Ela havia trocado de pele. O que era que Julie tinha falado? Que as aranhas estavam fazendo a muda? Era por isso que parecia tão frágil? A rainha tremia e se sacudia, como se estivesse se preparando para... santo deus. Ela estava se virando.

— Ah, pessoal — disse Kim. — Acho que ela sabe que a gente está aqui.

Como que em resposta, as aranhas menores começaram a avançar freneticamente na direção deles. Foi uma onda de movimento tão rápida que Kim chegou a escutar. Parecia o som de um ancinho arranhando asfalto, ou unhas em um quadro-negro. Parecia o som da morte.

Centenas de aranhas pularam em cima dela, e o peso foi tanto que Kim foi empurrada para trás. Ela viu um dos homens que tinham vindo com Cannon tentando recuar e tropeçando com o traje desajeitado. Ele caiu com força, arrebentando o tampo de vidro de uma mesinha de centro, e, antes mesmo de o corpo bater no chão, Kim viu aranhas entrando pelo rasgo que o vidro havia feito no traje. O homem estava gritando, e então Kim ouviu um sopro forte e viu uma nuvem de fogo imensa saindo da boca do lança-chamas dele. A máscara dela ficou escura, e ela ouviu a percussão de tiros quando os homens à sua volta apertaram o gatilho.

O traje de isolamento estava mantendo as aranhas afastadas até o momento, mas Kim não fazia ideia de quanto tempo isso ia durar. Estava completamente encoberta. Sentia o peso das aranhas nas costas, nos braços, nas pernas, o capuz do traje pesava, e elas davam batidas no vidro da máscara. Aparentemente, as aranhas não conseguiam atravessar, mas as alfinetadas de milhares de patas galopando freneticamente por seu corpo faziam Kim ter a sensação de estar no meio de uma nevasca. O peso não parava de aumentar. Ela sentiu os músculos dos braços começarem a arder com o esforço de manter o fuzil erguido. Aquelas malditas podiam subir nela à vontade — Kim não ia mexer aquele fuzil. Sabia que estava mirando no lugar certo.

Ela puxou o gatilho e continuou puxando.

A arma escoiceou em suas mãos, e aquele baque de máquina de costura no ombro a lembrou das muitas horas no estande de tiro.

A única coisa mais alta que o barulho dos tiros foi o berro estridente que as aranhas soltaram. Dez mil apitos, dez mil diamantes se quebrando, dez mil furadeiras atravessando o crânio de Kim. Ela sentiu a munição do fuzil acabar, então largou a arma para cobrir os ouvidos com as mãos. Ao mesmo tempo, não conseguiu conter o próprio grito para tentar abafar o som.

A certa altura, ela se deu conta de que tinha parado de gritar, que os silvos que pareciam rasgar seus tímpanos também tinham sumido. As aranhas não estavam mais em cima dela. Seus olhos estavam muito apertados, mas Kim não se lembrava de tê-los fechado. Lentamente, ela os abriu um pouco, permitindo a entrada da luz forte do sol que brilhava através das janelas. E então ela os abriu de vez.

A rainha tinha virado carne moída, um corpo enorme e bulboso que despejava uma gosma viscosa no chão. Uma das patas tremia de um jeito estranho, mantendo um ritmo sincopado que quase deixava Kim tonta. Ela tirou as mãos das orelhas e passou os olhos pela sala.

O chão estava coberto com milhares de aranhas. Na maioria dos lugares, a camada de aranhas batia na altura do tornozelo, em outros, chegava ao joelho, e em um ou outro pedaço era possível ver o carpete, em pontos onde não havia nenhuma. Um dos homens deu um passo, e sua perna provocou uma movimentação das aranhas. Ele girou, apontou o fuzil para baixo e disparou uma rajada de três tiros.

— Cessar-fogo! — A voz de Cannon foi definitiva. Kim estava muito feliz de deixá-lo assumir agora.

— Meu deus. A rainha. Quem atirou na rainha? — A dra. Guyer se virou para um lado e para o outro.

Kim percebeu que estava arrepiada. Não. Arrepiada não. Ela não estava com frio. Estava tremendo.

— Eu... — Ela tentou de novo. — Fui eu. Desculpe. Foi instinto. Parecia que as aranhas normais não ligavam, mas era como se ela soubesse que a gente estava aqui. Desculpe.

— Não. Não, não, não — disse a dra. Guyer, soltando as palavras uma atrás da outra. — Foi genial! Não está vendo? Olhe em volta. Veja só isso! — Ela chutou um punhado de aranhas no chão, deu um passo à frente e chutou outro punhado. Parecia uma criança pulando em cima de amontoados de folhas secas no outono. — É como se elas tivessem sido tiradas da tomada! É a rainha! A rainha era o sinal. Se a rainha morre, todas elas morrem!

Kim passou os olhos pela sala de novo. Nenhuma das aranhas estava se mexendo. Ela não sabia dizer quando uma aranha estava morta, mas...

— Ah, dane-se.

Ela levantou as mãos e tirou a máscara.

— Kim! O que você está fazendo? — Elroy, que estava bem ao lado dela, segurou a máscara e começou a colocá-la de volta.

— Pare — disse ela. Sua voz estava calma. De repente, ela se sentia estranhamente tranquila.

Elroy hesitou, mas acabou se afastando e viu Kim se esforçar para tirar uma das luvas, depois a outra. Ela esperou, mas não houve nenhuma reação, nem um pio das aranhas, e após alguns segundos ela começou a rir.

E então parou. Havia três corpos no chão. O coitado que Kim havia visto cair na mesinha de vidro, estraçalhar o traje e ser coberto pelas aranhas. Ele estava de costas, mas a máscara era uma imundície sanguinolenta de vermelho e outras coisas que ela não queria imaginar. Perto do bar da sala, outro corpo, mais um dos homens que tinham vindo com Cannon. Havia um buraco vermelho em seu peito. Fogo amigo, pensou ela.

Mas a poucos metros da mesinha de centro. Outro corpo.

Teddie.

Ela estava deitada de bruços por cima do braço do sofá, como se alguém tivesse esquecido um casaco ali. Ainda segurava a câmera, mas havia um rasgo grande e irregular na perna de seu traje. Um caco de vidro da mesinha. Talvez um abajur ou alguma outra coisa quebrada por uma bala perdida. Kim não sabia e não queria saber. Dava para ver a carne estraçalhada até o osso na perna de Teddie e o sangue acumulado no vidro da máscara, dava para ver que ela estava completa e definitivamente imóvel. Kim não queria ter que olhar para o corpo de Teddie, não queria ter que ver o estrago que as aranhas haviam feito.

Ela percebeu que Espingarda estava parado ao seu lado, que ele também estava vendo. Ele se aproximou e a envolveu com os braços, e Kim se entregou.

Chorou só por um minuto, mas isso a deixou exausta. Só queria poder se sentar em algum lugar e tomar uma cerveja.

A voz de Cannon atravessou o embotamento.

— Certo. Cabo, admiro sua coragem de tirar o traje de isolamento, mas quero que todos os outros continuem com os seus. E quero dois mais dois em cada corpo. Julie? Dra. Yoo? Tudo bem?

— É — disse Julie. — Aliás, não, não muito. Acho que nunca mais vou ficar bem depois disso, mas está tudo certo. Só torci um pouco o tornozelo. Mas estou bem.

— Certo — disse Cannon. — Rangers, fuzileiros, dois e dois. Peguem os corpos. Vamos levá-los lá para baixo e deixá-los no estacionamento por enquanto. Vamos embora. Temos que contar para a presidente o que sabemos.

Os militares começaram a se movimentar para obedecer à ordem de Cannon, mas Kim percebeu que Gordon estava olhando para a tela do notebook como se estivesse prestes a passar mal. Ela estendeu a mão e tocou no pulso dele.

— Tudo bem?

— Não. Não muito. Ei, Melanie.

Melanie não respondeu. Ela tinha remexido os montes de aranhas mortas e enfiado duas das de risco prateado dentro de uma sacola grossa de plástico transparente. E agora estava perto da rainha, cutucando o corpo cravejado de balas do monstro, aparentemente sem se incomodar com a gosma e as vísceras. Julie estava mancando até ela, interessada.

— Melanie! — gritou Gordon. Dessa vez ela olhou. — Melanie. Você deixou Amy com a presidente?

— Deixei. Ela está bem. Eles estão bem. Estão meio que em uma Casa Branca temporária.

— Em Nova York? — perguntou Gordon.

— Isso mesmo. Por quê?

Ele mostrou o notebook. Suas mãos estavam tremendo.

— O outro sinal mais próximo que captamos. Está vindo de Nova York.

Aeroporto Moores, Degrasse, Nova York

O aeroporto era praticamente só um gramado e um hangar pequeno, mas tinha combustível. Mike fez o trabalho pesado seguindo as instruções de Rex, enquanto Leshaun levava Annie, Dawson, Fanny e Carla até os banheiros atrás do hangar. Talvez fosse paranoia, mas Mike ficava mais tranquilo sabendo que eles tinham uma escolta armada.

Até ali, a viagem tinha sido fácil — fácil, mas extremamente desconfortável, porque, embora o Skywagon de Rex tivesse espaço para seis passageiros, eles tinham seis pessoas mais Annie, além de equipamentos de sobrevivência. Rex voou baixo. Muito mais baixo, disse ele, do que em condições normais, mas ele tinha medo de que a proibição de voo da presidente ainda estivesse sendo aplicada.

— Se vocês não se importarem, eu prefiro não ser abatido por um míssil. Não quero ser devorado por aranhas, não quero morrer em uma bola de fogo gigante.

Ele falara isso enquanto comia um saco de batata frita — o que havia deixado Mike um pouco nervoso, pensando que seria bom se Rex segurasse o manche com as duas mãos —, e Mike ouvira Carla resmungar algo como "Mas você não tem medo de ataque cardíaco".

A verdade era que Rex parecia ser um piloto bastante bom. Não que Mike soubesse distinguir um piloto bom de um ruim, mas Rex era metódico e firme. Embora eles não estivessem com muita pressa, tinham passado a noite na primeira parada, em algum lugar no interior de Michigan, e Mike não queria demorar para sair. Apesar de tudo, Rex não era exatamente jovem.

— Tem certeza de que você está bem? — perguntou Mike. Ele estava com uma das mãos na mangueira de combustível, embora Rex tivesse dito que levaria pelo menos alguns minutos até Mike precisar fazer qualquer coisa.

— Não olhe para mim desse jeito — disse Rex, tirando o boné e batendo com ele no peito de Mike. — Não é porque eu tenho esse monte de cabelo branco na barba que eu não me garanto. Mais uma pernada, e aí chegamos a um lugar que não tem como ser mais isolado. Fora o espaço sideral, acho que uma ilha no litoral do Maine é a melhor opção.

— E é perto de Portland?

— Portland? Não. Por que é que você pensou isso?

Mike deu de ombros.

— Você falou que é no litoral do Maine.

— O Maine é grande, meu filho. Não. É para o norte. Colado na fronteira entre o Canadá e os Estados Unidos.

Rex desligou a bomba, e eles fizeram todo o processo de limpar e preparar o avião. Quando acabaram, Leshaun já havia voltado com o grupo. Já eram parceiros havia tanto tempo que Mike reconheceu o olhar de Leshaun.

— O que foi?

— Os nativos talvez estejam ficando inquietos — disse ele. — Vi umas picapes na estrada ali, e acho que eles repararam na gente entrando e saindo dos banheiros. Talvez não seja a pior coisa do mundo a gente ir embora.

— Certo. Vocês aí, vão subindo. Vou só dar uma urinada.

Rex bateu no ombro de Leshaun.

— Não se esqueçam de mim. Eu tenho bexiga de velho.

Mike comprimiu os lábios.

— Você acabou de me acusar de insinuar isso... — Ele parou de falar. Ao longe, Mike viu duas picapes vindo pela estrada principal até a saída para o aeroporto. — Ei — gritou ele para os outros por cima do ombro. — Entrem no avião. Rex, se você precisa urinar, acho que vai ter que ser aqui e agora.

— Que ótimo — disse Rex, bufando. — Essa pressão ajuda muito. Carla! — gritou ele. — Ligue o motor para mim.

As picapes estavam só a uns cem metros do hangar quando Rex se sentou no banco do piloto e começou a virar o avião.

— Vou pular alguns itens da lista de controle — gritou ele —, então cruzem os dedos.

A pista de grama era um pouco esburacada demais para o gosto de Mike, mas eles conseguiram decolar antes que as picapes os alcançassem. Ao olhar pela janela, Mike viu os carros darem meia-volta e irem embora, e então olhou para trás, onde a filha e o resto do grupo estavam sentados.

— Nenhum problema — disse Rex.

Ele e Mike ficaram quietos por dez minutos, e então Mike respondeu.

— Alguma chance de aquilo ter sido uma excursão inocente?

— Duvido.

— Qual é o problema das pessoas? — perguntou Mike.

— Medo. Elas estão com medo.

Mike assentiu com a cabeça. Olhou pela janela de novo. Estavam nos arredores das montanhas Adirondack. Mike queria que eles estivessem voando mais alto, para que fosse possível ter uma noção melhor da região. Lá embaixo, só dava para ver a cobertura das árvores interrompida de vez em quando por um vislumbre de lago. Mike imaginava que a paisagem, vista de uma altitude maior, podia lembrá-lo da região norte do Minnesota. Ficou triste ao pensar que nunca mais voltaria lá. Seu casamento tinha acabado em Minnesota, mas ele também havia vivido anos bons lá, e Annie não tinha lembrança de nenhum outro lugar. Ele não ia se deixar abalar. Não adiantava olhar para trás. Eles tinham sorte. Mike sabia disso.

— Mal posso esperar para ver essa ilha sua.

— Deve ser bonita.

— Espere aí... você nunca foi lá?

— Não — disse Rex. — A gente ia para Corpus Christi algumas vezes por ano para visitar os pais da Carla, mas os dois já faleceram, e, com a cabana no lago Soot, eu nunca tive muita vontade de ir para outro lugar. Ah, fomos para Chicago algumas vezes, e para Nova York, e passamos a lua de mel no Havaí, mas nunca cheguei a ir ao Maine.

— Mas você tem certeza de que lá é seguro? — Mike estendeu a mão e bateu com o dedo em um dos mostradores com uma agulha balançando. — O que é isto?

Rex olhou para os instrumentos, esticou o braço e deu um tapa na mão de Mike.

— Tire a mão daí. Você não é meu copiloto, camarada. — Seu sorriso logo ficou sério. — Você acha que dá para ter certeza de que algum lugar é seguro agora? Nós vamos ser bem recebidos. Isso eu sei. Um velho amigo meu do Vietnã mora lá. Ele é gente boa. A família dele mora naquela ilha há uns duzentos ou trezentos anos. Pelo que ele sempre disse, é o tipo de lugar habitado por gente que nasceu e cresceu lá ou que veio de longe, então desconfio que eles tenham praticamente se isolado desde que tudo começou.

— Então por que nós vamos...

— Como eu disse, é um velho amigo meu do Vietnã. Ele me deve uma.

Casa Branca Manhattan, Nova York, Nova York

— Só estou falando que sou casado com ele — disse Fred —, então, se ele é o herói nisso tudo, acho que não é demais pedir um pouco de reconhecimento para mim.

Amy tomou um gole da cerveja. Normalmente, ela teria ficado incomodada de beber cerveja no meio da rua em Nova York durante a tarde. Ela não era muito de desafiar as regras. Mas não eram tempos normais. Com certeza a polícia tinha mais que fazer do que multá-la por beber na rua.

Claymore puxou a guia e a levou até um poste.

— Tudo bem, amigão. Claro. Você não fez xixi nesse ainda. Sério, Fred, juro, ele deve ser o cachorro mais feliz do mundo.

— Faz sentido, é tudo muito empolgante. Muita coisa nova para cheirar, muita gente fazendo carinho nele e dizendo que ele é bonzinho, e ele comeu mais comida de gente nas últimas semanas do que... ah, céus!

Amy fez uma careta quando viu o cachorro se agachar de novo.

— É por isso que a gente não costuma dar comida de gente para ele. — Ela soltou um suspiro. — Enfim, acho que você tem razão. Além do mais, ele não sabe que devia estar com medo. Para ele, isso tudo é só uma grande aventura. Tenho certeza de que ele está com saudade... Fred? Você acha que aqueles homens estão gritando para a gente?

Os dois olharam por cima do ombro para o casarão no fim da quadra que estava servindo de Casa Branca. Ela e Fred não tinham nenhuma função de verdade. Eram tolerados só por causa da ligação com Gordon, Espingarda e aquela maquininha que eles tinham feito, e isso era um pouco desconfortável. Mas também significava que não devia haver nenhum motivo para alguém ir atrás deles. Só que no momento parecia nítido que o pequeno grupo de homens de terno que descia correndo os degraus do casarão, gritando e gesticulando, estava realmente tentando chamar a atenção deles.

— Ora, como nós somos populares! — disse Fred. Ele não conseguiu conter a satisfação. — O que você acha que está acontecendo?

Amy deu uma puxada na guia de Claymore e lançou um olhar constrangido para a sujeira que o cachorro tinha feito. Ela voltaria para limpar aquilo depois de descobrir o que aqueles homens queriam.

— Para dentro! Vão para dentro! — gritava o sujeito, e ele já estava quase na frente de Amy e Fred quando os dois finalmente entenderam o que ele estava falando. Diminuiu o passo até parar e agarrou o braço de Amy. — Vamos! Corram!

Ele começou a puxá-la, mas ela já estava correndo. Amy lançou um olhar rápido para Fred. Apesar de toda a bobeira, ele tinha sido um atleta razoável na época da escola e jogara futebol durante dois anos em Pomona College até decidir que não queria mais. Pomona era uma escola de terceira divisão, mas ainda assim, mesmo depois de vinte anos, Fred ainda tinha gás; ele estava três passos à frente de Amy antes mesmo de ela correr dez. Claymore, claro, achou que era tudo uma brincadeira, e ele correu balançando as orelhas e abanando o rabo até o fim da rua.

Os agentes do Serviço Secreto na frente do edifício estavam com armas em punho e gritavam, e os militares giravam cuidadosamente seus fuzis de um lado para o outro enquanto Amy subia os degraus atrás de Fred. Quando ela passou pela porta e entrou no casarão, um dos homens postados ali segurou seu braço e a fez continuar andando.

— Liberem o perímetro! Liberem o perímetro! — gritou ele, como se Amy tivesse a mínima ideia do que ele queria dizer.

— Vão! Vão! — disse uma mulher de terninho escuro que estava na porta, acenando para os agentes e soldados entrarem no edifício.

Alguém, um civil, esbarrou com grosseria em Amy. Ela não caiu, mas teve que se segurar em uma mesa no vasto hall de entrada. Claymore balançou o rabo e subiu nas patas de trás, apoiando as da frente no peito de um homem com colete à prova de balas e camuflagem de padrão digital. Ele estava armado com uma metralhadora de aspecto bem sério que parecia uma versão compacta com dois terços do tamanho normal, mas foi muito calmo e educado ao olhar para Amy.

— Senhora, poderia por favor tirar seu cachorro de cima de mim para que eu esteja desimpedido para agir se necessário?

Amy segurou a coleira de Claymore, puxando-o de volta para o chão. Ela olhou para Fred.

— O que foi isso?

A mulher na porta deixou o último homem entrar e então fechou a porta.

— Tranquem! Tranquem!

Os homens e mulheres de terno e farda que haviam enchido o hall de entrada se dispersaram em direções variadas, como um bando de abelhas operárias. Foi tudo um pouco chocante. Amy se deu conta de que, apesar de tudo o que havia acabado de acontecer, ela ainda estava com a cerveja na mão. Tomou um gole. Estava com bastante espuma.

Fred estendeu a mão, e, obediente, ela lhe passou a garrafa.

— Não faço a menor ideia — disse ele. — Mas não foi a experiência mais reconfortante da minha vida.

Perto de Manhattan, Nova York, Nova York

O Osprey estava rugindo. Gordon não fazia ideia de qual era a velocidade máxima normal, mas era evidente que o piloto estava forçando a aeronave. Ele olhou para o notebook de novo. Com as informações reunidas em Atlantic City, ele e Espingarda haviam conseguido restringir o rastreamento a um raio de poucas quadras quando chegaram à periferia da cidade. A precisão aumentaria conforme eles se aproximassem... Certo. Ali. Ele tinha delimitado um círculo de cerca de cem metros.

— Onde eles... — Ele parou, frustrado, e então colocou o headphone de volta na cabeça e puxou a manga de Melanie. — Onde eles se instalaram? Onde fica a Casa Branca temporária?

Melanie estava com a sacola de plástico no colo e tinha removido uma das aranhas de risco prateado para observá-la. Ainda com o traje de isolamento, ela nitidamente estava com dificuldade para manipular a aranha do jeito que queria, mas, depois de passar um relatório-relâmpago à presidente, ela se concentrara completamente na aranha.

— Upper East Side. A mais ou menos uma quadra do Central Park. Acho que é na rua 77 ou na 78.

— Na altura do Museu de História Natural?

— Deve ser. Não sei. Talvez. Não conheço Nova York muito bem. É bom ali?

— Não — Gordon falou. Ou melhor, gritou. Percebeu que estava gritando mesmo com o headphone na cabeça, então tentou se acalmar. — Não, não é bom. — Ele tocou na tela do notebook com o dedo dentro da luva. — É de lá que o sinal está vindo. Do museu. No outro lado do parque.

— Ah. Certo. Não é bom mesmo — disse Melanie, mas era nítido que ela estava distraída pela aranha em sua mão. Ela a virou para Julie ver. — Isso é imaginação minha?

Julie inclinou a cabeça para ver melhor e bateu a própria máscara na de Melanie.

— É sério isso?

— Por favor — disse Gordon —, eu sei que vou me arrepender de perguntar, mas o que foi? O que essas aranhas novas têm?

Melanie olhou para ele, e Gordon reconheceu o medo em seu rosto.

— Dentes — disse ela. — Elas têm dentes.

Gordon deu de ombros.

— Todas elas têm dentes. Você não viu como elas rasgam as pessoas? Mas elas não parecem equipadas para atravessar um traje de isolamento. Se a gente conseguir chegar até a rainha em Nova York antes de as aranhas decidirem sair para comer, vai dar tudo certo.

— Não — disse Julie. — Não vai dar tudo certo. Aranhas não têm dentes. Elas usam veneno para dissolver a carne da presa e então a bebem.

— E é por isso que elas não conseguem atravessar os trajes de isolamento — explicou Melanie. — O veneno delas foi feito para atuar em matéria orgânica. Ele derrete carne. Não consegue atravessar plástico, borracha nem vidro. As aranhas-do-inferno de primeira e segunda onda não têm dentes, e por isso elas não conseguem atravessar plástico, borracha nem vidro. Mas agora temos uma onda nova.

Gordon balançou a cabeça.

— Como é que é?

Ele olhou para fora da janela. A aeronave estava perdendo altitude, e ele viu os motores começarem a girar para o Osprey entrar no modo helicóptero. Era uma imagem que bagunçava bastante o senso de orientação.

— As aranhas da primeira onda são as pretas. As de listra vermelha nas costas são as da segunda. Eu imaginei que as rainhas seriam a terceira onda, mas, na verdade, as rainhas são algo à parte.

Gordon assentiu. Ele reparou que Espingarda também estava mexendo a cabeça. Billy Cannon também. Todo mundo estava escutando. Cannon levantou a mão e falou.

— Um minuto. O piloto disse que aterrissamos em um minuto. Bem na Central Park West. Preparem-se para sair.

Todos os soldados começaram a conferir e reconferir suas armas, mas Gordon puxou a manga de Melanie outra vez.

— Certo. Primeira onda, segunda onda. Então essas novas, essas com risco prateado nas costas, são a terceira onda? E elas têm dentes?

— Isso. Elas têm dentes.

— Certo. Repito: e daí?

— E daí — disse Melanie — que as aranhas-do-inferno de primeira e segunda onda não têm dentes, e o veneno delas não tem efeito em trajes de isolamento.

Gordon sentiu o Osprey pousar. Não havia sequer desafivelado o cinto de segurança ainda quando os militares desembarcaram. Ele e Espingarda saíram cuidadosamente com o ST11. Poderiam construí-lo de novo se fosse preciso, mas levaria tempo. E, naquele instante, ele só queria chegar até aquela rainha, esmagá-la e depois levar sua esposa para longe de qualquer outro sinal que o ST11 revelasse.

Ele se virou e olhou para o Museu de História Natural. Viu Kim e os homens dela se espalharem, viu os homens que tinham vindo de Nova York com as cientistas se espalharem também. Com trajes de isolamento, metralhadoras e lança-chamas, eles pareciam ameaçadores. Aquela rainha não ia nem saber de onde...

— Espere aí. — Ele olhou para Melanie. — Se elas têm dentes...

— É — disse Melanie. — Parece que a rainha reconheceu que éramos uma ameaça, mesmo com os trajes de isolamento. Acho que a gente vai se ferrar se tiver mais aranhas de terceira onda ali dentro. Você viu o que aconteceu na suíte do hotel. Um buraco pequeno no traje é um problema grande.

A origem do sinal quase saltou para fora da tela do notebook. Gordon não tinha a menor dúvida de que havia outra rainha dentro do edifício. E, quando ele olhou para cima de novo, viu tentáculos pretos e grossos emergindo de uma janela aberta em um dos andares mais altos. Ele apontou para os outros verem.

O que quer que as aranhas estivessem esperando, o momento tinha chegado. Elas iam avançar contra Nova York.

Cracóvia, Polônia

A rainha saboreou o cheiro ácido da noite. Estava cheia de fome. Suas pequenas passavam em ondas intermináveis, emergindo do porão onde ela havia esperado o corpo se recuperar da transformação. Ela sentia mais de suas pequenas brotando pela cidade, saindo de sótãos e armários, aflorando da barriga daqueles que serviram para levar seus ovos. Os becos e as sombras ficaram muito mais escuros com os corpos das pequenas avançando. Ela estava com fome. Sempre com fome.

Casa Branca Manhattan, Nova York, Nova York

— Temos que divulgar isso para todo mundo — disse Steph. — Londres. Berlim. Todo mundo.

— Não temos nada para divulgar ainda, Steph. Temos o que Melanie nos contou, mas não temos os detalhes desse aparelho que eles estão usando. A gente tem que dar algo concreto às pessoas. O que a gente precisa fazer é... — Ele girou e olhou para Steph. — Broussard.

— O que tem Broussard?

— A gente precisa avisar Broussard sobre isso.

— Manny, eu não dou a mínima para Broussard agora. O cara tentou orquestrar um golpe de Estado.

— Olhe, Steph, quando isso acabar, Broussard não vai acabar muito bem. Mas, no momento, ele é o homem que tem as Forças Armadas dos Estados Unidos na mão. A gente pega esse aparelho, esse nosso ST11, e identifica a localização dos sinais, e aí não vamos precisar mandar equipes com trajes de isolamento. Mandamos bombardeiros e caças e explodimos tudo.

A porta da sala se abriu de repente, e três homens de uniforme militar entraram às pressas. Não pararam para cumprimentar Manny ou a presidente. Nem sequer uma continência apressada. Dois deles correram até as janelas, com rolos de fita adesiva, rasgando com força a cada fresta que terminavam. O terceiro arrastou uma cadeira até a parede, subiu nela e começou a fechar a grade de ventilação.

Steph refletiu por um instante.

— Está bem. Entre em contato com ele. Mas não esqueça que não podemos só mandar bomba e relaxar. Estamos limitados ao armamento convencional.

Nazca, Peru

Eles passaram a noite em um quarto de hotel vagabundo na periferia da cidade. O hotel estava vazio, o que era um alívio. Pierre tinha entrado em outros dois hotéis, mas dera meia-volta imediatamente ao ver os amontoados de ossos e as ondas de aranhas que se esforçavam para não perder nem um bocado de carne. Aquele hotel não parecia ter nenhum cadáver — pelo menos não no saguão ou no quarto que eles pegaram —, nem parecia infestado de aranhas. Os dois tinham ido ao banheiro, e Pierre tomara banho, e, quando ele foi para a cama, Bea subiu em cima dele. O sexo foi mais ou menos igual ao de todas as vezes que eles se pegaram: melhor que nada, mas não muito. Porém, na manhã seguinte, Bea o tratou como se o odiasse.

Pierre ficou surpreso com a hora em que acordou. Já eram quase onze. Tomou outro banho e se deliciou na água morna. Quando terminou de vestir a calça e a camisa do dia anterior, amarrar o cadarço das botas e pegar o bom e velho chapéu, estava pronto para comer. Felizmente, também não havia ossadas no pequeno restaurante do hotel, e ele viu Bea sentada em uma cadeira, bebendo uma xícara de chá e assistindo a um programa em uma daquelas televisões dois em um com VHS embutido, um aparelho que devia parecer arrojado antes de Pierre nascer. Era um filme que ele não reconhecia, com o diálogo todo em espanhol. Ele a cumprimentou, mas Bea o ignorou, então ele se serviu de comida na cozinha. Por fim, quando acabou de comer, ele disse:

— Bom, quer voltar para o acampamento?

Ela revirou os olhos, mas se levantou e saiu para a rua.

A caminhada toda foi assim. Parecia não acabar nunca. Teria sido um trajeto horrível de qualquer jeito, no meio de tanta morte, caos e devastação. Ele entendia que ela estava chateada, e realmente lamentava, mas não conseguia entender como ela podia culpá-lo por tudo. Eles nem estavam namorando! Eles *nunca* tinham namorado! Nem era o caso de ela estar apaixonada e achar que ele fosse um cara perfeito que acabara decepcionando. Os dois tinham deixado claro desde o começo que só se pegavam porque estavam passando meses juntos em campo e todos os outros também estavam em casais. Poxa, ela até tinha falado, em mais de uma ocasião, que o único motivo para eles dormirem juntos era porque ela estava cansada de ficar sozinha na barraca vendo episódios antigos de *Modern Family*. Ele tinha sugerido de brincadeira que ela podia experimentar *Game of Thrones*, mas isso só rendera a ele um olhar de desgosto em troca.

Ele teria compreendido se Bea estivesse chateada por ter visto o dr. Botsford e os outros bolsistas serem devorados por aranhas. Poxa, ele teria compreendido se ela estivesse chateada por qualquer outro motivo: porque eles estavam a milhares de quilômetros de casa, porque o mundo parecia estar acabando, porque havia aranhas carnívoras por todos os lados, ou até porque tudo que eles haviam estudado, tudo em que haviam trabalhado nas Linhas de Nazca e toda a dedicação para terminar o doutorado tinham sido à toa. Mas ela não dava sinais de estar chateada com nada disso. O que mais parecia incomodá-la era o fato de que, por algum motivo, eles dois haviam sobrevivido juntos.

Pierre achava que aquilo era o milagre mais fajuto do mundo. Ele ouvira falar de gente que havia sido ignorada, que as aranhas não devoravam absolutamente todo mundo que viam — ou, pior, não punham ovos no corpo de todo mundo que viam. E óbvio que Pierre tinha passado um tempão na frente do espelho procurando qualquer coisa remotamente parecida com um corte ou um arranhão ou qualquer sinal de que alguma aranha tivesse entrado em seu corpo. Mas qual era a parte mais bizarra e sortuda da história? Que, de todas as pessoas que tinham ficado para trás naquele restaurante e nas ruas da cidade, por algum motivo, eles dois tinham sido ignorados juntos...

Para falar a verdade, parecia que ela o culpava pelo fato de ainda estar viva.

A caminhada levou uma eternidade. Por algum motivo, Bea não só estava com raiva dele, mas também insistira que eles deviam andar em vez de pegar emprestada uma das motonetas abandonadas na beira da estrada. Talvez não exatamente abandonadas, mas Pierre preferia pensar assim.

Ele fez o possível para ignorar os resmungos passivo-agressivos e as reviradas de olho sempre que ele falava qualquer coisa, e não deu bola para os comentários debochados por ele andar devagar demais, ou rápido demais; claro que, na opinião dela, Pierre não era capaz nem de andar direito. Ele até conseguiu fingir que não se incomodava quando Bea começou a chutar e pisotear as aranhas que eles viam. Embora, obviamente, ele *morresse* de medo disso. O que ela estava pensando? Que eles tinham alguma imunidade mágica?

Quando os dois chegaram ao acampamento, ele se sentou em uma das cadeiras e ficou olhando para o céu por um tempo, ouvindo Bea xingar e bater o pé no chão. O que era atípico, já que Bea havia sido criada em uma família bem conservadora.

Ali, sentado na cadeira daquele jeito, Pierre se sentia como se tivesse desistido de tudo. As aranhas, que tinham escasseado conforme eles saíam da cidade, começaram a aparecer em maior quantidade de novo à medida que eles se aproximavam do acampamento; eles não estavam nadando em aranhas nem nada, mas era difícil ignorá-las. De vez em quando, uma subia pela perna de Pierre ou aparecia em cima da cadeira e descansava um pouco no braço dele. Em dado momento, uma aranha com um risco prateado nas costas — ele não se lembrava de ter visto uma daquelas antes — tentou subir em sua perna por dentro da calça, mas ele a espantou e enfiou as barras da calça dentro das botas. Pierre esperou o pior — as aranhas decidirem que estavam prontas para comê-lo —, mas, a certa altura, parou de sentir medo e passou a ficar entediado. Depois de um tempo, ele fechou os olhos e deve ter cochilado um pouco. Quando acordou, o sol já havia começado a mergulhar no horizonte e seu pescoço estava tenso.

Bea estava parada na frente dele, com as mãos na cintura. Ela parecia mais brava ainda.

— Eu estava pensando, e acabou entre nós.

Sem falar mais nada, ela girou nos calcanhares, saiu batendo o pé, entrou na própria barraca e fechou o zíper da porta. Depois de alguns segundos, Pierre ouviu a voz eletrônica de algum programa que ela estava vendo no notebook.

Ele levantou a mão e massageou os músculos do pescoço. Uma parte dele meio que lamentava que as aranhas não o tivessem devorado logo de uma vez.

Museu de História Natural, Nova York, Nova York

Melanie achou ótimo ter se mantido em forma. Estava sem fôlego, suada, apavorada, e, se seu preparo físico estivesse um pouco pior, ela não sabia se teria conseguido aguentar. Olhou para Julie, que estava mancando e nitidamente cansada.

O museu era um labirinto. Uma daquelas construções antigas que foram recebendo ampliações e anexos de tal modo que era fácil se perder ali dentro. Se não estivesse com pressa, ela não teria se incomodado. No fundo, era uma nerd e teria adorado ficar em um museu legal, ler todas as placas e ver todas as exposições. Mas, conforme avançavam cada vez mais museu adentro, eles viam grandes torrentes de aranhas-do-inferno passando. Viraram à esquerda de novo, Gordon levando o notebook e indicando o caminho, e ela viu uma pilha de exoesqueletos descartados. Parecia um monte de roupa suja, como se as aranhas-do-inferno tivessem tirado a pele e deixado para a empregada pegar.

Julie também viu e balançou a cabeça. Melanie reparou na careta que ela fez enquanto manquejava.

De repente, Gordon parou. Espingarda quase não conseguiu parar em tempo, e por pouco não arrancou o cabo que ligava o notebook à caixa do ST11.

— Temos um problema — disse Gordon. — Alguma coisa está errada.

Os Rangers e os fuzileiros eram profissionais. Melanie tinha que reconhecer. Enquanto ela e Julie foram para o lado de Espingarda e Gordon e olharam a tela do notebook, as pessoas armadas com metralhadoras e lança-chamas fizeram um círculo apertado em volta deles, virados para fora e prontos para qualquer sinal de mudança no comportamento das aranhas.

— Era para ter *dois* pontos piscando? — perguntou Melanie.

Gordon apertou várias vezes a tecla Esc.

— Não. Tem algum bug. Talvez eu precise reiniciar.

— É por isso — murmurou Julie — que eu não confio em carros autônomos.

— Feche o programa e reinicie o notebook, eu vou reiniciar o ST11 também — disse Espingarda. — Talvez seja interferência no sinal. Este prédio é tão antigo e cheio de tralha que pode ser que isso seja um eco ou algo do tipo.

Melanie sentiu aquele nó desagradável no estômago, com o qual estava começando a se acostumar.

— Não precisam se dar ao trabalho — disse ela. — Acho que não é um bug.

Julie e os dois homens olharam para ela. Espingarda foi o primeiro a entender.

— Ah, que ótimo. Duas rainhas.

Isso, evidentemente, bastou para fazer os Rangers e os fuzileiros perderem o profissionalismo por alguns segundos. Muitos palavrões circularam pelos headphones.

— Bom — disse Gordon —, se não é nenhum bug, então acho que estamos a menos de cinquenta metros de distância. Virem à direita no final do corredor.

Melanie olhou para o mapa do museu que ela havia pegado enquanto passavam correndo por um dos salões.

— Vocês não vão acreditar. É a sala de exposições especiais. E qual é a exposição? Aranhas.

Mais uma onda de palavrões. Melanie sentiu vontade de participar também, mas estava distraída. Alguma coisa havia mudado. Ela levou um instante para perceber o que era. As aranhas. Se antes o conjunto era quase todo formado por aranhas de primeira e segunda onda, com uma ou outra aranha de terceira onda com risco prateado, agora a variedade estava bem mais inclinada para as aranhas de terceira onda — talvez metade —, e elas estavam começando a chegar cada vez mais perto, como se estivessem curiosas com aquelas entidades em trajes de isolamento.

— É melhor nos apressarmos — disse Melanie. — E cuidado, se for que nem no hotel, assim que a rainha, ou mais de uma rainha, reconhecer que somos uma ameaça, o bicho vai pegar.

Ela viu Gordon balançar a cabeça e, embora ele tivesse só murmurado, deu para ouvir as palavras pelo rádio:

— Malditos dentes.

Eles começaram a correr de leve. Dessa vez, os Rangers estavam na dianteira, e o salão era largo e amplo o bastante para quatro pessoas irem lado a lado: dois lança-chamas, duas metralhadoras. Ao lado de Melanie, Julie conseguiu manter o passo.

— Assim que identificarem as rainhas, mandem bala — disse Billy Cannon. Sua voz era grossa e cheia de autoridade e, de alguma forma, ajudou a diminuir o medo de Melanie.

Quando os primeiros quatro Rangers chegaram à esquina, foi como se as aranhas-do-inferno tivessem recebido uma descarga elétrica. Tão logo os homens viraram no corredor, as aranhas começaram a avançar, saindo das paredes, cruzando o chão como uma onda, caindo do teto como neve preta. Melanie ouviu o estouro de um dos lança-chamas disparando, e a batida bruta de uma metralhadora, mas tudo foi abafado pelo som da primeira pessoa que gritou, e depois da segunda.

Melanie sentiu o barulho de aranhas batendo no traje de isolamento, quicando na máscara, e então, de repente, alguma coisa muito maior e mais pesada esbarrou em seu corpo, e Melanie viu um dos fuzileiros — era a mulher, Kim — passando desesperadamente por ela, entrando no salão, em direção às rainhas, com a metralhadora em posição de tiro.

E depois Melanie só conseguiu se concentrar na percepção súbita de que seu medo das aranhas de terceira onda tinha fundamento. Sentiu a malha do traje de isolamento se rasgar no braço, sentiu o toque inconfundível de uma pata de aranha na pele.

Foi uma sensação de corte, de ardência, como uma tocha em cima das terminações nervosas do braço, e Melanie começou a gritar. Uma cacofonia de sons, de berros e tiroteio, e a labareda quente dos lança-chamas. O foco de dor lancinante no antebraço aumentou de um grão de arroz para uma moeda para uma bola de gude, e Melanie só queria que acabasse rápido.

E então, de forma tão súbita que ela levou um susto, tudo parou. O lugar no braço latejava e ardia, mas tinha parado de crescer, e ela sentiu as aranhas caindo de cima do capuz e do traje, e de repente a máscara ficou desimpedida quando as aranhas que estavam penduradas nela caíram no chão. Melanie estava lutando para respirar e, freneticamente, sem nem pensar na burrice do que ia fazer, mexeu na máscara até conseguir tirá-la e puxar o capuz para trás para liberar a cabeça toda. Ela sugou o ar desesperadamente até encher os pulmões, e o cheiro era uma mistura curiosa de fumaça e pólvora com o fedor carbonizado de aranhas-do-inferno. Ela tirou as luvas e rasgou com os dedos a manga no ponto que já havia sido cortado pela aranha de terceira onda.

Ficou olhando com uma curiosidade quase mórbida. No ponto do braço que doía, onde parecia que alguém tinha derramado ácido em cima do osso, ela viu metade de uma aranha-do-inferno enfiada em um rasgo na pele. Havia um risco prateado nas costas dela. Melanie quase esperou que a aranha pulasse de repente, como em um filme de terror, sacudindo uma última vez o corpo, mas ela estava completamente imóvel. Com cuidado, tentando evitar quebrar qualquer pedaço, Melanie a puxou para fora do braço. Ela fez um barulho de sucção, como se fosse uma bota sendo tirada de uma poça de lama, e, se não doesse tanto, Melanie talvez tivesse vomitado. No entanto, assim que a aranha saiu do braço, a agonia diminuiu para um nível cinco ou seis na escala de dor.

Ela ouviu o barulho de alguém vomitando e viu Espingarda, com o rosto descoberto pela máscara, passando mal perto da parede. A alguns metros dele, Gordon estava sentado no chão e olhando para o notebook. Os dois pareciam abalados, mas bem. Julie estava logo atrás.

— Tudo bem? — perguntou Melanie. Julie assentiu, mas Melanie não sabia se acreditava.

Ela viu que, embora várias pessoas estivessem de pé, incluindo Kim, havia pelo menos cinco ou seis corpos caídos na sala seguinte. Todos de Rangers. Os primeiros que tinham entrado. Melanie pensou que eles haviam sido incrivelmente corajosos. Avançando com tudo, quando ela antes só queria saber de fugir. Eles tinham dado a própria vida, mas não havia sido em vão. Melanie viu duas rainhas. Elas estavam uma ao lado da outra, retalhadas pelos tiros de metralhadora e depois torradas por um lança-chamas, e as labaredas ainda dançavam no corpo de uma delas. Em volta das rainhas, todas as aranhas-do-inferno menores estavam imóveis. Qualquer sinal de vida que tinham antes havia desaparecido. Lentamente, Kim abaixou a metralhadora e olhou para Melanie. Não havia mais necessidade de metralhadoras ou lança-chamas. A única ferramenta útil naquele momento seria uma vassoura, para varrer as carcaças e jogar tudo fora.

USS *Elsie Downs*, oceano Atlântico

Broussard se deixou cair com força na cadeira. O objetivo nunca foi o poder. Nunca foi pessoal. Ele havia acabado de falar isso para a presidente. A questão não era ela. Não era ele. Mas a defesa do país. E eles sabiam o que precisavam fazer agora.

Era hora de se render.

Casa Branca Manhattan, Nova York, Nova York

Manny tentou não desviar os olhos enquanto o paramédico enfaixava o braço de Melanie. Ele tinha dado uns sessenta pontos para fechar a ferida do lugar onde a aranha tentara entrar no corpo dela e agora, felizmente, estava envolvendo o braço com uma gaze branca limpa, então Manny não teria mais que ficar olhando para a estrada de ferro irregular da sutura.

— Você vai ficar com uma bela cicatriz aí — disse o paramédico.

— Obrigada. — Melanie estava sentada no sofá Chesterfield da sala de Steph.

Algumas pessoas morreram, e dois dos Rangers e um dos fuzileiros sofreram ferimentos graves o bastante para terem que ser levados à enfermaria no subsolo, mas, tirando o medo, o cansaço e o desgaste emocional, o resto do grupo de homens e mulheres que havia ido para Atlantic City e depois corrido pelo Museu de História Natural parecia em condições bastante boas.

Os dois homens responsáveis pela construção do detector de aranhas estavam em volta da mesa de Steph, trabalhando em computadores separados. O alto e magro usava um notebook de modelo militar, enquanto o outro fazia algo no notebook conectado ao aparelho, o ST11. O alto e magro levantou a cabeça e olhou para Manny.

— Pronto — disse ele. — O programa está disponível para download, e o projeto já está carregado. Se vocês conseguirem espalhar a notícia, as pessoas vão poder montar suas próprias versões.

— Espingarda, certo?

O homem assentiu.

— Seu marido... Ele é...

Espingarda sorriu.

— É, eu sei.

Manny ouviu a agitação antes de Steph entrar pela porta. Ela não perdeu tempo e chegou até a bater palma para chamar atenção de todo mundo na sala.

— Não podemos bobear com isso. Cada minuto importa. Se elas estavam em Nova York, não podemos presumir que não estejam em qualquer outro lugar. É isso aí, pessoal. Melanie — ela se virou e apontou na direção do sofá onde a ex de Manny estava sentada —, como foi que você disse? Se as rainhas morrem, todas elas morrem? Temos uma dúzia de equipes montadas e prontas para sair. Só estamos esperando para saber os alvos. — Ela se virou para Manny, que estava perto da escrivaninha. — Temos as localizações? Quantas rainhas são?

Todo mundo na sala olhou para Manny. Ele olhou para Espingarda. Espingarda olhou para o outro homem, que tirou os olhos do computador.

— Oitenta e sete na América do Norte.

A sala virou uma barulheira. Foi como se alguém tivesse ligado uma televisão no volume máximo, e Manny demorou alguns segundos para conseguir fazer todo mundo se calar.

— Tem certeza? — perguntou ele. — Oitenta e sete? São quase noventa rainhas lá fora, quase noventa colônias ou ninhadas ou o que quer que seja dessas aranhas-do-inferno prontas para se espalhar?

— Tenho certeza — disse Gordon. — Sinto muito. Nós conectamos o ST11 ao sistema de satélites do governo dos Estados Unidos. Estamos captando tudo. O bizarro é que tem um segundo sinal meio que pegando carona no primeiro. Além do sinal que sai de cada uma das rainhas, tem esse outro, que está sendo rebatido junto do primeiro. É como se as rainhas estivessem servindo de repetidores.

Manny se aproximou para olhar o notebook por cima do ombro do sujeito.

— Um segundo sinal? Como assim, "repetidores"? Desculpe, como é que você se chama?

— Gordon. Certo, então, você tem wi-fi em casa?

Manny fez que sim.

— Bom, você provavelmente recebe internet via cabo e tem um modem instalado no ponto de entrada do cabo, e esse modem deve estar ligado a um roteador de wi-fi.

Manny não falou nada. Na verdade, ele não fazia a menor ideia de como funcionava sua internet residencial. Ele era o chefe de gabinete da Casa Branca: não perdia tempo configurando o wi-fi!

— Se você tem um apartamento ou uma casa pequena — continuou Gordon —, provavelmente usa só um roteador. É de onde vem o sinal do wi-fi. Mas, antigamente, quem morava em uma casa grande nem sempre conseguia pegar o wi-fi em todos os cantos da casa. Então se instalava um repetidor de sinal no andar de cima, no porão etc., e aí o wi-fi chegava a todos os cômodos. O problema é que a intensidade do sinal fica menor ao passar por repetidores. O wi-fi nunca é tão bom. É por isso que a maioria das pessoas adotou redes *mesh*. A questão é que estamos captando os sinais que saem das rainhas, mas, com o reforço dos satélites, tenho certeza de que está aparecendo um outro sinal de carona.

Manny nem se deu ao trabalho de tentar entender o comentário sobre redes *mesh*.

— Então as rainhas estão enviando o quê, duas transmissões? Dois conjuntos de ordens a partir de cada rainha?

— Não — disse Gordon. — A analogia com o wi-fi é correta. A origem é uma só, e todas as rainhas espalhadas pelo mundo estão agindo só como repetidores de sinal.

Ninguém falou nada por alguns segundos, e então Melanie se pronunciou.

— Gordon.

— Sim?

— Gordon. — Sua voz estava relativamente calma, mas havia algo ali, um tom sombrio que Manny reconheceu de quando eles eram casados. Nunca era um bom sinal para ele quando esse tom de voz aparecia, mas, milagrosamente, Melanie continuou calma ali. — Corrija-me se eu estiver errada, mas parece que você está dizendo que existe uma única origem transmitindo para todas as aranhas.

— Não é bem uma transmissão, é mais...

— Gordon. Pare. De onde, exatamente, isso está vindo?

Ele deslizou os dedos pelo *trackpad* e clicou em um botão.

— Peru — disse ele.

— Nazca?

— É, como...

Mas Melanie já estava de pé e indo até a escrivaninha para olhar o mapa. Steph também. Foi uma multidão, Manny, Espingarda, Melanie e Steph, todos olhando a tela do notebook por cima do ombro de Gordon.

— Steph — disse Melanie —, nada mais importa. Gordon pode dar a localização das oitenta e sete rainhas, e você pode fazer o que for possível, mas eu preciso dele. Preciso dele e de um monte de gente com armas e lança-chamas e trajes de isolamento, e preciso do avião mais rápido que você puder me dar.

Manny levantou as mãos.

— Epa. Só um segundo.

— Manny — disse Melanie. — Oitenta e sete rainhas. Isso só nos Estados Unidos. Pense em quantas devem ser no mundo inteiro.

— Certo — disse Manny. — Acho que não entendi alguma coisa.

Gordon arregalou os olhos e fez uma cara de quem havia acabado de ganhar um milhão de dólares.

— Cacete! É igual a uma brecha "dia zero". — Ele deu um soquinho no ombro de Manny. — É um termo de hackers. Significa que o sistema operacional tem uma falha que pode ser usada para uma invasão. É chamada de brecha "dia zero" quando não dá tempo de consertar. Elas conseguem se comunicar, não é? Mas uma coisa é elas se comunicarem entre si. Uma única aranha falando com todas é outra história.

— Espere aí — disse Manny. — Então isso significa o quê, que existe uma rainha das rainhas? Melanie?

Melanie olhou para baixo e encostou no curativo do braço com um toque quase carinhoso.

— Eu vou para o Peru. Podemos acabar com tudo isso.

C-17 Globemaster III, vinte mil pés e subindo

Eles levantaram voo em menos de meia hora. Kim ficou impressionada com a rapidez com que dava para atravessar Manhattan de carro durante o apocalipse, especialmente sob a escolta de viaturas policiais e veículos militares. Na pista de decolagem, pararam só para entrar em quatro VTL, já carregados com kits de isolamento, lança-chamas e M16s, e então subiram os veículos de ré pela rampa traseira do C-17 Globemaster III.

Eram quatro civis: Melanie e Julie, além de Gordon e Espingarda com o fiel ST11. Todos os Rangers que não haviam morrido em Atlantic City ou no museu se ofereceram para ir, incluindo Kim.

— Quero terminar o serviço — dissera ela. Billy Cannon havia aceitado, e eles acrescentaram Rangers novos para completar a equipe. Dezesseis pessoas ao todo. Quatro em cada VTL.

O avião subiu em um ângulo íngreme rumo ao céu do fim de tarde, e Kim tentou se acomodar. De repente, ela percebeu que não fazia a menor ideia de qual era o fuso horário do Peru. Mas estaria escuro. Disso ela sabia. O C-17 era potente, mas, mesmo indo a quase três quartos da velocidade do som e com reabastecimento aéreo, a viagem levaria umas seis horas. Kim ainda teria bastante tempo para ficar nervosa. Mas, enquanto isso, ela fechou os olhos. Uma coisa que havia aprendido com os fuzileiros era isto: dormir sempre que possível.

Berlim, Alemanha

Suas pequenas giraram e se agruparam ao seu redor. Ela estava prestes a enviá-las para a noite quando sentiu o desaparecimento súbito de uma de suas irmãs. Já havia acontecido algumas vezes, mas com essa foi diferente. Algumas já haviam sumido de sua consciência antes, mas, com aquelas, foram rompantes instantâneos de luz e calor. Com essa irmã, houve um momento de clareza antes de ela ser destroçada. E, pouco depois, aconteceu de novo.

Pela primeira vez, ela sentiu medo.

Dobrou as patas debaixo do corpo e se acomodou cuidadosamente para repousar no concreto úmido do túnel de esgoto. Seu exoesqueleto novo tinha endurecido, mas ela não queria danificar os ovos que estava carregando. Permaneceu imóvel, enquanto milhares de pequenas pretas e com listra vermelha e risco prateado giravam e se amontoavam e rastejavam em cima dela, movimentando-se na escuridão, ansiosas para sair e comer. Ela lhes assegurava que não demoraria muito mais, e ela escutava.

Seu coração batia em uníssono com o das irmãs, todas escutando aquele batimento único que dizia para esperar, esperar, esperar. Muitas outras de suas irmãs ainda estavam se recuperando da muda, e seus ovos não estavam prontos. Logo, logo, logo elas avançariam juntas, dizia aquele batimento.

Ela sabia que estava escuro fora daqueles túneis, mas o sol não demoraria muito para nascer de novo, e aí chegaria a hora.

USS *Elsie Downs*, oceano Atlântico

Os marinheiros estavam enfileirados nos corredores, cada um em rígida posição de continência enquanto ele passava. Avançou sem pressa, correspondendo a cada um dos homens e mulheres que o haviam seguido. Ele não sabia o que seria de todos ali, e era o mínimo que ele podia fazer como forma de retribuição. Ninguém podia imaginar o que aconteceria nesse mundo novo, mas ele torcia para que os militares tivessem algum futuro. Quanto ao próprio futuro, ele não se importava. Havia feito o que julgava ser o certo. Ele se apresentaria à presidente e assumiria toda a responsabilidade. Não havia como evitar as consequências.

Àquela altura, o máximo que ele podia fazer era garantir que seu erro não custasse mais vidas.

Enquanto caminhava até o convés de pouso, Broussard percebeu que nutria uma estranha admiração pela presidente Pilgrim. Ele a havia encurralado, e ainda assim ela vencera. A Operação SALVAGUARDA estivera nas mãos dele, mas, de alguma forma, ela o havia superado. E, mesmo sabendo que era o fim de sua carreira — e, com certeza quase absoluta, de sua vida, já que ele seria julgado e condenado por traição —, ele não estava arrependido. Em sua opinião, se ele não tivesse feito o que fez, se não tivesse provocado o desespero da perseguição, a presidente talvez ainda estivesse perdendo tempo com medidas paliativas. Pelo menos era isso que Broussard dizia para si mesmo.

No convés de pouso, ele conversou rapidamente com a tripulação do avião-tanque, depois recuou para uma distância segura e o viu decolar. Havia certa satisfação em ver a aeronave encolher rumo ao pôr do sol, em saber que, pelo menos nesse pequeno aspecto, ele havia tomado a decisão certa.

A um quilômetro e meio do litoral do Maine

Annie estava praticamente pulando, o que não teria sido nenhum problema, mas os joelhos de Mike estavam com câimbras de matar depois de tanto tempo no Cessna. Ele havia mudado de lugar com Carla — ela não tinha brevê de piloto, mas entendia mais de aviões do que Mike, e Rex queria que ela ficasse na frente para o pouso no mar —, e Annie tinha insistido em se sentar no colo dele enquanto se aproximavam.

— É ali? É ali? — Ela estava apontando pela janela lateral para um pedregulho pequeno e deprimente no meio do mar.

— Não. — Ele riu e a virou para que olhasse para a frente. — Acho que aquilo seria um pouco pequeno para a gente. Mas ali, se você olhar para a frente, acho que é para lá que estamos indo. Viu o cais? Dá para ver os barcos.

Mike percebeu que Fanny estava sorrindo, o que era bom. Eles tinham uma relação amistosa que quase chegava a ser uma amizade de verdade, e ele ficava feliz de saber que ela o considerava um bom pai. Era estranho, ele pensou, ter um relacionamento assim com uma ex-esposa. Eles tinham se dado relativamente bem desde o divórcio, com os típicos altos e baixos, mas, desde que tudo havia ido para o espaço, ele passara muito mais tempo com ela e o marido do que se a situação fosse normal. E, pelo menos por algum tempo, isso não ia mudar. Pelo que Rex dissera e pelo que ele estava vendo da janela do cockpit, a ilha não era grande coisa.

Eles já vinham voando baixo, a cento e poucos metros do mar, então a descida não foi abrupta. Felizmente, a água estava bem tranquila. Parecia quase um quadro pintado. Esse havia sido o único receio de Rex, de que o mar estivesse agitado, mas eles tinham combustível mais do que suficiente para voltar e achar algum lugar no continente. Havia pelo menos duas pistas de pouso nas proximidades, mas nesse caso eles teriam que achar um carro e depois um barco para ir até a ilha. O pouso mesmo nem deu para sentir. Só uma noção gradual de que eles estavam indo mais devagar, de que o oceano estava subindo até tocar os flutuadores.

Rex manteve as hélices girando, manobrando cuidadosamente o Cessna entre os barcos de pesca atracados no cais, aproximando-se do píer, mas sem chegar até o fim.

— Ah, pessoal, não quero ser nenhum estraga-prazeres, mas temos um comitê de não-muito-boas-vindas. — Leshaun estava apontando para um pequeno grupo parado na beira do píer.

Estavam todos armados, uma mistura de carabinas e espingardas, e Mike contou cinco homens e uma mulher. Um dos homens era mais velho, por volta da idade de Rex, um sujeito grande com uma espingarda de cano duplo e uma cara de extrema irritação, mas os outros quatro e a mulher eram mais próximos da idade de Mike.

Apesar de tudo, Rex parecia bastante satisfeito.

— Não tem problema — disse ele. — Eu conheço um cara.

Leshaun e Mike trocaram um olhar, e então Leshaun deu de ombros e mexeu a boca como se dissesse *Ele conhece um cara.*

C-17 Globemaster III, Nazca, Peru

— Verifiquem de novo seus trajes de isolamento. Confiram se todas as frestas estão lacradas. Sabemos que as aranhas-do-inferno de terceira onda podem comprometer a integridade dos trajes, mas eles vão protegê-los contra aranhas de primeira e segunda onda. Aterrissagem em dez minutos. Todo mundo de cinto. — Cannon já havia separado o grupo nos VTL, mantendo Gordon, Espingarda e o ST11 juntos no primeiro veículo, conduzido por Kim, mas dividindo Melanie e Julie em carros diferentes. — A pista tem exatamente zero de margem de segurança. Nosso piloto disse que está tudo sob controle, mas pode ser que o pouso seja meio bruto. Assim que pararmos, a tripulação vai liberar as cintas de segurança e abrir a rampa, e aí a gente sai. Quero os VTL acelerando assim que possível. Sabemos que existem aranhas-do-inferno na área. Não vamos dar chance para nenhuma delas pegar carona. Gordon nos deu as coordenadas, então, quando estivermos no chão, todo mundo sabe para onde ir, mas fiquem de boca fechada caso seja preciso fazer uma correção de curso. Alguma pergunta?

Ninguém tinha, e Cannon bateu no teto da picape de Melanie e subiu no banco do carona. Ela estava atrás do motorista, então ele se virou e fez sinal de positivo.

— Tudo certo, dra. Guyer?

— Espero que sim — disse ela. Na verdade, ela estava se sentindo péssima. O braço doía no ponto onde a aranha tinha tentado se enfiar na pele, e ela estava cansada, e com medo.

— Vai ficar tudo bem — disse Cannon. — Certo, pessoal, mais uma vez. Vamos nos aproximar o máximo possível com os VTL. O ideal é identificar o alvo de longe e pedir um ataque aéreo. Temos dois Super Hornets a caminho com armamento ar-terra, e eles estarão sobrevoando a área quando chegarmos ao local. Mas precisamos ver o alvo. Nada de especulação. Se não pudermos chamar a cavalaria de longe, a segunda opção é atacar com as calibres .50. E, se isso não resolver, bom, espero que vocês estejam prontos para torrar umas aranhas.

Melanie ouviu os Rangers responderem com um grito animado, mas sabia que, se fosse possível escolher, ela preferiria a porta número um.

— Gordon — disse ela, quando a gritaria diminuiu. — Ainda está tudo certo com a localização?

— Parece uma fogueira acesa na tela escura — disse ele. — É aqui. Com certeza. A cada quilômetro o sinal só vai ficando mais forte. E... Bom. Você não vai acreditar.

— Diga.

— Sobrepondo o sinal com os mapas. É nas Linhas de Nazca, a uns setecentos ou oitocentos metros da estrada. Adivinha de qual das Linhas de Nazca o ST11 diz que o sinal está saindo?

— Você só *pode* estar de sacanagem.

— Bom, a menos que você esteja pensando no macaco ou em qualquer outra que não a aranha, não, não estou de sacanagem.

Uns cinco minutos de falação nervosa se passaram, e então Cannon mandou todo mundo verificar o traje uma última vez, cada um conferindo seu próprio equipamento e o da pessoa ao lado. Depois, solavancos e guinchos quando o trem de pouso do avião tocou a pista. Como os VTL tinham embarcado de ré, Melanie sentiu o corpo ser puxado cada vez mais para dentro do assento quando o piloto inverteu os motores. Ela nunca havia passado por uma aterrissagem tão abrupta. Foi rápido demais para dar medo, mas ela estava feliz por não poder ter visto como a pista era curta. Segundo as informações que eles haviam recebido, o aeroporto perto de Nazca era feito para aviões pequenos como o que Melanie havia usado anos antes, quando ela e Manny visitaram o lugar como turistas. Não era o tipo de aeroporto adequado para aeronaves militares de transporte.

Ela ainda sentia o avião se mexendo quando os tripulantes começaram a correr para soltar os VTL. Melanie imaginava que o C-17 teria comportado pelo menos mais um veículo, mas também acreditava que, se a equipe reduzida deles não desse conta do serviço, não seria um a mais que faria diferença. Ela estava no segundo veículo, atrás do conduzido por Kim com Gordon, Espingarda e o ST11. Apesar da escuridão, ela conseguiu ver a traseira se abrindo para o breu da noite peruana.

O primeiro VTL avançou, e depois o de Melanie. Ela não conseguiu se conter e olhou para trás para conferir se os outros dois estavam seguindo de perto. Quando se virou para a frente de novo, o veículo deu um solavanco e desceu para o solo do Peru. O motorista pisou fundo no acelerador, e as rodas do VTL bateram no chão, fazendo o blindado sacudir para a frente. Estava quase totalmente escuro do lado de fora, o que deixou Melanie confusa por um instante. Era um aeroporto. Devia estar iluminado. Mas então ela viu de relance uma massa escura rastejando pelo chão e corpos do tamanho de bolas de tênis sustentadas por oito patas, e foi quando se deu conta de que fazia todo o sentido o aeroporto estar escuro. Não tinha sobrado ninguém para acender as luzes.

Nazca, Peru

Kim tinha conseguido dormir algumas horas no avião, e no resto da viagem passara a maior parte do tempo olhando o mapa. Cannon a deixara na posição de primeira condutora, e ela não queria cometer nenhum erro. Tudo mundo parecia ciente de que velocidade era prioridade. A ideia de ter que parar e se orientar, ou de entrar em um beco sem saída e ter que dar ré, não era nada palatável. As aranhas no cassino e hotel de Atlantic City aparentemente não repararam neles, mas o museu não tinha sido uma experiência agradável. Era difícil contestar a impressão de que as aranhas pareciam capazes de aprender e como as de risco prateado nas costas obviamente conseguiam rasgar os trajes de isolamento...

Séria, ela pisou fundo no acelerador, ganhando velocidade. As ruas estavam em melhor condição do que ela tinha imaginado, e o carro atingiu a velocidade máxima assim que eles saíram do aeroporto e pegaram a via principal. Segundo Gordon, eram vinte e nove quilômetros de estrada a partir do aeroporto, e depois a origem do sinal ficava a uns setecentos e sessenta metros pela trilha de terra. Por sorte, apesar dos carros e caminhões abandonados no meio do caminho, os veículos estavam dispersos o bastante para ela poder seguir pela contramão ou, nos pontos onde o acostamento de terra não era interrompido por nenhuma construção, levantar um pouco de poeira por alguns segundos antes de voltar para o asfalto. Ela olhava o retrovisor com regularidade; os outros três VTLs vinham mantendo o ritmo. Eles tiveram que entrar na cidade de Nazca e sair de novo, e depois que pegaram a rodovia no meio do deserto a viagem seguiu tranquilamente. Por sorte, estavam indo tão rápido que os corpos devorados até os ossos na beira da estrada mal apareciam nos faróis quando ela passava. Isso significava que os cadáveres quase não pareciam ameaçadores. Quase.

— Gordon?

— Ainda forte, Kim. O sinal está firme.

Mesmo se não tivesse perguntado ela saberia. Havia algumas aranhas perto do aeroporto; na cidade, Kim tinha visto aglomerações e, nos lugares mais iluminados, sombras escuras cujo movimento estranho denunciava sua natureza. Mas ali, mesmo com a pouca luz dos faróis, ela viu que havia cada vez mais. Uma passou voando e acertou o para-brisa com um barulho alto, espalhando tripas pela superfície toda. Kim ligou o limpador. Uma mancha espessa e asquerosa ficou esparramada no vidro.

O Ranger no banco do carona estava com um daqueles lança-chamas caseiros. Ele balançou a cabeça.

— Que nojo.

— Gordon, falta quanto? — perguntou Cannon pelo rádio.

— Uns seis quilômetros.

— Certo. Vamos lá. Quero visão do alvo antes de pedir um ataque aéreo. Não podemos correr o risco de errar.

Ninguém respondeu.

Kim manteve os dedos em volta do volante. Faltavam cinco quilômetros, depois três, e as aranhas já estavam tão densas que ela tinha que se concentrar para continuar na estrada. Elas cobriam a divisão entre o asfalto e a terra. O murmúrio dos pneus avançando pelo asfalto mudou para algo diferente, como se eles estivessem dirigindo na neve. Um barulho crocante e úmido de aranhas esmagadas.

Gordon se inclinou para a frente para tocar no ombro de Kim.

— Mais um quilômetro e meio. — E então ele lembrou que estava com um headphone dentro do traje de isolamento e que todo mundo estava ouvindo a mesma frequência. — Ei, pessoal, atenção. Daqui a uns quarenta e cinco segundos a gente vai passar por uma torre de observação à esquerda. Não é uma torre de verdade. Meio improvisada. Depois dela, vão ser uns cento e sessenta metros, e depois uma curva fechada para a esquerda por cima da terra. A partir daí... bom, vamos ver o que a gente encontra.

Outra aranha pulou e bateu no para-brisa, mas desta vez o estrondo foi alto. Kim sentiu o coração pulando no peito e quase saiu da estrada quando ouviu o grito pelo rádio.

— No meu traje! No meu traje!

— Jackson, é só...

— Minha perna!

— Continue dirigindo! — A voz de Cannon se sobrepôs à gritaria, e Kim não tirou o pé do acelerador. Jackson era um dos Rangers no terceiro VTL. O que estava com Julie Yoo.

O carro estava voando na estrada, indo o mais rápido possível, mas não parecia rápido o bastante no meio dos berros e da gritaria.

— Ai, Jesus! — Ela tirou a mão direita do volante para bater na esquerda. Uma aranha tinha acabado de correr pelo pulso; ela a sentira por cima do traje antes de vê-la. Tudo bem. Tudo bem. Uma aranha toda preta, de primeira onda. — Algumas estão pegando carona.

Ela viu a torre: uns três lances de escada, mas, sob a luz dos faróis, a estrutura parecia tremular toda, como se estivesse viva com uma segunda pele de aranhas.

— Esquerda! Esquerda! — gritou Gordon.

A voz dele quase sumiu no meio da gritaria que ainda vinha do terceiro veículo, mas então o barulho parou e deu lugar a Julie falando.

— Acho que estamos bem. Fechamos o traje de Jackson com fita adesiva. Fora isso, parece que estamos bem.

Kim achou que a voz soava abalada, mas isso parecia razoável, já que ela própria também estava abalada.

Ela virou o volante e pisou no freio devagar para não perder o controle, mas ainda estava a quase cinquenta por hora quando saiu do asfalto para a terra. Ou pelo menos para o que ela achava que fosse terra. A paisagem toda era um pesadelo embolado de aranhas, corpos e patas pretas que pareciam refletir os faróis e absorver toda a luz ao mesmo tempo.

— Para onde?

— Uns dez graus para a esquerda — respondeu Espingarda. — Você está indo bem, Kim. Continue dirigindo. É lá na frente. — A voz dele estava incrivelmente calma, e foi o bastante para tranquilizá-la um pouco.

E então ela viu as aranhas começando a se sacudir e fervilhar, a massa preta do chão gradualmente se acumulando e avançando, movimentando-se em ondas. Era como se...

Kim gritou assim que percebeu o que estava acontecendo.

— Ela sabe que a gente está chegando!

— Não pare! — gritou Cannon. — Até o fim, olhos abertos, e então atiramos. O único caminho é para a frente. Vamos acabar com isto!

Kim sentia o suor escorrendo pela nuca, os ossos se sacudindo a cada pulo do veículo no terreno irregular. Adiante, a massa fervilhante subiu, transformando-se em uma muralha de aranhas que agora chegava no mínimo à altura do para-choque. Ela pisou com mais força no acelerador, aumentando a velocidade enquanto escutava as aranhas-do-inferno batendo no veículo como granizo.

— Sessenta metros!

Mais uma vez, houve uma gritaria súbita no rádio, vozes emboladas, e desta vez Kim não fazia a menor ideia de quem tinha sido. Ela deu uma olhada rápida no retrovisor e viu que os faróis de um dos VTL estavam se afastando da fileira; obviamente, o motorista tinha perdido o controle.

— Trinta!

— Ai, meu Deus!

Bem na frente dela, como se fosse uma onda gigante. A quinze metros de Kim, parecia que as aranhas-do-inferno tinham começado a subir uma em cima da outra. Elas recuaram, subindo a dois, três, cinco metros de altura, expondo a terra do deserto.

— Vou parar — gritou Kim, pisando com tudo no freio. Ela foi segurada pelo cinto, e depois o soltou para subir até a calibre .50, xingando o traje que dificultava o movimento. O Ranger que estava sentado no carona saiu pela porta do veículo, e o lança-chamas já estava cuspindo fogo antes mesmo de ele pisar no chão. Atrás dela, os outros dois VTLs brecaram de repente, as portas se abriram, e jatos gloriosos de fogo brotaram deles também.

Ela tivera presença de espírito suficiente para perceber que a única salvação deles havia sido o fato de que, em vez de continuarem tentando dominá-los, as aranhas-do-inferno tinham recuado para cobrir e proteger o que quer que fosse aquilo atrás da cortina viva.

— Contornem o veículo líder! — berrou Cannon. — Não deixem as aranhas chegarem perto!

Enquanto os homens com lança-chamas assumiam posição, despejando fogo de um lado para o outro, a onda de aranhas-do-inferno partiu para cima deles de repente, com um barulho alto o bastante para superar o chiado rouco dos lança-chamas. Foi o pior som que Kim ouviu na vida. Ela se equilibrou e segurou o gatilho, apontando a calibre .50 na direção da maior concentração de aranhas.

E foi então que, quando as aranhas começaram a avançar na direção deles, a cortina se abriu e ela viu.

A rainha.

A uns quinze metros de distância. Era do mesmo tamanho da que Kim tinha visto em Atlantic City, como um barril em cima de cabos de vassoura articulados, só que a semelhança acabava aí. Aquela rainha era deslumbrante. As patas eram cobertas por uma massa grossa de pelos pretos da cor do céu em uma noite de verão, e o exoesqueleto cintilava, quase azul de tão preto que era.

Ela viu a onda incansável de aranhas imoladas pela ira dos lança-chamas, mas havia aranhas demais. O primeiro Ranger foi coberto e caiu.

Kim se preparou, concentrou-se e apertou o gatilho. Ao mesmo tempo, percebeu que estava gritando:

— Toma essa!

Ela sentiu a arma tossir, um som que mais parecia uma experiência física do que algo que pudesse ser escutado. Afundou o dedo no gatilho. A Browning despejava quinhentas balas por minuto, e Kim pretendia apertar aquele gatilho para sempre.

Ela nunca tinha visto nada tão glorioso.

A rainha dançava miseravelmente, e seu corpo pulava enquanto era retalhado pela calibre .50. Kim continuou atirando, acompanhando o corpo da rainha aonde ele ia, transformando a aranha em um monte de carne moída.

Ela finalmente soltou o gatilho. A batida pesada da calibre .50 deu lugar ao furacão dos lança-chamas, mas depois esses também se apagaram, um de cada vez.

Não havia silêncio. Apesar da dificuldade de escutar qualquer coisa através do capuz do traje, o som de centenas de milhares de carcaças das aranhas-do-inferno escorregando e batendo no chão era extraordinário, como um trem de carga ou uma ambulância passando. Mas era indiscutível o fato de que elas estavam mortas. Meros cadáveres sucumbindo à gravidade.

Depois disso, o único som que Kim ouviu foi a gritaria de comemoração.

Nazca, Peru

Melanie parou ao lado do que restava da rainha. Mesmo destruída, era um lindo monstro.

Ela estava segurando a máscara em uma das mãos e tinha abaixado o traje e amarrado as mangas em volta da cintura. Havia um rasgo na altura do quadril, mas, a menos que seu corpo estivesse tão cheio de adrenalina que não sentia nada, ela tinha certeza de que estava ilesa. Desta vez. O braço ainda doía, e ela sentia a ferida latejando por baixo do curativo. Mas era bom ficar ali no sereno, sentindo o suor secar no ar frio do deserto.

Era bom estar viva.

— Dra. Guyer — disse Cannon. Ele deu uma olhada nos restos destruídos da aranha-do-inferno gigante. — Sinto muito, mas temos que ir embora. Alguns de nossos homens precisam de cuidados médicos. — Ele não mencionou o veículo cheio de homens que tinha se desviado, nem os outros três homens que nem adiantaria tentar socorrer. — Vamos poder fazer muito mais por eles no avião.

Melanie assentiu.

Eles ouviram gritos vindos de onde os três VTLs que restavam tinham estacionado. Um calafrio gelado percorreu seu corpo todo, mas então ela percebeu que não era o som do pânico. A gritaria era de animação. Ela correu com Cannon até os veículos.

— Senhor! Seu headphone não está na cabeça.

— Desculpe, rapaz. O que foi que eu perdi?

— Notícias de Berlim, Boston, ah, sei lá, de vários lugares. É como se a gente tivesse puxado a tomada! As aranhas acabaram. Elas se apagaram, senhor. Todas!

Cannon assentiu com a cabeça e olhou para Melanie. Pela primeira vez, ela teve a impressão de que ele aparentava a idade que tinha, e então percebeu que ele devia estar tão cansado quanto ela. Mas, pelo menos naquele momento, ela se sentia completamente acordada.

— Dra. Guyer. Melanie. Eu sei que não temos todas as informações, mas... — Cannon parou.

— O que isso significa? Era isso que você ia perguntar, não era? — Melanie não conseguia conter o sorriso. — Significa que a gente conseguiu.

Ela começou a rir.

— A gente ganhou.

Nazca, Peru

Espingarda resmungava cada vez que o veículo sacudia sua perna, ou seja, estava resmungando sem parar. Eles ainda precisavam percorrer centenas de metros até voltarem para a estrada relativamente bem asfaltada, e, embora Kim estivesse dirigindo devagar, o carro balançava bastante.

Gordon tentou manter a perna de Espingarda o mais firme possível. Ele havia cortado fora o traje para poder tratar do ferimento, que era bem feio. As aranhas-do-inferno tinham feito um belo estrago na panturrilha e no tornozelo de Espingarda.

Apesar de tudo, seu amigo estava com um sorriso enorme estampado no rosto.

Nazca, Peru

Um dos Rangers tinha recuperado o VTL desviado e o trouxera de volta para eles carregarem os corpos dos demais. Ninguém ia ficar para trás, morto ou vivo. Kim ficou feliz de poder levar os vivos.

Ela também ficou feliz quando finalmente saiu da terra e voltou para a rodovia. Espingarda já havia tomado analgésicos, mas eles nitidamente ainda não tinham surtido efeito. Seria bom levá-lo de volta para o aeroporto. Espingarda não era o homem com o pior ferimento, mas ele precisava de mais do que um curativo de campanha.

Sentada ao lado de Kim, Julie Yoo parecia atordoada.

— Tudo bem? — perguntou Kim.

— Para ser sincera, sim. Quer dizer, estou meio zonza, mas não de um jeito ruim. Seria bom tomar uma taça de vinho. E talvez um calmante.

Kim riu. Ela acelerou até uns sessenta quilômetros por hora. Queria chegar o mais rápido possível ao aeroporto, mas a estrada estava cheia de aranhas-do-inferno mortas, e ela não queria correr o risco de sofrer um acidente. Só com os faróis para iluminar o caminho, ela estava mais preocupada com...

— Ei, Julie? É imaginação minha, ou tem um par de faróis vindo na nossa direção?

— Também estou vendo.

Kim reduziu a velocidade conforme os faróis se aproximavam. Quando a picape emparelhou à esquerda delas, motoristas lado a lado, ela parou.

— E aí? — disse Kim. Ela realmente não conseguiu pensar em mais nada para falar.

— Meu deus, como é bom ver vocês. E vocês são americanos! — O cara no volante era ligeiramente mais velho que Kim, talvez com uns vinte e poucos anos. Uma mulher de cara amarrada estava no banco do carona.

Kim sentiu quando Julie pôs a mão em sua perna ao se inclinar por cima dela.

— Pierre?

— Julie? — O homem arregalou tanto os olhos que Kim ficou com medo de eles pularem para fora da cabeça. — Julie? Que diabos você está fazendo aqui?

A passageira ao lado dele soltou uma risada ríspida e alta.

— Claro — disse ela. — Por que não?

O homem, Pierre, lançou uma olhada para a mulher, nitidamente consternado. Mas então olhou para Julie e, com uma sinceridade meio fofa, soltou:

— Eu te amo! Quer dizer, desculpa, eu sei que não é a hora nem o lugar para isso, mas aconteceu tanta coisa, e eu não paro de pensar em você, e até antes de tudo isso eu pensava sem parar em você, e preciso dizer que te amo. Eu sempre fui apaixonado por você, e...

— Pierre. — Julie teve que falar o nome dele outras duas vezes para fazê-lo parar. Kim deu uma olhada no retrovisor. Viu a luz dos outros dois VTLs se aproximando.

— Julie — disse Kim —, a gente tem que ir. Espingarda precisa de atendimento médico.

— Certo. — Julie se inclinou mais por cima de Kim para conseguir apoiar a mão na janela, quase como se estivesse tentando pegar a mão de Pierre. Quase, mas não tanto. — Pierre, agora não. Mas, se você quiser seguir a gente, acho que consegue uma carona de volta para os Estados Unidos.

— Sério, a gente tem que ir embora — disse Kim. Ela encolheu os ombros. — Sinto muito. — As luzes dos VTLs já estavam quase os alcançando, então ela começou a dirigir de novo. Pelo retrovisor, viu a picape dar meia-volta e começar a segui-los.

Ela e Julie não falaram nada até chegarem à periferia da cidade, e então Kim disse:

— Ele ama você?

— Acho que sim — disse Julie.

— E vocês namoraram na faculdade?

— Mais ou menos.

— Então...?

— É.

E não falaram mais nada até chegarem ao aeroporto.

EPÍLOGO
Ano-Novo

Stornoway, ilha de Lewis, Hébridas Exteriores, Escócia

Ele queria ter ido para Edimburgo. Algum lugar com um hospital de grande porte. Mas Thuy se recusou. Ela disse que era uma gravidez de baixo risco, e que o Hospital das Ilhas Ocidentais de Stornoway tinha estrutura mais do que suficiente para lidar com um simples parto. Além do mais, ela *trabalhava* ali. Que imagem estaria passando se fosse para outro lugar?

A outra verdade era que as redes médicas estavam completamente sobrecarregadas, não só em Edimburgo, mas em todo canto. Só que era pior em cidades grandes como Edimburgo. Isso valia para qualquer lugar do mundo, e não só na área da medicina. Houvera notícias de pilhagem de comida em Toronto na semana anterior, e alguns lugares de inverno mais rigoroso ainda enfrentavam sérios colapsos de infraestrutura. Mas, de modo geral, as viagens estavam normais de novo. Bom, normais não — nada jamais voltaria ao normal —, mas era possível viajar. O que provavelmente também tinha sido um grande motivo para a insistência de Thuy, já que a família dela conseguira chegar a Stornoway. A primeira coisa que ele e Thuy fizeram depois do Dia A — Dia da Aranha, o dia da vitória, mas todo mundo chamava só de Dia A, como o Dia D — foi o casamento. A família dela não pudera comparecer, mas de jeito nenhum que eles perderiam o nascimento também.

Estavam todos lá fora, na sala de espera, junto com o avô dele: a mãe de Thuy, o pai, o irmão, o namorado do irmão e o cachorro do namorado do irmão. Aonghas não fazia a menor ideia de como eles tinham convencido a equipe do hospital a deixar o cachorro entrar.

Ele se inclinou e beijou a testa de Thuy. Ela estava suada e corada, e aos olhos de Aonghas ela nunca parecera tão bonita. E então ele se inclinou e beijou a filha deles, que estava rosa e chorosa. Para falar a verdade, ela estava meio amassada; mas também era absolutamente perfeita, e ele sentia vontade de chorar de novo sempre que olhava para aquele narizinho.

— Eles podem entrar? — perguntou Aonghas.

Thuy sorriu, então abriu a porta e a família dela entrou de repente, tagarelando, cheia de *aaahs* e *ooohs*, e Aonghas mal conseguiu segurar o riso quando as pessoas encheram o quarto. O avô dele, com um sorriso enorme, esperava pacientemente.

— Quer segurá-la? — ele perguntou ao avô.

— No devido tempo, Aonghas, no devido tempo. É a vez dos pais de Thuy.

Eles ficaram em silêncio por um instante, juntos, neto e avô, e Aonghas sentiu quase fisicamente o peso daquele amor pelo homem ao seu lado.

Padruig falou em voz baixa, para que só Aonghas escutasse.

— Ela já tem nome?

A pergunta realmente pegou Aonghas de surpresa.

— Claro — disse ele. — É o mesmo nome dela.

— Ah. Sua mãe. Claro.

— Não — disse Aonghas. Ele percebeu que estava prestes a chorar de novo, mas tentou se segurar. — Minha avó. Sua esposa. Ealasaid. A gente ia dar o seu nome se fosse menino, mas é menina, então é Ealasaid.

Olhar para o rosto do avô naquele momento foi o mesmo que ver uma parede desmoronar lentamente no mar. Os lábios dele começaram a tremer e se abrir, e então lágrimas enormes começaram a descer pela face enrugada.

Foi um bom jeito de receber o Ano-Novo.

Oxford, Mississippi

Santiago sabia que outras pessoas tinham passado por coisa pior, mas, ainda assim, ele estava sofrendo.

O funeral de Juliet tinha sido logo depois do Dia de Ação de Graças. Ele estava arrasado, mas sabia que o tempo dela simplesmente tinha acabado. Ela havia vivido mais tempo do que o prometido pelos médicos quando nascera, e, para ele, cada minuto tinha sido uma dádiva.

Santiago havia tirado o resto do dia para guardar o luto junto da esposa, de Oscar e da sra. Fine. Os pedreiros trabalhavam seis dias por semana, e ele era mestre de obras, mas, ainda assim, os homens ficaram surpresos quando ele voltou na manhã seguinte. Ele disse que havia muito a fazer, mas a verdade era que tinha medo de ficar em casa. O trabalho era um consolo para ele, para a esposa — ela administrava uma equipe de trabalhadores rurais — e até para Oscar, que tinha voltado para a escola em outubro, quando as aulas recomeçaram. O governo designara Oxford como local de reassentamento, mas só metade das residências estava ocupada. Porém, era o bastante para ter muito trabalho, para manter a cabeça ocupada após a morte de Juliet. Até a sra. Fine trabalhou atrás do balcão, apesar de o racionamento de gasolina ser tão pesado que eles só abriam no fim de semana, e de as prateleiras da loja estarem mais vazias do que cheias.

Apesar da tristeza, Santiago também estava feliz, porque sabia que eles tinham feito tudo que podiam e que Juliet havia vivido a vida mais plena possível. O que mais ele podia pedir de Deus?

Até que, alguns dias depois do Natal, quase no Ano-Novo, a sra. Fine não desceu para tomar café. O coração dele já sabia antes mesmo de começar a subir a escada.

Santiago fez questão de cavar o túmulo. Podia ter usado uma retroescavadeira, mas queria celebrar a sra. Fine com o próprio trabalho. Embora o dia estivesse nublado, fazia calor o bastante para suar. Ele parou algumas vezes para beber água e para comer um sanduíche que a esposa tinha preparado. Tinha bastante tempo. Mesmo com o mundo novo à frente, o pessoal havia sido dispensado de trabalhar no Ano-Novo. Santiago acabaria de cavar, voltaria para casa, tomaria um banho e vestiria seu único terno — ele não esperara ter que usá-lo de novo tão cedo —, e então eles poderiam sepultar a sra. Fine.

E, depois disso, ele pensava em arrumar outro pedaço de granito como tinha feito para Juliet. No da filha, Santiago havia gravado o nome dela, as datas de nascimento e morte, e só as três primeiras palavras da música que costumava cantar para ela: *La linda manita*. O resultado ficara meio grosseiro, mas tinha sido o melhor que ele conseguira fazer. A esposa concordava que a lápide de Juliet não precisava de mais nada além do nome, das datas e daquelas três palavras.

Enquanto cavava, ele já sabia que a placa acima do túmulo da sra. Fine teria só uma palavra: *Abuela*.

Burlington, Vermont

Gordon passou o contador Geiger por cima do carregamento. De vez em quando, eles recebiam alguma coisa com um item contaminado das zonas de perigo. Por maior que fosse a gravidade das advertências, sempre havia gente que achava que o risco valia a pena. Embora quase tudo fosse verificado antes de ir para Vermont, Gordon achava que era uma precaução razoável, então o conselho da cidade decidira acrescentar o reforço. Como o conselho era composto apenas por Gordon, Espingarda e Amy, ele não tinha precisado discutir muito. Ainda não havia encontrado nada radioativo, mas, em setembro, dezenas de pessoas tinham morrido por radiação na Filadélfia depois que alguém fez besteira. Melhor prevenir do que remediar.

O detector de radiação não deu nem um apito, então Gordon liberou o carregamento.

— Vou encerrar por hoje — disse ele para a assistente, Wendy. Ela tinha só dezesseis anos, uma criança, mas aprendia rápido, e naqueles tempos dezesseis anos bastavam para alguém se bancar.

— Quer que eu termine de catalogar tudo? — perguntou ela, mas Gordon percebeu que ela não estava muito a fim. Ele costumava trabalhar até tarde, e não era comum sair antes das sete. Com certeza ela queria ir ver o namorado.

— Não tem problema. Podemos continuar amanhã de manhã.

Ele passou alguns minutos ajeitando a papelada e desligando o computador, e então fez uma ronda rápida para verificar se o armazém estava trancado. Felizmente, eles moravam em uma localidade com abundância de recursos naturais, então não havia os mesmos problemas de pilhagem que aconteciam em outras áreas de reassentamento, mas não custava tomar cuidado. Burlington tivera uma sorte extraordinária e só havia perdido cerca de vinte por cento da população, mas isso também significava que as necessidades da região eram maiores. Gordon passava a maior parte do tempo como um almoxarife de luxo. Ele digitou o código do alarme, conferiu se o monitor estava no bolso — ele receberia um alerta caso o alarme tocasse —, trancou tudo, deu boa-noite para os dois vigias que chegavam para o turno da noite e começou a voltar para casa.

Podia ter dirigido, já que tinha direito a um carro e uma cota tripla de gasolina, mas eles moravam só a algumas quadras do armazém. Gordon gostava de caminhar. Ele se considerava sortudo por poder aproveitar uma caminhada, especialmente depois do que tinha acontecido com Espingarda. O homem não reclamava, mas Gordon sabia que a perna dele ainda doía no lugar que as aranhas tinham estraçalhado. Por mais feio que parecesse por hora, houvera ainda mais dano interno nos músculos, nervos e tendões. Espingarda conseguia andar com uma bengala, mas seria coxo para sempre.

O inverno vinha sendo ameno até ali, felizmente, e as ruas estavam vazias. Tão ameno que Gordon nem fechou o casaco. Andou rápido, querendo chegar logo em casa. Ele e Amy moravam em um chalé que parecia feito de biscoito, bem perto de um casarão vitoriano que Espingarda e Fred dividiam com um casal mais velho. A casa de Gordon e Amy tinha dois quartos pequenos — um para eles, e outro que Gordon usava de escritório —, mas a área de convivência tinha sido reformada recentemente. Era um espaço amplo, com cozinha e salas de jantar e estar reunidas em um mesmo cômodo.

Ele ainda estava a cinco ou seis casas de distância quando ouviu o latido de Claymore e viu o cachorro correndo em sua direção.

— Ei, garoto! — Gordon se abaixou, preparando-se para o impacto, mas, como sempre, Claymore freou até parar em vez de se jogar nele. O labrador marrom estava ganindo e balançando o rabo com tanta força que Gordon ficou com medo de o animal cair sozinho no chão. Ele riu e deu uma boa coçada na barriga e atrás das orelhas de Claymore. — Poxa, amigão. Eu não fiquei fora tanto tempo assim.

Claymore correu na frente dele, sumindo no quintal atrás da casa. Gordon subiu os degraus rapidamente e abriu a porta.

— Ei. Que cheiro bom.

Amy estava na cozinha com Fred. Ainda vestia a roupa da sala de aula — ela tinha sido encarregada das turmas de inglês em uma das escolas de ensino fundamental mesmo depois de ter avisado que era escritora de textos técnicos e não tinha treinamento para isso, embora tivesse ficado surpresa ao descobrir que adorava ensinar —, mas tinha posto um avental azul-escuro por cima do vestido. Fred usava seu uniforme diário: mocassim, calça, camisa social e gravata-borboleta. Por cima de tudo, estava com um avental branco que tinha a palavra *Churrasqueiro!* em letras vermelhas.

— Não se deixe enganar pelo avental — disse Fred. — Vamos comer macarrão.

De todos eles, Fred provavelmente foi o que se adaptou mais rápido. Apesar de reclamar por ter que sobreviver a Vermont e aos invernos típicos, ele se sentiu em casa; em um referendo uma semana depois de eles chegarem — o mesmo que havia elegido Amy, Espingarda e Gordon para as três cadeiras do conselho —, os presentes haviam votado em massa para escolher um diretor de atividades. A ideia era que o mundo pós-Dia A já seria difícil o bastante. Não precisava ser desprovido de alegria também. Amy indicara Fred na mesma hora, e ele foi eleito por unanimidade. Ele tinha nascido para aquele trabalho. No passado, Burlington já fora uma daquelas cidades universitárias cheias de energia, e Fred funcionou como um elixir mágico que fez tudo voltar ao normal, com charme de sobra. Embora sempre tivesse tido um talento para dar festas, ele também se revelou muito competente em fazer outras pessoas darem festas, e o fato de que quase tudo era racionado não parecia afetá-lo.

Gordon pendurou o casaco e foi dar um beijo em Amy.

— Ei — disse ele. — Vinho! Estamos comemorando o quê?

Amy sorriu.

— Temos visita.

Gordon deu um sorriso debochado.

— Não sei se Espingarda e Fred são motivo de comemoração.

Enquanto falava, Gordon sentiu uma lufada de ar frio e se virou para ver Espingarda entrar mancando pela porta. E então, para sua surpresa, logo atrás dele vieram Kim e um jovem atarracado que parecia ter mais ou menos a idade dela.

Os minutos seguintes foram uma onda de abraços e apresentações. O rapaz era o namorado de Kim, dezenove ou vinte anos, mesma idade que ela, evidentemente também fuzileiro, e Amy levou todo mundo para a mesa.

— Já vou embora amanhã — disse Kim, depois que todo mundo se sentou. Claymore tinha entrado com eles pela porta e não desgrudava de Kim por nada. Ficou ao lado dela, com a cabeça apoiada em seu colo. — Tecnicamente, estou aqui a trabalho.

Gordon lhe passou o cesto de pão. Ela pegou um pedaço, partiu-o ao meio e imediatamente deu uma das metades para Claymore.

— Trabalho? Qual é, Kim? Acha mesmo que a gente vai acreditar que você veio para cá a trabalho? A gente sabe que você só veio até Burlington para ver Claymore — disse Gordon, e todo mundo riu. — Sério. Que trabalho, exatamente, a cabo Kim Bock tem para fazer em Burlington?

O namorado de Kim quase engasgou com o pão. Espingarda deu discretamente um copo d'água para o garoto.

Ele bebeu um gole e abaixou o copo.

— Perdão. É só que, bom, foi engraçado.

Gordon olhou para ele.

— O quê? — Ele olhou para Kim. — O que foi que eu disse?

Kim encolheu os ombros.

— Bom, não estou de farda, então fica difícil saber, mas não sou mais cabo.

O garoto tossiu. Ou talvez tenha sido uma risada. Gordon não sabia.

— Parabéns, Kim — disse Amy. Ela ergueu a taça. — Eu sei que tecnicamente você ainda não tem idade para beber, mas acho que isso vale um brinde. À nova... bom, você é o que agora, se não é mais cabo? Qual é a sua patente?

Kim hesitou e, então, ergueu a própria taça.

— Na verdade, sou general de brigada.

Gordon não sabia o que era mais engraçado: o jeito como o namorado de Kim ficara vermelho, o fato de que aparentemente nem Fred nem Amy entendiam o que era a nova patente de Kim, ou o fato de que o anúncio tinha feito Espingarda cuspir o vinho. De qualquer forma, ele teve que rir.

Espingarda balançou a cabeça.

— Nossa, impressionante. — Ele passou o braço em volta de Fred. — Com isso ela é o quê, general de duas estrelas?

— Duas estrelas muito brilhantes — disse Kim. Ela abriu as mãos em um gesto de inocência. — É bem louco. Não é assim que as Forças Armadas funcionam. Não é assim que os fuzileiros funcionam. Mas, bom, eu sou basicamente um cão de caça de Cannon, e, com ele e a presidente, várias regras foram quebradas.

Eles conversaram um pouco sobre a promoção, sobre todos os sentidos em que Cannon e a presidente haviam abandonado a tradição e reescrito as leis para que tudo aquilo fosse possível, e sobre a curva de aprendizado acentuada que Kim estava enfrentando no trabalho novo. E então ela ficou um tempo perguntando sobre a vida nova deles em Burlington. E não parou de fazer carinho em Claymore nem por um instante. Depois, ela afastou um pouco o prato e limpou a boca com o guardanapo.

— A questão é que eu realmente estou aqui a trabalho.

Fred prendeu a respiração. Sua voz saiu trêmula.

— Elas voltaram?

— Ah, nossa, não! — Kim colocou a mão livre na de Fred. — Desculpe. Não. Para ser sincera, acho que nunca vamos nos sentir em completa segurança, mas, desde Nazca, desde o Dia A, está tudo limpo. Nem sequer uma mínima insinuação de indício. Quer dizer, é, de vez em quando alguém leva um susto e a gente precisa conferir, mas não. Nenhuma aranha. Mas é essa a questão. É esse o projeto especial. Estamos direcionando muitos recursos para a recuperação, mas talvez seja necessário investir mais para garantir que nada parecido aconteça de novo. É por isso que estou aqui.

— A resposta é não — disse Amy.

Gordon ficou surpreso. Todo mundo ficou. Ele olhou para a esposa. Ela estava com uma expressão séria no rosto. Ele a reconheceu porque havia visitado a sala de aula de Amy um dia e vira aquela cara quando alguns meninos estavam fazendo graça. Era uma expressão que não tolerava discussão.

— Como? — disse Kim.

— Não. E sinto muito, Kim, mas eu sei por que você está aqui. A presidente ou Cannon ou alguém quer que Espingarda e Gordon trabalhem nesse projeto em Washington, e entendo que é importante, mas a resposta é não. — Ela balançou a cabeça. — Mesmo que faça só alguns meses que a gente veio para cá, já estamos acomodados. Estamos felizes aqui. É o nosso lar agora. Não vamos sair. O que quer que seja, eles podem fazer daqui.

Kim olhou para Amy por alguns segundos. Gordon achou interessante ver aquilo. Por mais jovem que Kim fosse, ela tinha uma força que havia sido forjada na batalha. Qualquer que fosse o caminho tradicional, aquelas duas estrelas tinham sido merecidas.

— Espingarda? — disse ela. — Gordon? Fred? Amy fala por vocês todos?

Um a um, todos assentiram com a cabeça, porque Amy tinha razão. Aquele lugar *realmente* parecia um lar. Mesmo se Los Angeles não tivesse sido destruída e a radiação não fosse um problema, eles nunca haviam considerado voltar para o bunker em Desperation, Califórnia. Apesar de terem passado anos lá, aquilo nunca tinha sido nada além de um lugar para morar. Não. Burlington era um *lar*.

Kim esperou alguns instantes e então mostrou os dentes em um sorriso genuíno.

— Eu falei para ela que vocês diriam isso. Mas vocês sabem como é a presidente. Não se preocupem. Eu resolvi tudo antes mesmo de entrar aqui. Fred, Amy, não me levem a mal, mas a presidente não estava pedindo vocês dois, só Espingarda e Gordon. E, se vocês não querem ir para Washington, tudo bem. — Ela olhou para Gordon e então se inclinou para ver Espingarda. — Amanhã de manhã eu mostro para vocês sua nova oficina, tudo bem? Podemos conversar sobre o projeto lá. Tenho uma orientação geral, prioridades, pedidos e algumas sugestões, mas vamos deixar quase tudo na mão de vocês.

— Ahn, Kim? — disse Espingarda. — Não quero ser chato, mas já tenho um trabalho. Dois, na verdade. Também faço parte do conselho municipal.

— Não faz mais. Como eu disse, já resolvi tudo. Vocês foram transferidos. Os dois. Agora, fazem parte de Projetos Especiais em regime de dedicação exclusiva. — Ela deu uma piscadela. — Podemos estar um pouco diminuídos, mas as Forças Armadas dos Estados Unidos ainda têm bala na agulha.

Gordon não conseguiu evitar a empolgação. Almoxarife de luxo não era exatamente um trabalho satisfatório. E, a julgar pela expressão no rosto de Espingarda, ele também não estava decepcionado.

— É o seguinte, Kim — disse Espingarda. — Que tal se, em vez de esperarmos até amanhã de manhã, a gente fosse para lá logo depois do jantar? — Ele parou de repente e se virou para Fred. — Desculpe. Pode ser, querido?

Fred balançou a cabeça.

— Meninos — disse ele, e, embora nitidamente a intenção tivesse sido de mostrar irritação, ele também não conseguiu disfarçar o sorriso.

Gordon sentiu Amy apertar de leve sua coxa, e do outro lado da mesa ele ouviu Claymore soltar um gemido leve de prazer quando ganhou uma coçada de Kim bem atrás da orelha.

Era uma bela noite para estar vivo.

Washington, D.C.

Manny tinha a sensação de que ia passar mal.

Estavam sozinhos, só os dois, na Sala do Tratado. Bush e Obama tinham usado a Sala do Tratado como escritório particular, mas os dois presidentes que vieram depois haviam preferido outros cômodos. Quando de sua posse, Steph tinha mandado redecorar o espaço. Era um ambiente particular, e um dos poucos lugares onde Manny sabia que eles estariam sozinhos.

O que não diminuiu nem um pouco a angústia de vê-la parada ali, olhando para ele.

Manny não aguentou o silêncio.

— Eu sei que faz só alguns meses desde que você e George decidiram se separar, e que faz só um mês desde o divórcio oficial. Mas tenho a sensação de que passei minha vida adulta inteira esperando por isto, e a gente perdeu tanto tempo, e...

— Manny. — Ela falou seu nome com a voz baixa, mas alto o bastante para fazê-lo calar a boca. — Manny. Querido. Você não está falando coisa com coisa.

— Estou nervoso — disse ele. — E meus joelhos estão doendo. — Estavam doendo *mesmo*. Essa história de se ajoelhar era coisa para homens muito mais jovens.

— Então que tal você se levantar, seu bobão, e me beijar?

Ele hesitou.

— Isso é um sim? Porque você não falou sim.

Ela esticou os braços, pegou a mão dele e o ajudou a se levantar. E então, em vez de esperar que ele a beijasse, ela o beijou, e o beijo foi a resposta que ele estava torcendo para receber.

Ilha Loosewood, Maine

O vento estava forte sobre a água. Mike sentia o gosto do sal no borrifo que vinha do mar. Ele sabia que nem todo mundo apreciava aquele tipo de coisa, mas tinha se apaixonado pela ilha desde o primeiro segundo. Tinha sido fácil se apaixonar quando eles chegaram, bem na época em que o verão estava trazendo os dias mais longos, quando o sol quente fazia um contraste tão grande com a água gélida. Mas até agora, no inverno, Mike achava que, às vezes, tudo acabava dando certo.

Bom, quase tudo. Ele tinha ido dormir bem depois de meia-noite, comemorando o Ano-Novo na véspera, e, por ser uma ocasião especial, a festa havia sido bem regada. Ele não estava mais acostumado a beber e acabou passando o dia todo meio de ressaca. Mas o ar frio e úmido era bom. Ajudou a acordá-lo. Ele ainda não estava convencido de que a ilha precisava de um agente da lei em tempo integral, mas, como não conseguia pensar em nenhum outro talento, aceitou o cargo. Além do mais, a verdade era que seu trabalho não fazia muita diferença; as pessoas sempre pensariam nele como o sr. Melanie Guyer.

Ele havia sido pego totalmente de surpresa quando ela o encontrara. Melanie havia ido para a ilha com sua bolsista — agora colega —, Julie Yoo, e uma escolta de guarda-costas composta por mais ou menos vinte Rangers do Exército armados com lança-chamas. Os Rangers tinham ido embora no fim de agosto, mas Julie e Melanie continuaram por lá. Ninguém ficou tão surpreso quanto ele por embarcar em um segundo casamento antes do Halloween. No entanto, nem por um segundo ele teve qualquer dúvida.

Mike não fazia ideia de que um casamento podia ser tão *fácil*. Ele tinha falado isso para Fanny no Dia de Ação de Graças, enquanto os dois estavam lavando a louça. Ela dera risada e dissera que era assim que um casamento *devia* ser, e aquela surpresa toda explicava por que o casamento deles não tinha dado certo. Essa noite havia sido boa, as duas famílias e os amigos reunidos: Fanny cuidando da maior parte da comida, Dawson fatiando o peru, Leshaun contribuindo com a couve-de-bruxelas e uma torta de noz-pecã, Rex e Carla felizes da vida de estarem ali, Annie correndo feito louca e depois dormindo enrolada no tapete que nem um cachorro após o jantar, e Julie Yoo, felizmente aceitando *não* levar nada, já que sua falta de habilidade na cozinha era consenso universal. Durante a noite inteira, sempre que olhava para Melanie, Mike não conseguia entender a própria sorte. Às vezes, o universo simplesmente conspirava para a pessoa ser feliz apesar de tudo.

Eles se reuniam assim uma ou duas vezes por semana, e sempre era mais ou menos uma bagunça. Ainda mais agora que Fanny tinha dado à luz. O pequeno Rex. O que, claro, tinha feito Rex e Carla chorarem, o que, por sua vez, tinha feito Fanny e Dawson chorarem, o que... bom, houve muita choradeira de felicidade. Então agora os jantares incluíam Rex e Carla, o pequeno Rex e Annie com Fanny e Dawson, Leshaun, Julie, e Mike e Melanie. Moradia era uma coisa meio escassa na ilha — houvera um afluxo de gente depois do Dia A —, mas o status de Melanie e Julie lhes permitia alguns benefícios, incluindo um laboratório simples dentro de uma loja desocupada. O governo tinha prometido começar a construção de um edifício novo na primavera, com equipamentos de última geração e bastante espaço para o grupo de pesquisa de Melanie poder crescer.

Mike abriu a porta do apartamento deles. Estava vazio. Melanie provavelmente ainda estava no laboratório. Ele olhou o relógio. Pela primeira vez, tinha chegado cedo. Ela ainda devia levar mais uma hora para voltar para casa. Mike guardou logo a arma no cofre, trocou o uniforme de xerife por roupas normais e rabiscou um bilhete curto para Melanie caso ela chegasse antes de ele voltar. Pensou rapidamente em ver se Leshaun estava livre e queria acompanhá-lo, mas decidiu não passar na casa dele. No final da festa da noite anterior, Leshaun e Julie não tinham sido muito sutis com o fato de que sairiam juntos — segundo Melanie, isso vinha rolando havia algumas semanas —, e Mike não queria aparecer sem avisar. Julie tinha namorado um cara meio frouxo chamado Pierre durante alguns meses — era obviamente um conhecido da faculdade, que ela inclusive chegara a reencontrar por acaso quando estava no Peru —, mas isso tinha acabado no começo do outono, e Mike achava que Leshaun e Julie podiam formar um ótimo casal. Ele ficava feliz de ver o parceiro arrumar uma parceira.

Mike pegou a pipa e saiu. Apenas algumas quadras separavam o lugar onde ele e Melanie moravam da pequena casa de madeira de Fanny e Dawson.

Ele bateu, e Fanny abriu a porta com uma cara de acabada.

— Oi — disse ela. — Desculpe. Rex acabou de dormir. Você nem imagina a sorte que a gente teve com Annie. Aquela menina foi um anjo de bebê.

— Quer deixar os dois com a gente por uma ou duas horas hoje à noite? Você e Rich podem sair e fazer algum programa de adulto.

— Pode ser outro dia? Rich vai voltar tarde do trabalho hoje.

— Quer saber, se você tivesse me falado há um ano que o mundo poderia acabar por causa de uma raça ancestral de aranhas carnívoras, talvez eu acreditasse. Mas se você tivesse me falado que o mundo *quase* acabaria por causa de uma raça ancestral de aranhas carnívoras e que, depois de ele não acabar, nós acabaríamos indo parar em uma ilha no litoral do Maine e que seu marido ainda trabalharia como advogado de defesa? Isso — disse ele — talvez parecesse forçação de barra.

Fanny deu uma risada.

— É insuportável, não é?

— O quê?

— O tanto que você gosta dele.

— É. Um pouco — disse Mike. — Mas eu fico feliz de ver você tão feliz.

— Que fofo, Mike. — Ela se aproximou e lhe deu um beijo na bochecha.

— Eca — gritou Annie, correndo até eles. — Que nojo.

Fanny pôs o dedo na frente dos lábios.

— Rex está dormindo.

— Desculpa, mamãe — disse Annie. Ela abaixou a voz, mas não parecia muito arrependida. Parecia empolgada. Ela deu quase uma volta completa tentando vestir o casaco. — É essa? — Ela tomou a pipa de baixo do braço de Mike.

— É — disse ele. — Melanie incluiu no último pedido de equipamentos de laboratório. Provavelmente algum funcionário em Washington está coçando a cabeça e tentando imaginar por que Melanie precisaria de uma pipa caixote de alto desempenho com linha multifilamento. O que você acha, garota? — disse ele, bagunçando o cabelo dela com a mão.

— Você é estranho, papai.

Mike fingiu ter levado um tiro no coração, e Fanny empurrou os dois porta afora. Ele disse que traria Annie de volta em uma hora, mas ela falou para ele não se preocupar. Qualquer hora antes do jantar.

O vento já estava firme, e, enquanto eles caminhavam até o promontório, Annie tagarelou sem parar. Descreveu o que seus novos melhores amigos, um casal de gêmeos, tinham ganhado de Natal; falou que Rex chiava feito um ratinho enquanto comia; disse que, se Leshaun e Julie se casassem — aparentemente, pensou Mike, ele era o único que *não* sabia disso —, ela queria entrar com as flores de novo, que nem no casamento de Mike e Melanie; e contou que Dawson estava ensinando a ela como fazer malabarismo.

Eles estavam de mãos dadas, e Mike percebeu que Annie tinha crescido de novo. Parecia acontecer em estiradas. Ele a via um dia, e no dia seguinte ela já estava mais alta. Mas ainda era sua menininha, e ele ficava feliz de ouvir, de fazer perguntas, de ficar com ela.

No promontório, eles montaram a pipa e prenderam a linha. Por um instante, Mike ficou nervoso de segurar a linha. Levou um tempo para processar o que o incomodava: o formato da pipa e da linha o fez pensar nas fotos que ele tinha visto das rainhas e dos cadáveres cobertos de teias que tinham sido encontrados depois do Dia A. Ele sentiu o ar ficar preso na garganta e o coração começar a acelerar, mas então se acalmou. Não era real. Elas estavam mortas. Melanie deixara isso bem claro. Eles estavam em segurança.

Mike não falou nada, e aparentemente Annie não percebeu. Ela estava empolgada demais.

Era isso que ele queria para a filha. Que ela fosse uma criança normal. Tão normal quanto fosse possível naquele mundo novo. Queria que ela fosse feliz e crescesse e tivesse a própria vida. Enquanto a ajudava a empinar a pipa e a via dar linha, ele foi tomado por uma sensação repentina de paz e alegria.

Mike fizera tudo o que tinha sido necessário. Quão perto eles chegaram da morte? Que milagres haviam permitido que ele tirasse sua família de Minneapolis antes de as aranhas chegarem à cidade, antes de ela ser varrida do mapa? E, com a ajuda de Leshaun, ele tinha garantido que aquele tipo de gente que se aproveitava dos mais fracos não encontrasse mais uma vítima. E então viera a dádiva do voo oferecida com tanta generosidade por Rex e Carla...

Mike ficou vendo Annie correr de um lado para o outro, rindo, sem tirar os olhos da pipa. Atrás dela, ele viu as ondas do mar e o ponto onde a água encontrava o céu, o vasto azul que parecia se estender ao infinito. O mundo estava escancarado, mas ele já não precisava ir para lugar nenhum: tudo que desejava estava bem ali, naquela ilha.

A pipa subiu e subiu, a linha foi se esticando, e ele ouvia a risada de Annie. Queria chamar a filha para si, queria pegá-la nos braços e erguê-la no ar e abraçá-la e dizer várias vezes que a amava, mas não fez nada disso. Aquilo também o deixava igualmente feliz. Era bom vê-la correr.

Em alguns aspectos, tudo tinha mudado, mas o mais importante continuava intacto: ele ainda era o pai dela. Ainda estava ali para manter os pés dela em segurança no chão. Ainda estava ali para ajudá-la a voar alto.

ESTA OBRA FOI COMPOSTA PELA ABREU'S SYSTEM EM CAPITOLINA REGULAR
E IMPRESSA PELA UMLIVRO EM PROCESSO DE IMPRESSÃO SOB DEMANDA
SOBRE PAPEL PÓLEN SOFT DA SUZANO S.A.
PARA A EDITORA SCHWARCZ A PARTIR DE FEVEREIRO DE 2021

FSC
www.fsc.org
100%
From well-managed forests
FSC® C128038

A marca FSC® é a garantia de que a madeira utilizada na fabricação do papel deste livro provém de florestas que foram gerenciadas de maneira ambientalmente correta, socialmente justa e economicamente viável, além de outras fontes de origem controlada.